W0392395

© 2024 Giulio Einaudi editore s.p.a., Torino

Pubblicato in accordo con S&P Literary - Agenzia letteraria Sosia & Pistoia

La casa editrice, esperite le pratiche per acquisire tutti i diritti relativi
alla riproduzione del testo di bell hooks pubblicato nella presente opera,
rimane a disposizione di quanti avessero comunque a vantare ragioni in proposito.

www.einaudi.it

ISBN 978-88-06-26530-4

I racconti della moda

A cura di Maria Luisa Frisa

Einaudi

Il corpo vestito

> Questa è una giacca da mettere ogni giorno
> finché qualcuno non ti dice: «Imbrogli!»
> E allora, solo allora, te la togli.
>
> PATRIZIA CAVALLI, *Caravaggesca-giacca da baro*

Gli abiti sono l'architettura piú prossima al corpo. Sono l'intercapedine che sta tra noi e il mondo. Ma anche tra quello che siamo e quello che vorremmo essere. Anne Hollander, nel suo libro del 1978 *Seeing Through Clothes*, ha scritto: «Gli abiti possono suggerire, persuadere, connotare, insinuare o addirittura mentire ed esercitare una sottile pressione, mentre chi li indossa sta parlando in maniera franca e diretta di tutt'altro». E far vedere attraverso i vestiti può voler dire anche agire attraverso i vestiti.

Per me gli abiti sono stati – e sono ancora – la possibilità di trascendere un corpo che, in quel territorio estremo che è l'adolescenza, vedevo ma soprattutto sapevo pieno di difetti. Attraverso la loro consistenza riuscivo a ingannare, o forse sarebbe meglio dire deviare, gli sguardi: il mio nel riflesso dello specchio, e poi anche quello degli altri. Convinta di guadagnare cosí un mio spazio di libertà tramite quello che sceglievo di indossare.

Volevo essere eccentrica. Non cercare il mimetismo del gruppo. Non seguire mai quei consigli che coltivano la medietà e la malinconia, e sono da sempre dispensati insieme a una sfilza di pericolosi incoraggiamenti – il piú ricorrente: «Come ti sta bene! Ti fa sembrare piú magra!»

E soprattutto non volevo farmi abbindolare da tutte quelle frasi a effetto che si riferiscono a un'ipotetica e cangiante idea di eleganza, e sono in buona parte attribuite a Coco Chanel: «Prima di uscire guardati allo specchio e levati qualcosa», per esempio.

Attraverso la ricerca di uno stile personale si può coltivare una forma di rifiuto di un'univoca, noiosa, piccoloborghese idea imposta di buon gusto. «Lo stile è l'anima che, per nostra sfortuna, assume la forma del corpo» ha scritto Jean Cocteau.

Poi col tempo, come succede sempre quando si affinano la consapevolezza e gli strumenti di autoanalisi, ho realizzato che, seppur inconsapevolmente, avevo fatto mie le implicazioni sovvertitrici dello stile: usando gli abiti come il manifesto della mia insofferenza, di un'inquietudine cosmica.

Ma io avevo la fortuna di stare proprio in quel presente in movimento sempre piú accelerato della fine degli anni Sessanta e dei primi Settanta. Un presente in cui il potere delle immagini teneva insieme l'arte, la moda, il cinema, la musica, la comunicazione in una sintesi simultanea capace di agire come non era mai successo prima. Dentro quel flusso costellato di sogni, desideri, passioni plasmate da una nuova dimensione di impegno politico, cambiarsi d'abito era una delle azioni per cambiare il mondo, e impadronirsene.

È il momento in cui nel sistema della moda si concretizza un radicale rinnovamento di paradigma. L'haute couture viene messa in discussione perché elitaria, accessibile solo a quelle poche fortunate che si possono permettere un abito pazientemente costruito sul loro corpo attraverso una serie di prove (per una camicia da notte, racconta Diana Vreeland nella sua autobiografia, ne servivano almeno tre), frequentando senza limiti di tempo l'atelier di moda. Due film tra i primi di Michelangelo Antonioni, *Cronaca di un amore* del 1950 e *Le amiche* del 1955, ci permettono di spiare le esclusive e chiaroscurate atmosfere dell'atelier, con una serie di figure femminili appassionate, sognatrici, desiderose di affermarsi, ma ancora incapaci di emanciparsi realmente.

Alla fine del decennio successivo la moda veicola invece l'emancipazione, non calando piú le proprie produzioni dall'alto ma rapportandosi con la strada. Nel 1968 Balenciaga chiude il suo atelier a Parigi, e poco dopo compie la stessa scelta la romana Simonetta (Simonetta Colonna di Cesarò), che a un intervistatore risponde: «Il termine inglese che definisce la moda come attività commerciale, *rag trade*, mercato degli stracci, riassume la mia personale opinione sulla situazione presente. No, non rimpiango la mia decisione di ritirarmi dal mondo della moda». Mi fermo qui, ma potrei stilare un lungo elenco di abbandoni. Chi fa moda, dunque, deve ora confrontarsi con l'industria, con le taglie, con la produzione in serie di un abito e la sua adattabilità alla vita. Intanto si legge quel classico di Walter Benjamin che è *L'opera d'arte nell'epoca della sua riproducibilità tecnica*. Nell'era della (ri-)produzione di massa, e con l'arrivo della figura che prenderà il nome di stilista, la moda si democratizza.

Almeno in certa misura, la selezione dei testi per questa raccolta è inevitabilmente una sorta di autoritratto, il precipitato della mia storia a contatto con quella della moda e le sue svolte, come il radicale mutamento che ho appena ricordato. In generale non mi è interessato piú di tanto presentare o ripresentare qui racconti in cui gli abiti indossati dai personaggi precisano la loro descrizione e il loro status, restituiscono lo stile di un'epoca o ancora i vezzi vestimentari di determinati ambienti. Cosí come non mi ha guidato l'intenzione di ritrovare un'idea fin troppo diffusa tra chi studia e scrive di moda: la nostalgia dell'impronta di un corpo sugli abiti, la cui forma mutata rimane irreversibile anche quando non sono piú indossati, relitti depositati dal tempo, carcasse ormai prive della vita che le aveva abitate ma ancora in grado di riverberarne la traccia. Mi è interessato invece restituire la moda come sistema ibrido, superficiale, curioso di tutto e poroso a ogni suggestione, sfiorato soltanto dalla nostalgia e affamato di futuro. Un sistema in continuo aggiornamento mentre attraversa il suo tempo sempre presente; un sistema, infine, di cui gli abiti sono un terminale.

Su questo sfondo ho voluto evidenziare i punti della mappa intricata che offrono al lettore la possibilità di una scelta – o di una serie di scelte – per intraprendere i suoi personalissimi percorsi, espressioni, nella loro stessa molteplice possibilità, del fatto che «la moda è un cristallo», secondo una felice definizione che faccio mia.

È il gusto del tempo che influenza il nostro modo di vedere le cose e le nostre scelte. Vorrei presentare questa selezione come una lista di appunti, divagazioni e scarabocchi: attraverso testi di altri cerco di evidenziare temi anche controversi, senza però volerne fissare i contorni. Un aggregato che si articola in reperti appartenenti a tempi differenti, cosí come a varie modalità di scrittura, e che accenna anche a contesti culturali e geografici non occidentali per indicare un necessario superamento del vecchio impianto eurocentrico a cui si è stati abituati a far riferimento nella storia e nell'estetica della moda. Nel suo testo incluso in questa raccolta, Tanisha C. Ford racconta come la rivendicazione di una differenza e della propria cultura possa avvenire attraverso un indumento, in questo caso i baggy jeans: «Radicavano noi adolescenti neri (provenienti in larga parte da famiglie povere o operaie ai margini della società) all'interno di una comunità di giovani che faticavano a far sentire la loro voce in un mondo che non faceva mistero di quanto non li amasse».

Ha scritto Jean Baudrillard: «La moda rappresenta ciò che meno si può spiegare, in realtà l'obbligo, che essa rappresenta, di rinnovare i segni, la sua continua produzione di un senso arbitrario, la sua pulsione di senso, il mistero logico del suo ciclo costituiscono l'essenza del momento sociale». Allora scrivere di moda è scrivere attraverso la moda. «Parlare di moda oggi non vuol dire parlare di vestiti», ho scritto. Gli abiti sono ormai solo una parte – quella romanticamente legata a un'idea di bellezza, quella piú accessibile e piú di impatto per il grande pubblico – di un sistema potente che produce business, comunicazione, cultura, e che si assume la responsabilità, in bilico tra sincerità e opportunismo, di farsi megafono di una serie di battaglie, dai diritti civili al futuro del pianeta. E, oggi piú che mai, la moda è un fenomeno urbano che rappresenta perfettamente i parossismi del consumo moderno, il quale a sua volta si esprime ridisegnando le geografie delle metropoli di tutto il mondo, vecchie e nuove.

Nella dimensione individuale, però, la moda rimane essenzialmente l'abito: l'intercapedine, l'involucro, il diaframma nel guardare, guardarsi ed essere guardati. L'abito «dice, laddove il corpo non dice», come ha scritto nel 1983 Eugénie Lemoine-Luccioni in *La robe. Essai psychanalytique sur le vêtement*.

La fase di eclissi, isolamento e rimozione dei corpi che abbiamo attraversato con la pandemia, ci aveva rimesso tanto piú concretamente di fronte a una serie di questioni sul rapporto tra la moda e la nostra individualità fisica. Da un lato la moda non era piú «the perfect place to explore questions about social hierarchies, sexuality, power», come l'aveva definita Robin Givhan sul «Washington Post» nel febbraio 2020, dall'altro era stato interrotto il circuito dell'immaginario tra corpi e abiti, quel rapporto bidirezionale che da sempre produce la loro mutevole e interconnessa desiderabilità. Nel 1969 lo storico della moda James Laver ha definito «zona erogena mutevole» quella parte del corpo che, a seconda dei momenti storici, viene enfatizzata dalla moda come centro principale del fascino erotico. Per fare un esempio, agli inizi degli anni Trenta del Novecento tale zona cambiò, passando dalle gambe alla schiena: molti abiti di quel periodo sembrano – e sono – disegnati per configurarsi primariamente su quella parte del corpo.

Nel racconto inedito di Michela Murgia qui proposto, un marito e una moglie riattivano la passione grazie a dei vestiti scandalosi ritrovati in un baule nella soffitta della casa che è stata affittata loro da un notaio. Indossare ogni volta uno di quegli abiti provoca coreografie che eccitano nella coppia un desiderio sconosciuto. Oppure è nel taglio che c'è tra corpo e abito, nello sfiorarsi della materia tessile e della superficie della pelle, in quella linea che diventa dominio delle fantasticherie, che si predispone l'attesa di bell hooks di vivere il piacere del sesso.

Ciò che rende il fare moda un progetto dal valore cruciale è, insomma, il legame della moda con il corpo. Il corpo è materia viva, è disobbediente, è soggetto al passare del tempo mentre si accompagna all'ondivaga percezione che abbiamo di noi stessi. È quasi impossibile pensare al corpo e alle sue evoluzioni se non nella relazione che intrattiene con gli abiti. La moda è lo strumento che l'essere umano si è dato per controllare il corpo, e per rendere la natura cultura.

Uno dei primi a studiare la relazione tra abito e corpo attraverso l'idea di progetto è stato l'architetto Bernard Rudofsky nella mostra *Are Clothes Modern?* al MoMA di New York nel 1944. La sua tesi: il corpo è materia grezza che il vestito ha il compito di modificare, in meglio o in peggio, trasportandone le forme nell'istante contemporaneo. In un certo senso, quando è indossato l'abito è rappresentazione della modernità come qualità eternamente presente, e ciò che porta vestiti e corpi nella modernità è, in una parola, la moda (i due termini condividono la stessa radice), con le sue irragionevolezze e contraddizioni, con la sua arbitrarietà, la sua ciclicità, con il suo essere incomprensibile e «profondamente superficiale».

Il couturier americano Charles James (a cui è stato dedicato il film *Il filo nascosto*, diretto da Paul Thomas Anderson e interpretato da Daniel Day-Lewis), conosciuto come creatore di meravigliosi abiti da sera, a un certo punto della sua vita decise di lasciare gli studi di medicina per fare abiti. Considerava il corpo femminile «intrinsecamente sbagliato» e per lui occuparsi di moda era l'unica maniera per rimodellarlo. Le sue silhouette sono il frutto di misurazioni e studi sulle proporzioni, per correggere quel corpo secondo lui cosí imperfetto. Benché i principî progettuali di Charles James lo estremizzino, è il controllo esercitato sul corpo femminile, ed esercitato per lo piú da uomini, che ha determinato la colpevolizzazione della moda, in quanto oppressiva, da parte di molti gruppi femministi. Cosí ha per esempio lasciato scritto Alice Ceresa nel *Piccolo dizionario dell'inuguaglianza femminile*: «La moda femminile per antonomasia è quella dell'abbigliamento femminile anche se in rarissimi casi è creata dalle donne, per cui è moda femminile quella che veste le donne, anche se a vestirle sono gli uomini». Lo scorso decennio, nella conferenza e poi saggio *Dovremmo essere tutti femministi*, è stata Chimamanda Ngozi Adichie a insidiare questa intransigenza, rivendicando la libertà di essere femministe e amare contemporaneamente la moda, usandola con felicità e consapevolezza del suo potere.

Nel racconto-saggio di Pier Vittorio Tondelli, il celebre ritratto di Patti Smith scattato dal suo ex Robert Mapplethorpe nel 1975 diventa un dispositivo per riflettere su «un dettaglio che aprirà le porte a un nuovo stile, a una nuova musica, a un nuovo modo di progettare la propria immagine: appoggiata al collo della poetessa, ecco scendere fino alla vita una sottile, morbida, nera cravatta». Siamo nel 1984, sono gli anni in cui la parola *look* entra prepotentemente nel vocabolario comune. «Arriva la fine del mondo e ho tutto da mettermi», scrive Tondelli a proposito di quella movida postmoderna diventata leggendaria che irradia la scena italiana della moda, dell'arte, del design e dell'architettura. È anche la consacrazione del concetto di *«Made in Italy»*, che attraverso una compagine di autori come Giorgio Armani e Gianni Versace vestirà il mondo e diventerà narrazione in romanzi di scrittori subito famosi che raccontano una società in evoluzione con i suoi nuovi riti e nuovi miti, destinata a scottarsi nel falò delle vanità. «Siccome fa freddo e non intendo certo rovinarmi la manicure, cazzo, indosso un paio di guanti di camoscio Armani. E, infine, anche un trench di pelle nera con cintura Gianfranco Ferré, che mi è costato quattromila dollari» scrive Bret Easton Ellis, che in questa selezione necessariamente incompleta c'è, ma con le sue neghittose atmosfere losangeline.

È difficile segnare il confine tra abito e corpo, tra vita e vestito. L'essere alla moda è la partecipazione collettiva a un rito, una performance. Mi immergo nell'abito. Sono l'abito. È il vestito a indossare un corpo. Il corpo nudo è invece disarmato, non ha protezione, non emette segnali: nei miti di Lévi Strauss il denudamento equivale a una sentenza di morte. Kim Fu descrive uno spettacolo porno offerto da una donna in frac (la divisa maschile piú formale ed elegante) che taglia, lacera gli indumenti della compagna legata a una sedia. Quando lei rimane nuda, il pubblico può avvicinarsi, toccarla, accanirsi sul suo corpo indifeso.

In questa selezione, va da sé, avrei voluto includere molti altri autori, come Isabella Santacroce, quella di *Fluo*, il suo romanzo d'esordio che possiedo nella prima edizione Castelvecchi. L'avevo comprato subito per quella polaroid in copertina, con lei e le amiche in posa che mi fissavano spavalde e super stilose: «Laura se ne sta stesa a terra, davanti allo specchio atteggiando le labbra colorate con lo stesso rossetto di Nadja Auermann in una foto di Steven Meisel». È una generazione che cerca di essere nella vita, stando sotto l'ombrello della moda che dopo l'Aids aveva portato a smaterializzare i corpi, e che si ritrova nelle parole di *Smells like Teen Spirit* dei Nirvana: eccoci qui, adesso, fateci divertire. Vorremmo ascoltare di continuo la voce di Kurt Cobain, fragile eroe di quegli anni che sulla copertina di «The Face» del settembre 1993 indossa un leggero abito fantasia sopra una t-shirt bianca e i jeans: immagine divenuta leggendaria e che oggi definiremmo queer.

«La moda maschile non è un capriccio» affermava Lucio Ridenti, personalità che performava su di sé l'esasperazione di una figura, quella del dandy, dagli illustri antenati (Lord Brummel, Baudelaire). Archeologia novecentesca la sua, come quella di Irene Brin o ancora di Gianna Manzini, costellata dalle rassicuranti regole dell'eleganza, governate dalle diverse ore del giorno e dalle occasioni d'uso. Il tempo della moda è d'altronde un tempo circolare, che ricerca la novità guardando in maniera ogni volta diversa il passato. Gesto attuale, traccia e memoria si articolano nel rapporto tra tempo e moda, tra corpo e abiti, cosí come, nella stessa misura, tra vestire e scrivere del vestirsi.

MARIA LUISA FRISA

I racconti della moda

Paola Colaiacomo

Il culto dell'impersonalità

Nell'ottobre del 1980, all'alba di quella che sarebbe stata etichettata come la «decade dell'eccesso», Leigh Bowery arriva a Londra da Sunshine, remota cittadina della provincia di Melbourne, Australia. Ha appena diciannove anni, ma già un progetto ben preciso per la testa. Quale fosse questo progetto lo chiarirà qualche tempo dopo in un'intervista: «Volevo solo stare vicino ai guru dell'arte e della moda, frequentare i nightclub, guardare i vestiti esposti nelle vetrine. Nient'altro. Adoravo il punk, i New Romantics, e l'Inghilterra mi sembrò il posto giusto per me. Veramente avevo pensato anche a New York, che però era piena di cloni di Londra. Credo di non essermi sbagliato».

Un progetto assolutamente preciso, considerando quello che sarà lo sviluppo successivo della sua carriera. Un progetto fatto di tutto e di niente. Di niente, perché quella di Leigh suona come la frase di circostanza con la quale i divi circonfondono il proprio successo di un alone di mistero, che ne aumenti il fascino. Di tutto, perché quella deriva della mente verso quanto si dà di piú artefatto e consumistico – il punk, le vetrine, la moda – si è già tradotta, quando lui cosí parla, in una precisa modalità di presenza: in uno stile di vita che non potrebbe essere definito in altre parole che quelle. E se oggi, per le strade di Londra, o di New York, capita di incontrare i *suoi* cloni, al maschile e al femminile, è perché, a dieci anni dalla morte, il suo teatro ancora continua. Un teatro senza possibilità di impersonazioni, fatto di pura presenza corporea.

Il Leigh Bowery che entusiasta del proprio destino raggiunge il cuore metropolitano dell'impero, fa ancora in tempo a coglierví gli ultimi guizzi della cultura punk, mentre già si avvertono i fermenti dell'imminente cambiamento di stile. Un gruppo di studenti del St Martin's College of Art sta infatti lanciando la moda «neoromantica», rivisitazione in chiave pop del costume tardo settecentesco e primo ottocentesco: camicie con jabot, pantaloni di velluto al ginocchio, scarpe di vernice con grosse fibbie, abiti di satin, trucco pesante. Nella sua declinazione piú esplicitamente horror questo look sconfina nel «gotico», o «Goth»; in alcune interpretazioni estreme addirittura nel sadomaso. Niente sembra essere troppo fantasioso, o azzardato, o ricercato, per questi nuovi stili parodicamente archeologici, regressivi al limite dell'atavismo, che eleggono a proprio Ur-text le collezioni *Pirates* (1981-82) e *Buffalo Girl* (1982-83) di Vivienne Westwood.

Scena d'elezione del punk era stata la strada; la cultura «neoromantica», al contrario, si ritira al chiuso, nel buio di alcuni celebri quanto effimeri nightclub, tra cui il Blitz, nei pressi di Covent Garden, che dà il nome alla «Blitz generation»: alla generazione che si riconosce nel lampo di un istante acceso sul buio della notte. Ed è proprio il Blitz ad accogliere inizialmente Bowery che, ironia della sorte, proviene da un posto il cui nome significa «luce del sole». Quella dei Blitzkids è la cultura del glitter. Sua icona di stile è il Boy George del film *Velvet Goldmine*. Leigh, che ama tutto ciò che luccica, sembra dunque arrivare proprio al momento giusto. O è lui a fare «giusto» quel momento? Non lo sapremo mai. Del glitter produce la versione «fai da te»: sporca, sudata, plateale. «Glitter and glue»: colla e porporina. Per una famosa performance si spalma pesantemente di Nivea prima di applicarsi sul corpo nudo la polverina luminescente. Al calore delle luci di scena la crema grassa si scioglie: sulla pelle lustra il glitter brilla di una luce ultraterrena, spaziale. Alla fine, per spiccicarlo, ci vorrà un bagno d'acqua ragia, ma il performer attraversa senza paura anche gradi ben piú estremi di mortificazione corporale. Per ottenere che il cranio gli si illumini dall'interno – macabra zucca di Halloween – si esercita a tenere in bocca una lampadina accesa, alimentata da pile elettriche nascoste nelle tasche. Le guance sono state opportunamente traforate da larghi e incancellabili piercing. Ma per quanto si sforzi la sofferenza risulta insopportabile e deve rinunciare al progettato ingresso a sensazione sulla pista da ballo.

Fedele al suo nome, il Blitz dura poco piú di un anno. Sarà quindi a Taboo – il mitico nightclub cui Boy George ha recentemente intitolato un musical di successo – che Bowery legherà definitivamente il proprio nome. «Il Taboo si chiama cosí perché non c'è niente che lí non si possa fare», dice. Non per nulla i Blitzkids vi celebrano, notte dopo notte, il loro «culto senza nome»: l'etichetta «senza nome» l'aveva imposta uno dei primi storici servizi di «The Face». L'inafferrabilità classificatoria al livello del nome – «cult with no name», «generation with no name» – è da collegarsi all'amore per il travestimento, per il «cross-dressing» e per il «dressing up» che fa della obliterazione del confine, soprattutto tra il maschile e il femminile – al livello esistenziale, o dei ruoli sessuali, ma ancora prima al livello sartoriale, o della riconoscibilità esterna – una vera e propria liturgia quotidiana. Vi è perciò una ragione intrinseca, non occasionale, se la moda acquisisce presso la generazione senza nome un vero e proprio status cultuale.

Da segnale di affiliazione e di riconoscimento, quale era stata a partire dagli anni '60, la moda diventa ora un linguaggio espressivo autonomo, attraverso il quale mettere in atto la teatralizzazione del proprio sé. È del resto una costante storica, presso la cultura britannica, che il teatro eserciti una funzione trasgressiva delle limitazioni sociali e culturali iscritte nell'abbigliamento: in epoca elisabettiana, quando i ruoli femminili erano impersonati da attori giovinetti travestiti da donne; in epoca tardo-vittoriana, quando era implicito che una rappresentazione, ad esempio di una commedia di Oscar Wilde, assolvesse anche alla funzione di sfilata di moda. Le attrici, ufficialmente tenute fuori dai confini della rispettabilità, si trasformavano in quelle occasioni in mannequin d'eccezione, e influenzavano pesantemente – attraverso la risonanza che la stampa dava a questi eventi – la figura delle dame altolocate e benpensanti. Infine, negli anni '80 del secolo scorso, è lo stesso confine sartoriale, e starei per dire tissurale, della persona, ad essere trasgredito, sulla scena delle discoteche e dei nightclub. Essere alla moda non significò piú semplicemente creare il proprio look, ma il proprio stesso corpo. Plasmandolo, incidendolo e trasformandolo in ogni modo possibile: quasi fosse stato un materiale artistico in attesa dell'ottimo artista. Di qui il trucco pesante e surreale, i piercing, i tatuaggi, i posticci e tutti gli altri strumenti di costrizione.

Di questa moda che paradossalmente esalta il corpo attraverso pratiche che di fatto lo mortificano – non per nulla questa fu l'ultima generazione che offrí all'Aids vittime inconsapevoli – Leigh Bowery diventa rapidamente, sulla scena della club culture, una delle icone piú rappresentative. È come straordinario performer su questa scena, e non direttamente come fashion designer, che egli arriva a influenzare i creatori di moda. Celebri rimangono le sue maniche sferiche, assai difficili da indossare oltre che da realizzare, e la tuta nera in pvc che prevedeva un'enorme gamba asimmetrica in gommapiuma e stivali con zeppe altissime: era una vera penitenza calarsi dentro questa guaina integrale, ma l'apparizione della gigantesca figura senza volto, nera dalla testa ai piedi, raggiunse il voluto effetto straniante e fu riprodotta sui depliant pubblicitari del nightclub. Al Taboo Bowery si presentava ogni sera con indosso una mise diversa, a seconda del look che in quel momento lo attraeva. All'inizio, quando aveva ancora un punto vendita al Kensington Market, furono abiti che presentavano qualche rassomiglianza con indumenti «normali», e non comportavano alcuna distorsione o alterazione della base corporea. Una delle mise preferite fu una minigonna a pieghe con giacchino tipo Chanel in tessuto jeans guarnito di lustrini. Riconoscibile, in questa contaminazione, l'influenza di Vivienne Westwood, stilista dal performer profondamente ammirata. Cosí abbigliato, egli discendeva rumorosamente la scala del Taboo e saltava sulla pista da ballo afferrando chi gli capitava a tiro e strapazzandolo senza troppi complimenti. La sua figura imponente rendeva ancora piú perturbanti queste esibizioni.

Un punto di svolta fu rappresentato, nel 1983, dal numero «Pakis from Outer Space» («Pakistani giunti dallo spazio»), che Bowery interpretò assieme al suo partner Trojan. Qui per la prima volta si offrí al pubblico con il volto interamente ricoperto dal make-up; in seguito, quando perse completamente i capelli, usò radersi il cranio per sottoporlo a truccatura integrale, né piú né meno che il volto. I colori di base del make-up «Paki» variavano dal blu, il preferito, al rosso e al verde: su questi fondi spiccavano scritte in oro e accessori indiani acquistati per pochi spicci al mercatino di Brick Lane, lo stesso dal quale provenivano i tessuti sgargianti e visibilmente sintetici impiegati nelle creazioni sartoriali del momento, che prediligevano i toni del rosa, del marrone e del bianco, e abbondavano in gale, volant e lustrini. Nel 1985, in occasione di una sfilata in un teatro del West End, la rivista *Blitz* incaricò Bowery di personalizzare un giubbetto Levi, che sarebbe poi stato inserito in una mostra, seguita da asta di beneficenza, organizzata dal Victoria & Albert Museum. L'artista tempestò quel popolare capo di vestiario di pinzette per capelli, ricoprendolo interamente, sí da farlo risultare pesante e rigido come un'armatura medievale. La strana creazione di moda che ne risultò venne battuta all'asta per diverse centinaia di sterline, e fu in seguito a questo suo successo che Boy George incaricò Bowery di confezionargli alcuni abiti di scena. Scoperta successiva fu il *bustle*: il «sellino», l'armatura di vittoriana memoria destinata a ingrandire e deformare la parte posteriore del corpo femminile. La silhouette già imponente del performer si arricchiva, mediante questa applicazione, di una protuberanza del tutto innaturale.

Ma i suoi effetti piú crudelmente incisivi egli li avrebbe raggiunti, alla metà degli anni '80, per mezzo dei piercing e dell'uso di strumenti autocostrittivi crudeli al limite della tortura, come i famosi busti di Mr Pearl: affascinato dall'idea della metamorfosi corporea, non faceva mistero del fatto che i tanti chili in esubero gli rendevano piú agevole il compito di scolpire la propria carne, modellandola e distorcendola a piacere. In questa linea di ricerca esplicitamente maso si collocano performance estreme, come quella eseguita in Giappone nel 1990: l'artista posò nella vetrina di un negozio ricoperto da un massiccio abito rosso lavorato ai ferri che la sua assistente lentamente gli disfaceva di dosso, fino ad esporlo completamente nudo alla vista dei passanti. Vi furono poi, tra i numeri piú sensazionali, l'impersonazione di un grottesco nudo femminile di gigantesche proporzioni, piú volte eseguita al Taboo, e la scena del «parto» della *Fête worse than Death*, durante la quale, in un miracolo di goffo equilibrismo, Leigh dava alla luce la propria stessa moglie, Nicola.

Poiché odiava la riproduzione in serie, Bowery non commercializzò mai le proprie creazioni come opere di design. Si limitò a metterle a disposizione di qualche amico. In compenso, offrí generosamente al pubblico la propria persona, quale opera di design, per questa via arrivando ad influenzare stilisti altamente «body-conscious» quali Thierry Mugler, Alexander McQueen, Azzedine Alaïa, John Galliano. Vivienne Westwood avrebbe inserito il *bustle* nelle proprie collezioni, e Jean-Paul Gaultier avrebbe fatto indossare a Madonna, come abito di scena, una rielaborazione del corsetto vittoriano. Nell'ultima fase della sua attività, il talento dell'australiano sarebbe stato riconosciuto da Rifat Ozbek, lo stilista di origine turca che in passato aveva disegnato per la popolare catena delle boutique Monsoon, ma aveva ormai una linea propria. Ozbek chiese a Bowery di aiutarlo nelle sue collezioni: i due divennero amici e fecero diversi viaggi assieme in cerca di ispirazione, anche in Italia. Con straordinaria prontezza, il mondo della moda di mainstream riconosceva un proprio archetipo in questa corporeità da ogni punto di vista «eccedente», e assimilava in profondità, benché silenziosamente, la nuova figurazione della persona implicita nelle sue performance. Gli effetti del perturbante innesto tra corpo e tessuto che queste proponevano sarebbero venuti allo scoperto nello streetstyle del decennio successivo.

Dopo la morte per Aids, avvenuta all'alba del Capodanno del 1994, gli amici piú stretti organizzarono, al posto del servizio funebre, che Leigh non aveva voluto, una mostra dei suoi effetti personali. La mostra si tenne presso la Fine Arts Society: vi furono esposti costumi e accessori di scena, fotografie, film e video delle performance, dipinti e incisioni di Lucian Freud. Quest'ultimo aveva ammirato Leigh in una performance alla galleria Anthony d'Offay di Londra, e gli aveva chiesto di fargli da modello. Il body artist, già molto malato, aveva posato nudo per il pittore, e i due erano diventati amici, sicché i ritratti e le pose si erano moltiplicati. Per Bowery l'incontro con Freud fu un'occasione preziosa per approfondire la ricerca lungo una fino a quel momento inesplorata direzione della propria metamorfosi corporea: ingaggiò una sorta di macabro atletismo con la propria carne nuda.

Freud, che per i suoi ritratti predilige il nudo, rifugge dall'uso della fotografia come aiuto alla memoria. Trova – e lo dichiara a Leigh stesso, nell'intervista che questi gli fece nel 1993, in occasione di una mostra di disegni e incisioni del pittore – che la fotografia abbia troppo a che fare con la luce, mentre lui è interessato a ciò che avviene dentro la testa dei suoi modelli. L'accesso a quell'interiorità lo ricerca per la via della carne, nei suoi quadri sempre stanca e triste. Sicché fu su quella forma finale e definitiva di presenza che è la carne sofferente, che i due artisti trovarono un terreno d'intesa. Vi è, secondo i critici, un grano di sadismo nel trattamento che il pittore infliggeva ai propri soggetti, ma Leigh era uomo da tenere testa al nipote di Sigmund Freud. Ogni posa la trasformò in una performance, in un atto di autorivelazione: in teatro. «Lo trovo perfettamente bello», aveva detto di lui Lucian, e quella montagna di carne sfatta eppure stranamente vitale, tormentata dai piercing e dagli usi impropri cui veniva sottoposta, quella testa calva e di proporzioni colossali, entrarono ufficialmente nel registro della «bellezza». Dal repertorio fisiognomico di uno dei piú grandi ritrattisti del nostro tempo, spesso paragonato a Rembrandt e ai maestri del Rinascimento, la presenza perturbante di Leigh riceveva sufficiente carisma per discendere fino a noi e oltre.

Un articolo comparso sull'«Observer» in occasione della mostra alla Fine Arts Society sottolineava il carattere improprio di una commemorazione in morte affidata alla semplice esposizione di effetti personali: «Non è facile interpretare questa collezione: in parte sbiadita, in parte d'effetto. Non si capisce cosa voglia dimostrare. Bowery è stato fashion designer, sarto provetto, numero a sensazione dei night-club, a modo suo art object, modello di un grande pittore, aspirante pop star: è un uomo che ha fatto del proprio corpo – della propria presenza – il progetto della propria vita». Cosí scriveva l'opinionista dell'autorevole foglio. Oggi, a soli dieci anni da quella mostra e da quella morte, misuriamo la distanza che già ci separa da quel passato cosí prossimo. Oggi nessuno si chiederebbe piú che senso abbia costruire un'esposizione sugli effetti personali di un performer. Una quantità di mostre viene stagionalmente allestita, nei maggiori musei del mondo, su oggetti non «d'autore»: impalpabili segnali di forme di presenza quotidiana che lo spettatore è abituato a completare dentro di sé, aggiungendovi la propria esperienza. La televisione è anche in questo senso un potente strumento educativo: qualsiasi oggetto, anche il piú screditato, può trasformarlo in una reliquia, pressoché coistantaneamente alla sua immissione sul mercato. Può farcelo considerare da un punto di vista non immediatamente strumentale. Si pensi al lavoro della pubblicità. Nasce, dall'addestramento quotidiano allo straniamento dello sguardo, il collezionismo degli oggetti senza valore. Del trash. E il lascito di Bowery diventa immediatamente un «archivio». Genera il «Leigh Bowery estate», e trova la propria collocazione museale: non è un caso che proprio su quei reperti, ora considerati via d'accesso privilegiata per la comprensione del contributo del performer alla club culture degli anni '80, il Museo d'arte contemporanea di Sidney abbia organizzato, nell'inverno 2003-4, una importante mostra, che ha intitolato *Take a Bowery*. «Prenditi un Bowery e portatelo a casa».

E tuttavia, il disagio che l'articolo dell'«Observer» tradiva ha un suo lato non occasionale, che appartiene in profondità a quel preciso momento storico, e tuttora turba la nostra riflessione critica. Non era facile interpretare quella collezione di oggetti, perché non era facile *interpretare*, nel 1994. Quando, nel 1964, Susan Sontag aveva pubblicato il suo seminale pamphlet *Contro l'interpretazione* Leigh Bowery aveva appena incominciato a vivere. Quel saggio invocava, alla sua conclusione, l'avvento, al posto di un'ermeneutica – della presunzione cioè che dietro ogni testo vi sia una intenzionalità che si possa tradurre in parole altre – di una «erotica dell'arte». L'erotica esige il contatto, e rifiuta la traslitterazione. La parabola di Leigh, trent'anni dopo, poteva vedersi come l'esaudimento di quel voto, poiché tutta la sua vita era stata giocata sulla messa in scacco della pratica dell'interpretazione. Interpretato oltre l'eccezionalità della sua immediata presenza corporea, il progetto del performer, la sua personale erotica – ossia ciò che la mostra di Sidney oggi ci vuole comunicare attraverso i reperti che espone – si sarebbe immediatamente disciolto come neve al sole.

Raccogliendo i gusci di quella presenza passata tra loro, gli amici non compiono perciò soltanto un gesto affettuoso, ma l'unico filologicamente corretto. Si approssimano per quanto possibile al restauro finale del testo. Danno ancora materialmente corpo al progetto di Leigh Bowery, ora che Leigh Bowery non c'è piú: un progetto che era consistito nel vivere, fisicamente, nelle immagini e nelle immaginazioni di se stesso. Nell'offrire tutto, del proprio corpo, a quelle immaginazioni, sino a rendere prive di senso espressioni come «osceno», «rivoltante», «senza pudore». Perciò alla fine tutto di lui era lí, in quelle spoglie. Il suo *nome* era lí. «Véstiti come se ne andasse della tua vita, o lascia perdere!»: era quello l'eccesso che si voleva mostrare. E le trasgressioni, per quanto eclatanti, che di ogni sua performance – nei nightclub, nelle gallerie d'arte, nelle vetrine di un grande magazzino – avevano fatto un evento scioccante e irripetibile, non erano state altro che le contingenti occasioni di quell'eccesso. Cosí il suo teatro era andato oltre l'artaudiana crudeltà: abbassando la crudeltà a semplice contenuto, per quanto eclatante, attraverso il quale far passare, presso il pubblico dei night e delle discoteche, l'esperienza dello spettacolo totale, senza piú referente nella realtà. La vita si standardizzava, a tutti i livelli, e l'era dell'interpretazione raggiungeva un capolinea.

Quando Leigh, icona della generazione senza nome, intervistò il grande e celebrato pittore, dal nome piú che risonante, le domande che gli pose furono a dir poco originali. Indugiarono, in maniera quasi sconveniente, sui risvolti personali di una possibile erotica dell'arte: «È vero che hai usato molto le tue amanti (e naturalmente l'inglese "lovers" non contiene alcuna specificazione di gender) come modelle?» E Freud: «Sí, l'idea di usare un'unica persona per tutto quello che si fa è uno dei culmini supremi dell'immaginazione umana». Come dire: non avrai altra vita all'infuori della performance, perché la performance ha finalmente invaso il tessuto stesso della vita, gli organi vitali. Vi è qui uno scatto qualitativo rispetto ad altri performer e body artists: penso a personaggi pur diversi tra loro, ma tutti «eccessivi», come Gina Pane, Marina Abramović, Divine. Personaggi dei quali ancora si segue la parabola biografica, in contemporanea con gli eventi inscenati. Con Bowery invece, e lo scambio di battute con Lucian Freud lo evidenzia sul piano della teoria artistica, ci spostiamo in un registro altro rispetto alle esibizioni patentemente teatrali, ma sempre accompagnate da didascalia autoreferenziale, dell'archetipo Oscar Wilde, che pure resta un role model insuperabile, cosí per Bowery come per Sontag. Siamo cioè proiettati in una sorta di shakespeariana abolizione del dato personale, quasi che dalla pratica dell'impersonalità potesse scaturire almeno l'illusione dell'immortalità. Di un'immortalità sui generis.

Che il performer possa ammettere il pubblico a tanta intimità con il proprio corpo, presentandoglielo ogni sera trasfigurato da un make-up crudele, che lo penetra e lo lacera senza esitazione, nei suoi piú segreti recessi, e tuttavia pretendere di far coesistere fianco a fianco intimità e impersonalità: è questo che dà scandalo, sul momento. Il pubblico vorrebbe entrare nella vita del performer o, poiché questo non è possibile, almeno nella sua morte, per appropriarsela. Nell'articolo scritto a caldo dopo la morte, il columnist del «Guardian» trova strano che Leigh Bowery avesse scelto di vivere la propria malattia e la propria morte in maniera del tutto privata: «la musa di Lucian Freud diventare il prigioniero del Middlesex Hospital!» lamenta. Ma il fatto è che l'artista vuole essere ricordato per la sua *mente* malata, non per il suo corpo infettato dal virus.

La lunga malattia non aveva offerto perciò alcun accesso al personaggio. E ininterpretabile era rimasta anche la sua morte, sorda al registro ugualmente consumistico cosí della pietà come dello schifo. Tutto quello che c'era da sapere sarebbe stato da quel momento in avanti nelle cose, nei reperti.

In quanto gli offrí un palcoscenico dal quale dare l'immediata percepibilità di questo cambiamento negli stili del conoscere, si può dire che Londra era il posto giusto per Leigh Bowery, quando vi arrivò. O si potrebbe anche dire che fu lui, con il suo contributo, a fare di Londra il posto giusto di quel momento: la capitale del XXI secolo imminente. Come disse Anthony d'Offay, Londra era in quegli anni uno dei posti piú eccitanti del mondo, perché tutto vi stava cambiando: arte, danza, moda. D'Offay aveva visto Leigh Bowery e Michael Clark in una performance di danza al Sadler's Wells, cui aveva fatto seguito una conferenza sulla moda degli stessi Bowery e Clark, assieme ai titolari dell'etichetta Bodymap, e aveva invitato Leigh ad esibirsi nella sua famosa galleria del West End. Era la performance dalla quale sarebbe nato l'incontro con Freud. Sí, tutto stava cambiando, o meglio era già cambiato. Ma non si trattava di un semplice cambiamento delle mode, di un'alternanza come tante altre. La peculiarità di quel momento fu che la moda, divenuta specchio dell'esperienza umana, non ti rimandava altra immagine che quella di uno specchio in cui vedevi te stesso. E la vita andò di conseguenza: perché per quanti ridimensionamenti si siano poi operati, l'immagine di quel vuoto, di quella tautologia, non solo si è iscritta dentro di noi, ma la stiamo tuttora elaborando e assimilando. «Quando dicevo – qui è D'Offay che parla – che Leigh era uno specchio intendevo dire proprio questo: che ti permetteva di vedere te stesso nelle strane forme che assumeva, e in questo per me era il suo genio».

Il resto è cronaca digitale: una proliferazione di immagini gratuite e gratificanti. La rete ne trasuda.

Eccesso Dandy.

Dichiaro subito la mia passione per Leigh Bowery. Sono arrivata a lui attraverso l'arte, attraverso i ritratti che di lui ha dipinto Lucian Freud, quando per me la moda era ancora soltanto un personale e quotidiano progetto vestimentario. Mi piace la pittura e mi piacciono i quadri prepotenti, quelli che non ti lasciano scampo. E mi interessano gli eccentrici, gli eccessivi, i folli. Quelli che non sanno fermarsi e che vivono la vita nello spirito dell'arte.

Nel suo racconto del primo appuntamento con Freud (come eludere tutte le risonanze che provengono da questo nome?) Bowery indugia – nel tentativo forse di spostare da sé l'imbarazzo di quella situazione, desiderata e temuta insieme – su come si era vestito per l'incontro. Per essere sorprendente e insieme per compiacere Freud attraverso un'esplosiva sintonia cromatica e visiva, aveva scelto i *grey-brown* tipici della tavolozza del pittore. Poi Bowery elenca quali indumenti Freud indossa solitamente quando lavora (pantaloni e camicia di cotone di agnès b. o di Muji con scarpe Timberland) e l'abito-divisa con cui si cambia quando esce per bere al pub o mangiare un boccone (un completo grigio scelto tra i tanti cuciti dal suo sarto di Savile Row con una camicia di cotone del parigino Charvet).

Sulla tela il corpo di Leigh Bowery, che Freud trova «perfettamente bello», è un pugno allo stomaco. La pelle è tumefatta, colorata dal reticolo delle vene e dalle ombreggiature scure che formano come delle macchie larghe e irregolari, fatte risaltare dalla rasatura totale richiesta da Freud. Una pelle violata dallo sguardo indagatore del pittore.

I grandi nudi di Bowery, dipinti da Freud nell'arco di tre anni e mezzo, raccontano, con quel sesso glabro, rattrappito, quasi ridicolo nel rapporto con il corpo imponente, tutto l'imbarazzo di Bowery a essere lí, in quello studio, a mostrarsi senza posticcio, senza trucco, senza vestiti, mentre veniva segnato dalla materia viva della pittura di quello che allora era il piú importante artista figurativo inglese vivente. Nudo. «Essere naturali è una posa troppo complicata da mantenere», disse una volta Oscar Wilde.

Raccontando e chiosando Bowery e le sue gesta, Paola Colaiacomo delinea le iconografie di quell'epoca, la decade dell'immagine, in bilico tra il *no future* dei punk e la struggente malinconia messa in scena dai new romantic, tuttora impressa negli immaginari della moda. Nel bianco e nero delle fotografie pubblicate su riviste di culto come «The Face» e «i-D» vengono raccontate le persone e le atmosfere di una generazione in transito da un mondo fatto di ribellione e inquietudine a un universo vasto e slabbrato in cui l'imperativo è essere straordinari, o comunque originali, mai copie. Tutto è moda, e la moda è tutto. Esplodono i colori, che presto saranno fluo. Si esasperano le forme, creando silhouette da fumetto.

Leigh Bowery diventa l'icona di chi sceglie il proprio corpo e il proprio travestimento come mezzo d'arte e di battaglia. *Total package*, *total life*, a scardinare la sonnolenta banalità quotidiana di quel rassicurante *total look* che andava sempre piú affermandosi, adatto a far sentire alla moda ed eleganti tutti i qualsiasi.

L'arte di Bowery è la sua vita: «Vèstiti come se ne andasse della tua vita, o lascia perdere». Per esprimersi usa il suo corpo, e i suoi strumenti sono i vestiti, le protesi, il make-up, ma anche le borchie e gli spilloni, che infila nelle guance. Quando ormai non gli basta piú essere solo un'apparizione, un'opera inquieta, ma vuole diventare protagonista assoluto di una scena ormai affacciata sul baratro della fine, nelle ultime performance, estreme, oscene, disperate, esasperate, è il suo corpo stesso a essere offerto in una sorta di rito laico, appeso in ostensione, con le mollette che stringono i testicoli e i capezzoli, con i collari, le cinghie, i clisteri esibiti e rovesciati sul pubblico. Qualcuno deve pur assumersi l'onere di essere radicalmente unico. Di diventare leggenda. Di destare la meraviglia.

Ultima declinazione del vero dandy inglese, sporca con il vomito i velluti e le sete di Oscar Wilde. In un periodo in cui Madonna cambia look ogni stagione, Bowery lo cambia tutte le settimane, tutti i giorni, in tutte le occasioni. E ogni volta si veste proprio come se la sua vita dipendesse solo da quello. Sopporta tutto con dedizione e disciplina, anche una lampadina accesa in bocca, posseduto totalmente da un demone capriccioso ed egocentrico: «Talvolta mi chiedo: perché faccio questo?»

Bowery è abbagliante. Bowery è amorale. Bowery è tragico. Icona glitterata. Icona fantasmagorica. Icona merdosa. Icona nuda.

Icona solitaria. Corpo della totalità sadiana. Personaggio conclusivo, unico e inimitabile, di una decade iniziata nell'euforia dell'alcol e del popper, in mezzo alle luci stroboscopiche delle discoteche, e finita all'improvviso, senza nessun rimpianto, con il popolo della notte decimato, spaurito, ricacciato ai margini. Bowery si assume il compito di portare alle estreme conseguenze la vita vissuta come evento. Come opera d'arte.

William Lieberman, direttore del Metropolitan di New York che lo incontra durante la grande mostra che il museo americano dedica a Freud nel 1993, vestito con un abito a fiori dalla gonna larghissima, il corpo stretto in vita e al collo da cinghie nere, un passamontagna-maschera e un elmetto tedesco in testa, definirà «eroica» la sua presenza: «Lui non imitava nessuno. Non impersonificava nessuno. Lui aveva semplicemente creato un modo di essere».

Esterno e interno diventano la stessa cosa. Il male modifica il corpo e ne viene accolto. Leigh Bowery, che nel 1988 aveva scoperto di essere sieropositivo, muore nella notte a cavallo tra il 1994 e il 1995. Un capodanno nero e opaco, come lo sono quasi tutti i capodanni. «Niente ci aveva preparato a questi giorni», scrive sul suo diario Derek Jarman, altra icona dell'epoca attraversata da Bowery e altra vittima illustre dell'Aids in quello stesso maledetto 1994. Ma da tempo era già cominciata un'altra storia che stava spingendo la figura del dandy alla clandestinità e all'antagonismo.

bell hooks

Una ragazza a cui il sesso piace di piú con i vestiti addosso

I vestiti esistono non solo per coprire il corpo, ma anche per esaltarlo. Per questo l'adornarsi, la moda, lo stile hanno un ruolo cosí vitale nell'esistenza dei popoli di tutto il mondo, non importa quanto poveri o «sottosviluppati». Il corpo umano è sempre visto come un tempio, e gli indumenti sono indispensabili per riparare e difendere questo santuario. Per me i vestiti esprimono sempre un'estetica erotica. Amo un tipo di abbigliamento divinamente sensuale, abiti capaci di ornare e accarezzare la carne. Come tutti i miei fedeli lettori sanno bene, adoro la biancheria elegante. L'abbigliamento intimo per me ha un'importanza particolare – e infatti nei miei armadi ci sono ceste piene di sete, lini e nastri seducenti. È piuttosto facile procurarsi biancheria intima elegante e lussuosa, soprattutto per chi, come me, considera i vestiti essenziali al piacere erotico – per una ragazza, cioè, cui il sesso piace di piú con i vestiti addosso che senza. Voglio dire, se poi via via i vestiti vengono levati può essere bello lo stesso: significa semplicemente che il piacere sensuale è stato portato a un altro livello.

In genere una donna che ama con passione sia il sesso sia i vestiti è anche un'intenditrice di tessuti. Quelle di noi che non apprezzano l'estetica sadomaso del cuoio aderente, del vinile scivoloso e del look plastica bagnata, scelgono fibre naturali, ecologiche, per intensificare il piacere – di qui il gusto per la seta, per il puro cotone, per gli impalpabili fazzoletti di lino e per la morbida dolcezza del cachemire filato sottile. Mi piace credere che anche la recente mania del velluto tanto negli abiti quanto nella biancheria abbia a che fare con il sesso.

Al termine di un acceso dibattito sull'architettura indigena fra me e il mio uomo, o forse dovrei dire uno degli uomini della mia vita, mi accorsi che lui già da un po' di tempo stava fissando i bottoni di vetro della mia camicetta di velluto cremisi. Gli avevo appena letto qualche riga dal libro di Bernard Tschumi, *Architecture and Disjunction*, là dove l'autore sostiene che: «Contrariamente alla mera necessità del costruire, la non necessità dell'architettura è indissociabile dalle varie storie dell'architettura, teorie sull'architettura e altri precedenti analoghi. Si tratta di vincoli che intensificano il piacere. Le passioni piú violente sono sempre metodiche. Nel desiderio sfrenato, l'organizzazione invade il piacere a tal punto che i vincoli organizzativi diventano indistinguibili dal fatto erotico». E stavamo appunto discutendo della sensualità di tipo organico che hanno certi edifici.

Siccome continuava a fissare la mia camicetta, lo invitai a tastare il tessuto – per sentirne la consistenza. Al momento non ricordavo di essere senza reggiseno – e non pensai che, passando le mani sulla camicia, lui mi avrebbe toccato i seni e probabilmente ne sarei stata eccitata. Infatti i capezzoli mi si indurirono sotto quelle mani che carezzavano il velluto, e non mi venne in mente alcuna buona ragione per fermarsi lí; mi parve anzi che sarebbe stato interessante esplorare ancora, sperimentare le sensazioni date da una bocca avida che succhia i seni attraverso il velluto (eravamo entrambi affamati, era quasi ora di cena). Il velluto bagnato sulla pelle è molto stimolante, un ottimo aperitivo. Il libro, casualmente, rimase aperto sull'immagine di un poster con sopra scritto: «È risaputo che la sensualità ha la meglio anche sulla piú razionale delle costruzioni. L'architettura è l'arte erotica per eccellenza. Portatela all'eccesso, ed essa rivelerà tracce sia della razionalità sia dell'esperienza sensuale dello spazio. Simultaneamente».

Spesso, quando vedo le donne andare in giro vestite di velluto, mi interrogo sulla natura della loro vita sessuale – mi chiedo se trovano il contatto con il tessuto importante per la soddisfazione del desiderio o se lo considerano solo un mero allettamento dei sensi. Per me l'abbigliamento non si limita mai a questo ruolo secondario, o a semplici compiti di propaganda: costituisce sempre un aspetto cruciale dell'esperienza sessuale. Forse è la conseguenza di un'adolescenza all'antica, costretta giocoforza a esternare ogni desiderio sessuale con i vestiti addosso. A casa nostra, una casa piena di ragazze (ho cinque sorelle), qualcuno si incaricava sempre di fare «la spia nella casa dell'amore». Era quindi necessario, benché rischioso, ingegnarsi di esplorare la vita sessuale tenendo addosso i vestiti.

Trovare lingerie che sia sensuale è molto piú facile del trovare vestiti che diano al corpo un costante fremito erotico. Per me il cachemire è una delle fibre tessili piú duttili e divertenti. Ma fu per puro caso che scoprii la piena intensità dei suoi poteri e piaceri erotici. Era il mio compleanno, e mi ero svegliata con l'assoluta certezza di essere ormai troppo vecchia per le gioie di una relazione illecita – o per meglio dire sicura che non fosse per nulla divertente essere legata a una persona che non è libera di svegliarsi accanto a te per festeggiare insieme quel giorno speciale. Ero quindi fermamente intenzionata a sciogliere quel legame, la storia piú irresistibilmente romantica di tutta la mia vita. Mi vestii in fretta e preparai la mia ventiquattrore nera gettandovi dentro dei vestiti alla rinfusa, senza pensarci su. Si sarebbero combinati per forza, essendo tutti neri. È il mio colore preferito – fa tanto stile New York –, una cosa da donna vera. Nel libro in cui racconto la mia adolescenza, *Bone Black*, parlo del mio infantile desiderio di vestirmi di nero, e di come mia madre rispondesse sempre che non potevo, perché il nero non è per tutti – men che meno per ragazzine ingenue come me –, perché il diritto di vestirsi di nero bisogna guadagnarselo – perché il nero «è un colore da donna». Da allora e per sempre il nero è rimasto per me intimamente legato all'idea di competenza emotiva, maturità e conoscenza diretta delle passioni piú intense, soprattutto quelle legate al dolore della perdita.

Era ormai autunno, quindi tutto ciò che gettavo nella ventiquattrore doveva essere caldo: il momento giusto per il cachemire. Vi misi una gonna lunga di cachemire nero con un maglione intonato – quelli che indosso sempre per lavorare, sia in ufficio sia in casa. Non pensavo che quel viaggio avrebbe avuto sviluppi erotici, tuttavia il maglione lo scelsi con i bottoni. I bottoni sono fantastici per il gioco sensuale, perché aprono la possibilità del piacere. Eppure, mentre con gesto deciso ficcavo abiti nella valigia nera per prendere un aereo e percorrere migliaia di chilometri, non avevo in mente il sesso. Tutto ciò a cui riuscivo a pensare era come spezzare la presa che quella relazione aveva ancora sul mio cuore.

Quando arrivai la giornata era tetra, grigio ardesia – il riscaldamento del piccolo appartamento aveva mantenuto un certo tepore, ma non abbastanza da vincere il gelo. Lui non mi aspettava, ma non si mostrò sorpreso del fatto che fossi lí e volessi parlargli. Capí tutto dal tono della mia voce, mentre parlavamo di cose indifferenti – il tempo, l'ora in cui ci saremmo potuti vedere. Aveva ciò che i poeti chiamano «il senso della fine». Prima che arrivasse mi feci il bagno, e le piccole stanze si riempirono del profumo di eucalipto e di lavanda. Pronta per il calore e per una conversazione seria, infilai la mia gonna con il maglione nero, normale tenuta da lavoro – leggermente formale ma non rigida. Però senza biancheria. Avvolta nel morbido cachemire mi sentivo già un po' consolata, rilassata ma decisa.

Non appena varcò la soglia io, calma, gli dissi che avremmo dovuto smettere di vederci. Un addio pacato e razionale. Sembravamo personaggi di un film che leggessero un copione costruito con cura: lucidi e spassionati. Ma quando ci abbracciammo, corpi caldi nella calda stanza satura dell'intensità della perdita imminente, entrammo nel reame dei sensi. Con la schiena appoggiata al muro, accanto alla porta, sentivo il freddo esterno attraversarmi i vestiti mentre le sue mani calde mi accarezzavano il corpo attraverso il morbido cachemire. Quando la sua mano mi si infilò tra le gambe attraverso la gonna ne fui sopraffatta – ero bagnata e sensuale. Fu il piú dolce dei congedi, carico di struggimento e di lutto.

Da quella volta cominciai a considerare in maniera nuova i vestiti che indosso per il lavoro di tutti i giorni. Improvvisamente gli indumenti di cachemire che ho sempre portato per pura e semplice praticità mi sono apparsi in una luce nuova. Adesso so che questi solidi maglioni e gonne contengono un magnetismo elementare – qualcosa che permane e che sostiene, come il ricordo appassionato del vero amore.

Sfiorare, accarezzare, sfregare.

Ho letto per la prima volta questo racconto di bell hooks molti anni fa, in una raccolta chiamata *Seconda pelle. Quando le donne si vestono.* L'edizione italiana era del 2001, quando ancora il prezzo sul retro di copertina veniva indicato sia in lire che in euro. «Qui non si parla di moda. Ma di vestiti. E sono le donne a parlarne», diceva la prima riga del testo in quarta.

Già il titolo del racconto, *Una ragazza a cui il sesso piace di piú con i vestiti addosso*, mi sembrava una dichiarazione di libertà e consapevolezza rispetto a quel rapporto intimo, quasi inconfessabile, che ogni donna intrattiene con la materialità e con la forma di ciò che indossa. Nel contatto tra la pelle e il tessuto può avvenire una specie di cortocircuito: c'è uno sfiorare, un accarezzare, uno sfregare. Gaëtan G. de Clérambault, psichiatra illustre, maestro di Jacques Lacan, descrive «la passione erotica delle donne per la seta»: una passione, dice, che si esaurisce nel rapporto – univoco, esclusivo, escludente – con un materiale sensuale e, soprattutto, con se stesse.

Anche bell hooks considera i vestiti «essenziali per il piacere erotico» e racconta del suo amore per la biancheria intima, specialmente quella in seta, che compra in quantità e con gran soddisfazione. Descrive com'era vestita in certi momenti, lo stare seduta accanto al partner a discutere di architettura, per poi rendersi conto dello sguardo di lui, impastato di desiderio, posato sulla camicetta di velluto cremisi indossata senza reggiseno. Desiderio alimentato non solo dal comportamento del corpo, ma soprattutto da ciò che lo precede, lo prepara: l'indugiare nella scelta di cosa indossare, il guardarsi allo specchio.

«Il corpo umano viene valorizzato solo quale supporto di quegli indumenti», dice Patrizia Calefato a proposito del fetish. bell hooks ci parla però di un corpo libero sotto indumenti che non definiscono o forzano la silhouette. Abituati come siamo a una fisicità sempre piú plasmata dalla disciplina della palestra e del cibo, a un corpo patinato, mappa di una sensualità a uso e consumo degli sguardi mediati, degli obiettivi, di un'idea di seduzione molto lontana dal desiderio agito da emozioni oscure, è liberatorio lasciarsi andare all'erotismo di questo racconto.

bell hooks, nom de plume di Gloria Jean Watkins (il nome della bisnonna materna, ma con le iniziali minuscole per mettere l'accento su quello che è piú importante: «la sostanza dei libri e non chi sono»), scrive un racconto pornografico, di quella «pornografia delle donne» di cui parla Beatrice Faust: la moda e i cosmetici, soddisfando il senso del tatto, assicurano al corpo un piacere fisico, concreto, tangibile.

bell hooks era nata nel 1952 in una famiglia afroamericana della classe operaia in una città segregazionista. I suoi libri e i suoi saggi sono stati importanti per aprire varchi, porsi domande sui femminismi ma anche sulla maschilità e la mascolinità, come *La volontà di cambiare. Mascolinità e amore*, e sul sessismo e il razzismo come sistemi di dominio interconnessi. *Una ragazza a cui il sesso piace di piú con i vestiti addosso* mette in discussione e supera l'assunto stantio, purtroppo molto radicato nel pensiero femminista ortodosso, della subordinazione dell'abbigliamento femminile al desiderio maschile. Mostra, insomma, come le donne possano partecipare attivamente all'eccitazione erotica derivante dal modo di vestire.

Kim Fu

Forbici

Quando si apre il sipario, Dee siede sul palco vuoto di un piccolo teatro in stile cabaret. Pareti dipinte di nero, l'odore della polvere che brucia sulle luci di scena, l'antico fumo di sigaretta che impregna i drappeggi di velluto azzurro. I riflettori si accendono su Dee, una sgargiante luna piena. Siede su una semplice sedia di legno, coi polsi legati ai braccioli e le caviglie alle gambe con strisce di tela accuratamente strappate. Siede rilassata e disinvolta, le ginocchia aperte e le spalle distese e leggermente curvate all'indietro, come se si stesse rilassando in una vasca idromassaggio. La t-shirt dress bianca le sale sulle cosce, il calore irradiato sulle sue braccia e gambe nude somiglia piú alla luce del sole che a quella della luna.

Il pubblico è accalcato intorno a tavolini rotondi. Le candele accese al centro di ognuno illuminano le tovaglie bianche e i bicchieri da cocktail imperlati, mentre i volti restano in ombra. Un tavolo in prima fila attira l'attenzione di Dee: un gruppo che ha continuato a fare chiasso dopo che il silenzio è calato sul resto della sala, le uniche persone che riesce a vedere chiaramente nelle luci della ribalta. Fanno battute e si accapigliano per avere la visuale migliore mentre fanno schizzare le bevande dai loro bicchieri, ma una delle persone al tavolo è silenziosa, sta appoggiata allo schienale della sedia, resta al di fuori della conversazione. Giocherella nervosamente col candelabro, tastando il vetro caldo, la fiammella che rotola sullo stoppino. Con uno scatto ritira le mani. Si illumina di rosa, arrossisce già dietro ai suoi occhiali quadrati.

El entra sul palco dalla sinistra, indossa uno smoking aderente con le code, il farfallino nero a fermare il colletto alto della camicia. Passa davanti a Dee. Ha in mano un paio di forbici, normali ma grandi, in acciaio inossidabile dalla punta ai manici, come quelle che si tengono in cucina per tagliare tendini e spago da macellaio. L'acciaio cattura la luce dei riflettori come un occhiolino. El le agita per aria e fa dei gesti verso il pubblico, come un mago con un cilindro vuoto.

Di solito con lo smoking El indossa delle décolleté col tacco a spillo, quindici centimetri di stiletto, le gambe dei pantaloni tirate su. Quella sera è a piedi nudi. Dee la fissa. È colpita dalla vista dei piedi di El, da quella inaspettata intimità, dalle sue unghie dei piedi senza smalto che sembrano una fila di perle rosa.

El afferra l'orlo del vestito di Dee e inizia a tagliare. Lo fa senza fretta. Un centimetro, una pausa. Un altro centimetro. Il suono è soddisfacente, il rumore delle lame che si uniscono, del tessuto che si dilata e si separa. Un taglio dritto al centro, in linea con l'ombelico di Dee. Dee sente le forbici avvicinarsi e poi fermarsi all'altezza del suo plesso solare, poi El si allontana. Il tessuto ai due lati del taglio pende ai lati come una camicia da notte svolazzante, una V rovesciata di pelle esposta nel mezzo.

El si sporge e bacia Dee sulla bocca. Dee si ritrae, per quanto le riesce, ma El non desiste, il bacio è morbido e insistente. El non l'aveva mai baciata sul palco. Dopo in camerino, quello sí, durante le frenetiche e intime scopate che mettevano fine a ogni serata, il trucco di El, sciolto dal sudore, che chiazzava il collo di Dee. Non riesce a smettere di pensare all'assenza delle scarpe di El. Il suo personaggio di gigantessa ridotto a un'altezza normale. Forse non significa niente. Forse le si è rotto un tacco dietro al palco, poco prima di fare la sua entrata, ma a Dee piace che le cose siano come sono sempre state. La sua resa fa parte della coreografia. Non può farcela se si immagina

El a casa nel suo appartamento, un appartamento uguale a tutti gli altri. A El che si toglie le scarpe nell'ingresso e si massaggia gli archi stanchi, le piante dei piedi piene di vesciche. A El che si mangia un bagel in piedi in cucina, coi piedi nudi sul linoleum. Dal chiassoso tavolo in prima fila partono dei fischi, ma sono bonari, contengono ancora una risata. *Continuate! Non stuzzicateci!* Dee cerca di concentrarsi sul pubblico, di tornare nel momento. Le sue pupille si sono adattate al buio e, strizzando gli occhi, riesce a vedere una coppia sul fondo della sala, a distinguere le loro forme nel buio. Due donne, la pelle e i capelli chiari illuminati di rosso sotto l'insegna dell'uscita di sicurezza. Si stanno baciando distrattamente, spostando l'attenzione sul palco, sempre con un occhio rivolto a Dee.

El sforbicia gli ultimi centimetri del vestito di Dee, ormai tagliato da cima a fondo. I lembi si arricciano verso l'esterno, pendono sul suo petto nudo come una giacca sbottonata. Quando El rimbocca i lembi e se li avvolge intorno, le maniche ancora comicamente intatte, Dee percepisce un cambiamento nell'energia della sala. El fa un passo indietro. Non tocca Dee. E niente tocca lei, il che rende la sua nudità piú strana, piú acuta, piú indifesa.

El batte le forbici sul ginocchio di Dee, come se stesse giocando sovrappensiero con una penna, esagerando il rimbalzo. Appoggia le punte sul collo di Dee. Il tavolo in prima fila finalmente si cheta.

El osserva a lungo il corpo di Dee, come se fosse immersa nei pensieri, una vena che pulsa sul collo di Dee. Solleva le forbici e ne preme con forza il bordo piatto contro il seno sinistro di Dee, parallelamente al suo corpo. Non la trafigge né la taglia, ma lascia che affondi come in un materasso. Una presenza, qualcosa di duro, una potenziale minaccia. Per attirare l'attenzione sulla sua morbidezza, sul modo in cui la sua carne sprofonda e si deprime alla minima pressione. Quasi a filo col suo petto, la lama si apre e si chiude senza catturare la pelle nel mezzo, tagliando l'aria tra la clavicola e il capezzolo, come a interrompere una connessione immaginaria.

Le lame chiuse scivolano attraverso i suoi seni e nel mezzo, fino alla pancia, senza graffiare, premendo e sfiorando come il dorso di un'unghia. Scendono ancora fino alla parte piú soffice della coscia. L'acciaio inizia a scaldarsi.

Dee ama il modo in cui il pubblico sussulta a ogni movimento di El. Il loro respiro trattenuto. Stringono i denti e il diaframma, cercando di restare il piú possibile immobili, come se bastasse restare immobili e non respirare perché Dee non venga tagliata. Sa che è uno spettacolo esasperante, la lama affilata vicino alla pelle, sulla pelle, la tensione, il sangue che pulsa all'interno di tutti loro, che si gonfiano come palloncini che vogliono solo essere scoppiati. È piú facile essere lei, pensa. Sa esattamente dove si trovano le forbici, sente la presa calma e controllata di El. È come se la sua pelle si sollevasse a incontrare il metallo di sua spontanea volontà, la peluria e la pelle d'oca che si alzano in un'attrazione magnetica e lenta.

Le forbici sono di nuovo appoggiate di piatto al suo stomaco, puntano verso il basso, di tanto in tanto si immergono nell'elastico della sua biancheria intima, piú fredde sulla pelle coperta. El le ruota lentamente fino a renderle perpendicolari al corpo di Dee, sempre puntate verso il suo centro. Le lame si aprono come il becco di un uccello insaziabile. El taglia le cuciture laterali, l'elastico intorno a ogni gamba, e la parte anteriore della biancheria di Dee cade in avanti come un ponte levatoio. Dee lotta contro i nodi che la legano per sollevare il sedere mentre El sfila via lo scampolo di seta.

Il palco è cosí basso che le sue ginocchia sono all'altezza degli occhi del pubblico. Se non alzano o non abbassano lo sguardo, finisce dritto tra le sue gambe.

El usa le forbici per sollevare il mento di Dee. I loro occhi si incontrano, si guardano. El sta passando le forbici lungo il corpo di Dee senza nemmeno guardare, le lame aperte in una stretta X che la sfiora in lunghe carezze come per arricciare un nastro. La sua pelle si arrossa a strisce per la frizione e il calore, ma resta intatta. La sua mente è ancora sgombra, serena, fiduciosa, ma il suo corpo si contrae lo stesso, ancorandone i fianchi alla sedia.

Sempre senza guardare, sempre seguendo l'istinto, El appoggia la superficie piatta delle lame delle forbici – con un'occhiata fugace – alla vulva di Dee, contro le grandi labbra, e qualcuno nel pubblico emette un gemito, un suono di terrore e desiderio simultanei. L'acciaio è bagnato. Avvicina le lame, a pochi millimetri dalla pelle piú tenera di Dee, e lo schiocco a vuoto rompe il silenzio cosí profondo che si sentirebbe cadere uno spillo. Lo stesso gemito emerge dall'oscurità.

El porta le forbici alla bocca di Dee, invitandola a baciarle, e lei lo fa. Lascia scivolare la punta aguzza tra le labbra di Dee, e Dee risucchia le lame chiuse fino al perno centrale. Le forbici sembrano smussate contro il suo palato, la sua lingua, le profondità della sua bocca si riempiono di metallo. È Dee ad avere il controllo di questa parte, la deglutizione di spade, e muove leggermente la testa e fa scivolare le labbra. Alza lo sguardo verso El, soddisfatta di se stessa, e si aspetta che gli occhi di El siano vitrei di approvazione e desiderio, di quella sua energia da cavallo selvaggio, impaziente di fare il prossimo passo, di avere di piú.

Ma El non la sta neanche guardando. Il suo sguardo è posato appena oltre Dee, sul mare di candele e tovaglie macchiate. La mano che tiene la forbice si rilassa, allenta la presa. Si sta annoiando? Dee si spinge verso l'alto, indignata, la sua bocca si allarga per accogliere la base dei manici, la punta le sfiora la gola. Senza voltare la testa, cerca di capire cos'abbia sottratto l'attenzione di El. I disturbatori del tavolo in prima fila? El sorride in quella direzione, nello stesso modo in cui sorride quando qualcuno la provoca, le propone una scommessa o una sfida.

El prende le forbici lucide di saliva e taglia un lembo del vestito di Dee. Tiene le forbici tra i denti mentre piega la striscia a metà, per renderla piú spessa, e la avvolge intorno alla testa di Dee per bendarla. Intorno a lei tutto si fa nero. Dee cerca di appoggiarsi a ciò che sa: El le sta stringendo un nodo preciso dietro la testa; El le sta infilando con ostentazione le forbici tra i capelli, tirati indietro in uno chignon, come bacchette decorative. Un brivido di terrore le accende le viscere.

– Sei pronta? – le sussurra El.

Dee dovrebbe restare in silenzio e poi annuire timidamente, per apparire esitante ma eccitata. Si sorprende di trovarsi effettivamente esitante. Fin dall'inizio aveva detto a El che aveva bisogno di scrivere ogni dettaglio della sua sottomissione, ed El aveva capito. Che Dee aveva bisogno di avere il controllo per poter rinunciare al controllo. Che poteva dare di matto per qualcosa di insignificante come l'assenza delle scarpe, un bacio fuori programma, un sorriso inquietante. Che le loro vite dovevano essere separate, i loro ruoli puri, i loro sé diurni abbandonati alla porta sul retro del teatro. Come se cento notti di sesso e conversazioni e adrenalina da palcoscenico non fossero state piú rivelatorie di qualunque altra relazione avesse mai avuto.

El non l'ha mai graffiata sul palco, non ha mai calcolato male una frazione di centimetro facendola sanguinare. Le forbici ricordano a Dee delle montagne russe dal suono metallico e di dubbia costruzione alla fiera vicino a dove è cresciuta. Il vagone da due persone la teneva a malapena ferma, e le fiancate metalliche le riempivano di lividi sulle costole, la testa le sballottolava avanti e indietro. Una volta si era scheggiata un incisivo sulla barra di sicurezza. Ma non aveva mai davvero paura. Non faceva che mettersi in fila piú e piú volte, euforica.

La stanza è umida, ipnotizzata, l'aria è densa di desiderio. In quel momento non è in pericolo immediato, non ci sono salti e curve che le fanno battere i denti nel cranio, né bordi d'acciaio che le scavano la pelle nuda, eppure sente un formicolio vertiginoso attraversarle mani e piedi. Quell'adrenalina da fiera si è arricchita di qualcosa di reale: El, la sua El, a cui è venuta a noia. Cosa potrebbe fare una El annoiata.

El appoggia la mano su quella di Dee, bloccata sul bracciolo col palmo rivolto verso l'alto, e la stringe leggermente in un gesto che Dee capisce: *Sono io. Sono solo io. Sono sempre io.*

Dee annuisce.

– Dice che è pronta! – El grida, voltandosi verso il pubblico. – Chi vuole giocare si metta in fila in modo ordinato. Restate vicini al muro e aspettate un mio cenno per farvi avanti. Ricordate: potete usare solo le mani, e il vostro turno è finito quando faccio questo segnale. Non ci sarà tempo per tutti. E non vi perderò di vista! Chi non rispetta le regole sarà portato fuori!

Dee ricorda a se stessa che non sta succedendo nulla, che mormorii, movimenti e scalpiccii fanno parte dello show, gli spettatori stanno semplicemente facendo avanti e indietro dai tavoli al bar – e tutto questo è stato spiegato loro in anticipo. Il cervello di Dee le dice una cosa, che è una performer in uno spettacolo ormai consolidato che ha regole da lei stessa stabilite, mentre il suo corpo sa solo di essere in trappola, legato e bendato, solleticato dalla sensazione di essere guardati. Essere guardati senza poter guardare. Anche prima che fosse bendata era stata in grado di distinguere solo qualche volto – l'uomo timido al tavolo in prima fila e i suoi chiassosi compagni d'avventura, la coppia sotto l'insegna dell'uscita di sicurezza. Non ha idea di chi ci sia là fuori. Non sa se sembrino speranzosi, adoranti, come supplicanti di fronte a una regina. Se stanno ridendo, se stanno passando una bella serata, divertiti da tutta la situazione. Se stanno sogghignando, impazienti, concentrati in modo inquietante, ubriachi fradici. Se l'hanno conosciuta in un altrove temporale o spaziale. Una folla è piú imprevedibile di un singolo, piú anarchica. La folla è una delle cose piú pericolose a cui possa pensare.

Dietro la benda immagina il volto di El dalla fronte alta, malizioso, facile da amare. Dee ricorda una sera, non molto tempo prima, in cui era arrivata a teatro e aveva trovato El con addosso un maglione con una sola manica, una matassa di lana che le penzolava sull'altra spalla. Dee aveva temuto che fosse stata aggredita, ma El si era limitata a ridere per lo stupore. Senza rendersene conto, aveva tirato un filo allentato fino a disfare l'intera manica. «Non riesco a tenere ferme le mani quando mi annoio», aveva detto.

Sono io. Sono solo io. Sono sempre io.

Il primo tocco è una scossa. La punta di un'unghia che le sfiora la nuca. Non si era accorta che ci fosse qualcuno dietro di lei. L'unghia è appuntita, affilata, lo stesso accenno di minaccia delle forbici. Si immagina una donna con le unghie ricostruite a colori brillanti, le punte a spillo. Una vistosa acconciatura, un tubino fasciante. Le dita si allargano e pettinano i capelli di Dee verso l'alto, le avvolgono la nuca come fosse un pallone da basket, artigli curati che si aprono e si chiudono flettendosi. Dee si appoggia alla mano. Le piace farsi grattare la testa in quel modo. El lo sa.

La mano si ritira ed è immediatamente sostituita dalla sensazione di un tocco sullo sterno, cosí leggero da farle venire i brividi, sembra un fantasma. È un tocco cosí leggero da essere quasi sgradevole, che scende verso il basso per poi seguire il cerchio del capezzolo con un'indecisione che la innervosisce. Se quelle dita fossero sporche di vernice, difficilmente lascerebbero una macchia, tanto il contatto è superficiale. Sembrano goffe, affamate, un po' spaventate, come un adolescente vergine. Le viene in mente l'uomo con gli occhiali del tavolo in prima fila (lo ha notato anche El? Sta cercando di imitarlo?) A quella mano se ne unisce un'altra, che le avvolge i seni da davanti, e se lo immagina in piedi di fronte a lei, gli occhiali appannati dal sudore, il colletto della camicia stropicciato, la bocca leggermente aperta, sbalordito dalla vista e dal contatto col suo corpo. – Basta cosí, – dice El. Ritraendosi, modulando la voce in quel modo cosí suo. Sente che qualcuno si allontana a malincuore, ma non prima di avere strizzato il capezzolo di Dee in un perfido addio.

Altrettanto all'improvviso, qualcuno afferra Dee per il collo, il pollice e l'indice tengono il mento di Dee dal basso, il palmo preme contro la sua gola. Un movimento rapido e sicuro, che la fa ansimare. Un po' piú del necessario. La mano sembra troppo grande per essere quella di El, il dito medio le arriva quasi alla nuca, la base del polso si appoggia al suo petto. Troppo sottile e troppo liscia per essere la mano di El, senza i suoi calli di una vita. La mente di Dee disegna una mano da pianista, dal palmo largo e le dita lunghe, magistrale nella sua manipolazione di ottava in ottava.

La musicista le stringe amichevolmente la gola, come si fa col braccio di qualcuno in segno di congratulazioni o di conforto – ma in questo caso è un lampo di costrizione, che le fa saltare un respiro. El non permetterebbe mai a qualcun altro di toccare Dee in quel modo. Lo farebbe? Una stretta piú decisa. Dee ansima di nuovo senza volerlo.

Sono io. Sono solo io. Sono sempre io.

La sua gola viene liberata. Due mani si posano sulle sue cosce da davanti. Qualcuno si inginocchia di fronte a lei, cosí vicino che Dee riesce a sentirne il fiato caldo tra le gambe. La persona inginocchiata muove la testa avanti e indietro, soffiando un flusso d'aria dall'incavo del ginocchio di Dee fino all'interno delle sue cosce, sulla sua figa, giú per l'altra coscia e poi di nuovo, e ancora. Questa cosa, pensa Dee, sembra violare la regola di usare solo mani, quantomeno nello spirito, se non letteralmente. La persona inginocchiata ridacchia, ha una voce acuta, da ragazza. La risata naturale di El è un latrato ampio e vivace.

Mani forti le massaggiano i muscoli alla base del collo, appartengono inequivocabilmente a El. Dee si dice che El, in qualche modo, dev'essersi alzata da dov'era inginocchiata per poi spostarsi dietro la sedia senza fare rumore, senza disturbare il senso cinestesico di Dee sulla sua posizione nella sala. Si dice che è El a incombere su di lei, che il rumore di passi e l'odore di sudore e colonia sconosciuti sono piú lontani di quanto le sembri. Dice a se stessa che è semplicemente El che finge di essere altre persone, ingannando il pubblico e facendogli credere che stia ingannando Dee, come hanno concordato.

Dice a se stessa che El non la consegnerebbe mai a una stanza piena di estranei. Nemmeno se Dee lo volesse. Nemmeno se Dee la implorasse di farlo. O se Dee li accogliesse, offrendosi come un banchetto. Se si sentisse cosí ebbra della loro attenzione, resa folle dal potere che ha su di loro, eccitata per avere ridotto un teatro gremito a un branco di animali con una sola mente.

Mani che scivolano sulle spalle di Dee, sul suo ventre. Mani che le stringono i seni, si arrampicano lungo le sue cosce, si posano sul suo fianco, le schiaffeggiano una guancia, le toccano la punta del naso, le tirano appena i peli del pube. Mani che le palpeggiano il sedere, le stringono le curve da dietro. Dita che sfiorano e abbandonano la sua clitoride. Dita. Che entrano ed escono dalla sua bocca. Movimenti rapidi e guizzanti, da ogni direzione, che non indugiano mai, come se stesse nuotando con un banco di pesci negli abissi di un oceano senza luce. Una quantità di tocchi travolgenti, disorientanti, impossibili da tracciare.

È solo El, ovviamente. Ovviamente. El che si muove in cerchio intorno a lei, El e il suo ventriloquio, i suoi travestimenti, le sue mani imprevedibili che sembrano moltiplicarsi, capaci di raggiungere ogni parte di Dee contemporaneamente. El che la conosce, che può dare e prendere e farla cedere. Oppure no. Dee non saprà mai davvero cosa le succede mentre nuota nel buio, dovrà per sempre fidarsi della parola di El. Decine di volte su quel palcoscenico, è stata solo El, sono solo le mani di El quelle che ha cavalcato, morso e respinto, ma non lo può sapere.

Ed è questo non sapere che le fa cantare il cuore.

Forse le persone sono in fila nel teatro, fuori dalla porta e lungo tutto l'isolato, per avere il privilegio di toccare Dee, e sono queste figure senza volto che ora la stanno afferrando, che la stanno penetrando con le mani, che stanno facendo a gara perché arrivi il loro turno. Forse questa volta El perderà il controllo della folla che si precipiterà sul palco, travolgendola, una forza tanto grande quanto l'impotenza di Dee, legata nuda a una sedia, con la pelle che vibra e l'adrenalina di chi sfida la morte a elettrizzarle le vene.

Oppure.

Oppure El sussurrerà qualcosa a Dee usando la sua voce vera e privata, le toglierà la benda e le rivelerà che ci sono solo loro due sul palco. Slaccerà le corde che legano Dee, la aiuterà ad alzarsi sulla sedia, reggendola in piedi sulle gambe vacillanti. Prenderà la mano di Dee nella sua stretta calda e familiare, e alzeranno le braccia insieme, Dee ancora nuda e piena di lividi e fradicia e spossata, il pubblico raggiante al proprio posto mai abbandonato che si scatena in un applauso.

Corpi vulnerabili.

Siccome non riesco piú a trovare *Histoire d'O*, il romanzo di Pauline Réage – troppi traslochi, e ancora molti scatoloni di libri da aprire – mi alzo fino a uno degli ultimi ripiani della libreria rossa che fodera le pareti del mio studio e, scorrendo la sezione dedicata all'erotismo, prendo la versione dell'*Histoire* disegnata da Guido Crepax. Poi mi fermo un istante, e scorro i libri uno dopo l'altro: è tanto che non salgo quassú. Tra Bataille e Rocco Siffredi individuo anche *Le 120 giornate di Sodoma* del Marchese de Sade: il corrispettivo di Pier Paolo Pasolini, *Salò o le 120 giornate di Sodoma*, struggente e terribile, non riesco piú nemmeno a rivederlo.

Sono tornata da queste parti grazie a *Forbici* di Kim Fu. Perché leggere questo racconto vuol dire riflettere anche sul corpo vulnerabile. Il corpo che rimane senza la protezione dell'abito. Il corpo indifeso, sottomesso. Esposto al volere degli altri perché privato di quell'intercapedine che lo protegge e lo definisce.

Nel *Salò* di Pasolini, che segue nell'ordine assoluto e preciso della costruzione il libro del Marchese de Sade, le uniformi degli aguzzini segnalano le gerarchie e autorizzano lo scempio dei corpi dei ragazzi, che sono stati spogliati degli indumenti e indossano solo i segni che ne indicano la schiavitú. Nell'*Histoire*, O arriva a Roissy e lí viene definitivamente privata dei suoi abiti. Ma, già nella macchina che la sta portando nel luogo in cui sarà educata a obbedire, il suo amante le ordina di levarsi quella debole intercapedine che vela e protegge il suo sesso. Lei esegue.

Poi siamo a Kyoto, è il 1964. Yoko Ono è vestita elegantemente e siede a terra nella Yamaichi Concert Hall. Davanti a lei ci sono delle forbici. L'artista invita il pubblico di *Cut Piece* a prenderle, e a tagliare dei pezzi dall'abito che indossa. Dopo un primo momento di esitazione gli spettatori si fanno avanti e cominciano a tagliare. In una crescente atmosfera di tensione impastata di desiderio e violenza, che però non intacca la fissità dell'artista.

Forbici mi interessa soprattutto per quello che convoca: nel rapporto emotivo tra cervello, corpo e abito, nel suono delle forbici all'opera, in quel tagliare che scandisce la prima parte di questo spettacolo porno, quella in cui gli indumenti vengono fatti a pezzi e il corpo denudato e minacciato, prima di essere offerto al pubblico. Quel corpo di cui parla Merleau-Ponty e a cui fanno riferimento le parole della studiosa Llewellyn Negrin quando scrive che «il corpo non è piú oggetto del mondo, ma mezzo della nostra comunicazione con esso. È l'orizzonte latente della nostra esperienza, continuamente presente, anch'esso prima di ogni pensiero determinante».

Il racconto di Kim Fu descrive una pratica sadomaso svolta su un palcoscenico. La forma del desiderio indotto nel pubblico coincide con il modo in cui esso è suscitato: è nelle forbici, nelle azioni compiute con le forbici, nella tensione e nello sgomento che producono.

La relazione tra forbici e desiderio è molteplice, e non si realizza solo se le forbici sono usate per svelare la nudità distruggendo gli indumenti. Lo testimonia Germano Celant nel saggio *Tagliare è pensare*, pubblicato nel 1996 sul catalogo della Biennale di Firenze di quell'anno, *Il Tempo e la Moda*. Celant sostiene che tagliare è atto fondativo per la costruzione di un «reale autonomo» dell'arte nella modernità, a partire dai cubisti. Si sofferma sulla notissima foto di George Platt Lynes in cui Salvador Dalí fa capolino dietro a una modella nuda il cui pube è coperto da un'aragosta. L'aragosta non solo fornisce una sorta di veste, di protezione e di riparo dalla nudità, ma esalta anche «la carica enigmatica e aggressiva della sessualità. Produce uno scarto linguistico sul ruolo dell'oggetto coprente, l'abito, e ne rivela la tensione erotica segreta. Dalí usa l'animale con le chele trancianti, metafora di forbice, per creare un taglio da cui scaturisca un vestito, metafora di libidine e di sesso, di piacere e di seduzione».

Ci si può soffermare su un ultimo ribaltamento, nel racconto di Kim Fu. Quando Dee, la sottomessa legata alla sedia, all'inizio dello spettacolo si accorge che El, la mistress che aziona le forbici, ha eliminato dalla propria divisa di scena uno degli accessori, le décolleté a stiletto, quindici centimetri di tacco a spillo, rimane molto turbata, «spiazzata dalla vista dei piedi di El, dalla loro inaspettata intimità, le unghie senza smalto come un filo di perle rosa». È un tradimento degli accordi tra le due, un atto di dominio sottilmente compiuto tagliando, ancora, una parte dell'abbigliamento, tuttavia questa volta non dell'altra ma di sé. Per escludere il pubblico, per insinuare realtà nella finzione.

Jhumpa Lahiri

Il fascino della divisa

Nella casa della famiglia di mio padre a Calcutta, dove andavo in visita da piccola, di mattina guardavo i miei cugini vestirsi. Si preparavano per la scuola; io, invece, ero in vacanza. Indossavano, ogni giorno, dopo aver fatto il bagno e prima di colazione, la stessa cosa: una divisa.

Frequentavano due scuole diverse, per cui le rispettive divise erano differenti. Mio cugino portava pantaloni lunghi di cotone blu marino. Mia cugina, qualche anno piú grande, una gonna celeste. A parte i colori, e a parte anche la cravatta gialla che mio cugino si doveva annodare al collo, il resto della divisa era identico: camicia bianca a maniche corte, calzini bianchi, scarpe nere.

C'erano probabilmente, nell'armadio, due paia degli stessi pantaloni blu, due gonne celesti. Bastava mettere quelli puliti e stirati. Prima di partire per l'India mia madre comprava parecchie paia di calzini bianchi in America, sapendo che sarebbero stati graditissimi da mia zia.

Per quanto fossero semplici e funzionali, trovavo le divise dei miei cugini splendide, fascinose. Per strada, sugli autobus e sui tram, mi colpiva questo linguaggio visivo, stringente, grazie al quale si potevano identificare e classificare migliaia di allievi in una città grandissima e popolosa. Ogni uniforme significava l'appartenenza a una scuola ben precisa. Ogni mio coetaneo a Calcutta aveva, ai miei occhi, un'identità forte e allo stesso tempo godeva di una sorta di anonimato. L'effetto della divisa è questo.

Avrei voluto una divisa anch'io. Quando andavo in sartoria per farmi fare dei nuovi abiti – un'avventura particolare che potevo vivere solo in India dove, negli anni Settanta, era piú comune indossare vestiti fatti su misura anziché comprarli in negozio – ero spesso tentata di chiederne una. Era un desiderio folle il mio; un vestito del genere non mi sarebbe mai servito. In America frequentavo una scuola pubblica dove ciascuno metteva ciò che voleva. E io ero tormentata da questa possibilità di scelta, da questa libertà.

Mi angosciava, da bambina, esprimermi attraverso i miei vestiti. Sentendomi già peculiare per via del mio nome, della mia famiglia, del mio aspetto fisico, volevo assomigliare agli altri in tutto il resto. Sognavo uguaglianza, perfino invisibilità. Invece, costretta a scegliermi uno stile, mi sentivo malvestita, un'eccezione anziché la regola.

Non aiutava il fatto che alcune mie compagne di classe mi prendessero di mira, trovando i miei vestiti leggermente strambi. Dicevano: *Che brutto abbinamento, quelle due fantasie insieme fanno a pugni, non lo sapevi? Non si portano pantaloni a zampa, non sono piú di moda.* Ridevano. E cosí, per molti anni, aspettando lo scuolabus, ho iniziato la mia giornata in uno stato di umiliazione.

Schernivano me, ma implicitamente anche i miei genitori. Essendo stranieri, cercando sempre di risparmiare, mi compravano i vestiti senza fare caso alla moda, alla norma. Li acquistavano con i saldi di fine stagione, oppure usati, sapendo che comunque nel giro di un anno mi sarebbero diventati piccoli. Inoltre, mia madre non condivideva il gusto delle madri americane. Non entrava negli stessi negozi, non le interessava vestirmi come le altre ragazze. Ecco perché mi sembrava che una divisa sarebbe stata la soluzione.

Per me l'abbigliamento ha sempre avuto un significato in piú. Mia madre, che perfino oggi, quasi cinquant'anni dopo aver lasciato l'India, indossa soltanto gli indumenti tradizionali del suo Paese, tollerava a malapena i miei vestiti americani. Non le piacevano i miei jeans, le mie magliette. Disapprovava, quando ero adolescente, che volessi mettere una gonna corta, i tacchi alti. Piú crescevo piú ci teneva che anch'io portassi vestiti indiani o, almeno, vestiti poco provocanti. Ci teneva che diventassi una donna bengalese come lei.

Ogni volta che andavamo a una festa da un'altra famiglia bengalese, a qualche occasione o celebrazione importante, mi chiedeva, mi supplicava, infine mi costringeva a mettere un abito tipicamente indiano. Se protestavo si arrabbiava. Per accontentarla cedevo, ma allo stesso tempo mi innervosivo, mi imbronciavo. Non appena indossavo quei vestiti mi sentivo ancora piú diversa, straniera come lei. Sentivo addosso un'identità imposta. Quegli abiti, a cui era dedicato uno spazio a parte nell'armadio, avevano una qualità discrepante, sgargiante: colori che mi sembravano troppo vivaci, tessuti radicati in un altro Paese. In realtà erano piú eleganti dei miei vestiti di tutti i giorni, ma ero insofferente nei loro confronti. Sapevano di un luogo lontanissimo. Non pesavano quasi niente, eppure pesavano su di me.

Attraverso questa lotta aspra tra me e mia madre, di lunga durata e senza un esito chiaro, ho provato sulla mia pelle quanto i nostri vestiti, cosí come la lingua, come il cibo, esprimano la nostra identità, cultura, appartenenza. Fin da piccola ho imparato che ciò che indossavo mi rendeva, ovunque fossi, «altra». Perfino a Calcutta, quando uscivo con i miei cugini, a cui fisicamente assomiglio, ero percepita come straniera, apostrofata spesso in inglese. Quando chiedevo il perché, i cugini commentavano, con un'alzata di spalle: *Saranno i tuoi vestiti*.

Ora che sono adulta mi vesto come voglio; decido io come presentarmi. Ma resta l'ombra di quell'ansia del passato, quella paura di essere malvestita, sbagliata, giudicata. Ogni tanto, sopraffatta dal mio guardaroba, dalla pressione di dover scegliere la cosa giusta, mi chiedo ancora se non sarebbe piú semplice adottare una sorta di divisa.

Quando, a trentadue anni, ho iniziato a pubblicare libri, ho scoperto che un'altra parte di me andava vestita e presentata al mondo. Ma ciò che viene messo addosso alle mie parole – le copertine dei miei libri – non è una scelta mia.

Mi trovo a volte costretta ad accettare copertine che trovo sgradevoli, problematiche, deludenti. Tendo a cedere. Mi dico: lascia perdere, non vale la pena di combattere. Ma poi ne resto afflitta, risentita.

Quella che in italiano si chiama «sovraccoperta» in inglese si chiama anche *jacket*, «giacca». Una giacca fatta su misura, concepita e creata apposta per coprire e confezionare un libro. Dovrebbe calzare a pennello. Eppure dal mio punto di vista la gran parte delle mie copertine «mi stanno male», per cui talvolta credo, anche da scrittrice, che forse una divisa sarebbe la soluzione.

La divisa.

In un'intervista che le feci molti anni fa, Manuela Pavesi – indimenticabile protagonista dietro le quinte della moda italiana: fashion editor, fotografa, collezionista enciclopedica, *fashion coordinator* per Prada – a proposito della sua passione per le uniformi rispose: «Sono affascinata dalle uniformi. Le uniformi si basano su concetti classici e archetipici. Per me è un'idea molto vasta che parte dal semplicissimo abito dell'orfana, ma può essere anche l'abito cinese o quello da suora, oppure anche l'armamentario della prostituta. Mi interessa guardare la moda attraverso le uniformi. Perché le uniformi parlano con una grande onestà e hanno una dignità intrinseca. Per me Jeanne Moreau nel film *Le journal d'une femme de chambre* di Luis Buñuel è un'immagine di riferimento. Il suo cambiarsi d'abito e indossare la divisa che la definisce e la rappresenta è la migliore spiegazione del valore dell'uniforme».

Jhumpa Lahiri, alunna di origine indiana in una scuola pubblica americana degli anni Settanta, per assomigliare agli altri almeno nell'abbigliamento vorrebbe un'uniforme. Per lei la libertà di vestirsi come si vuole, concessa dalla sua scuola, insomma la facoltà di scegliersi «uno stile», accentua la condizione di alterità, radicata nel nome che porta, nella famiglia, nell'aspetto fisico. Dentro questa libertà cui è paradossalmente obbligata, per Lahiri è impossibile raggiungere la moda e la norma, a causa della necessità di risparmio della sua famiglia e perché sua madre non condivide il gusto delle madri americane: «Non entrava negli stessi negozi, non le interessava vestirmi come le altre ragazze».

Alla bambina presa in giro dalle coetanee per le sue «scelte», angosciata dall'esprimersi o dal doversi esprimere attraverso i vestiti, che sognava «uguaglianza» e persino «invisibilità», la soluzione sembra una divisa, come quelle che vede quando torna con la famiglia in India: «Ogni mio coetaneo a Calcutta aveva, ai miei occhi, un'identità forte e allo stesso tempo godeva di una sorta di anonimato. L'effetto della divisa è questo».

C'è nelle divise un senso di moderazione, un'implicita affermazione della consapevolezza dei propri limiti. E simultaneamente del proprio valore. Le divise sono un involucro che influenza la postura del corpo, ma il loro potere simbolico può agire anche in profondità, in virtú di quello che rappresentano. «Voi chi siete? Non vedete la divisa? La divisa ha fatto il miracolo, ha trasformato un uomo in eroe»: cosí si esprime Totò, posseduto dal senso intrinseco dell'abito che indossa, in un vecchio film in bianco e nero che racconta la storia di un piccolo italiano durante la Seconda guerra mondiale diventato eroe quasi per sbaglio.

Le divise sono forme universali sedimentate nella nostra cultura visuale. Sono allo stesso tempo fragili e potentissime superfici su cui scrivere le proprie narrazioni di distinzione. Una distinzione sussurrata, scaturita da un senso del sé che può agire e manifestarsi nello spazio apparentemente limitato ma profondamente potente dell'uniforme. Perché – come forse intuiva la stessa Lahiri bambina negli Stati Uniti – la conquista della propria libertà può avvenire anche sperimentando il limite formale imposto da regole vestimentarie e segnali codificati nel tempo. L'uniforme obbliga a mettere alla prova la propria autonomia, è un punto da cui partire per costruire il proprio stile, attraverso uno sforzo implicitamente indotto di autoconoscenza e di self-styling, un continuo processo di aggiustamento.

D'altronde, anche prescindendo dai gruppi sociali che, spontaneamente o meno adottano una propria uniforme, molti degli indumenti che indossiamo alludono all'universo delle divise, sia civili che militari, quando proprio non ne replicano una, come nel caso del montgomery, del trench, del cappotto doppiopetto con la martingala, del bomber, dei pantaloni cargo. Ma anche della gonna a pieghe e della *petite robe noire*.

Nella lingua corrente usiamo piú o meno indifferentemente le parole *uniforme* e *divisa*, anche se, come mi conferma un vecchio *Dizionario della moda*, «uniforme» è propriamente la divisa militare. Anche il titolo del testo di Lahiri rimanda al linguaggio corrente: «il fascino della divisa» è un'espressione comune che racchiude un carisma specialissimo e pieno di sottintesi erotici. Per Lahiri questo fascino è radicale, catartico, ed è anche una protezione: indossare una divisa, in fondo, ci impedisce di vestirci male. Ed essere vestiti male, come ci dice l'autrice in un altro capitolo del libro, è sempre una condanna.

Steven Millhauser

Un cambiamento nella moda

Dopo l'Epoca della rivelazione venne l'Epoca dell'occultamento. Le maniche scivolarono lungo gli avambracci stringendosi ai polsi, gli orli caddero alla caviglia, le scollature salirono sopra la clavicola. Inizialmente le giovani donne opposero resistenza a quella nuova moda, che ricordava loro vecchie fotografie, album noiosi e deprimenti pomeriggi domenicali, ma poi vi si arresero con entusiasmo. Diventò di tendenza indossare abiti che spazzolavano i corridoi dei licei e lasciavano timidamente intravedere lucide punte di stivali; i centri commerciali pullulavano di comitive di ragazze con foulard in testa e lunghi guanti di pelle d'agnello e cuoio italiano che si arrampicavano su per il gomito fino a metà omero. A poco a poco i colli scomparvero dietro a colletti sempre piú alti e le tese dei cappelli si allargarono progressivamente, gettando il viso nell'ombra. Era come se, dopo mezzo secolo di esposizione spregiudicata, le donne fossero state assalite da una sorta di spossatezza, un desiderio di latitanza, un disincanto verso l'obbligo di attirare su di sé sfrontati sguardi maschili. Nelle pieghe di ogni gonna, nei bottoni di ogni blusa, si percepiva quel nuovo anelito alla riservatezza.

Man mano che dalle pagine delle riviste patinate, dove le nuove modelle posavano con lo sguardo basso e il viso rivolto di lato, la moda di una crescente quantità di tessuto si diffondeva alle casalinghe della classe media e alle loro figlie, un gruppo di stilisti emergenti su ambedue le coste cominciò a far parlare di sé. Erano giovani, imperiosi e sprezzanti verso il passato recente. Il piú audace e misterioso firmava le proprie creazioni con una piccola I dorata all'interno di un cerchio rosso sangue. Rifiutava di lasciarsi fotografare; all'insegna dell'ironia o della spavalderia, si faceva chiamare Iperione.

All'epoca, lo stile lungo aderiva ancora alla forma del corpo femminile. Fu Iperione a compiere il salto decisivo dal corpo a territori di eccezionale creatività. In una celebre sfilata autunnale, sconvolse spettatrici e spettatori rispolverando una sorta di crinolina vittoriana, con tanto di anelli d'acciaio flessibile, e alzandola al livello delle spalle. Cosí le donne potevano camminare nascoste in una nuvola emisferica di seta o velluto sorretta da una gabbia di ferro, che dalle spalle arrivava fino al pavimento. Benché alcuni critici ne deridessero la stravaganza, la bruttezza, la spiritosaggine retro-kitsch e l'aria canzonatoria, altri videro nell'emi-abito una forma di liberazione dalla tirannide del corpo. Prima di quella sfilata, la storia della moda femminile non era stata che il resoconto dei successivi spostamenti d'attenzione da una parte all'altra del corpo. Con un unico modello, Iperione aveva affrancato la moda dalla lunga dipendenza dalla forma femminile.

Un breve e insoddisfacente periodo geometrico – l'abito piramidale, l'abito ottagonale – fu seguito dalla creazione dello stile libero, che rifiutava ogni simmetria. Le donne cominciarono a indossare modelli vaporosi che sembravano concepiti per permettere al tessuto di esplorare la propria natura interiore, soddisfare necessità recondite. C'erano abiti con strutture allarmanti che erompevano da spalle e vita disegnando arabeschi di seta e velluto; abiti aggressivamente lunghi con strascichi profilati in seta che, raccolti e fermati sul collo, facevano pensare a estatici piumaggi scintillanti; abiti orizzontali; abiti come sogni deliranti, abiti come boccioli febbrili che ardevano nel cuore di giungle impenetrabili; abiti in tessuti sintetici appositamente realizzati per assumere l'aspetto di nuvole cariche di pioggia, turbini di neve, lingue di fuoco. Era come se gli abiti fossero sopraffatti dalla noia, da desideri impossibili. Mentre le eccentricità del passato – il guardinfante elisabettiano, la tournure di crini di cavallo degli anni Settanta dell'800 – avevano sempre sottolineato e accentuato alcune parti dell'anatomia femminile, le nuove forme ignoravano completamente il corpo, e allo stesso tempo sembravano esprimere stati d'animo, sogni dimenticati, sfere emotive represse. Furono soprattutto le adolescenti ad abbracciare lo stile libero di Iperione, con la sua gratificante coesistenza di segretezza ed esposizione: potevano immergersi, sprofondare, in strati d'indumenti che le sottraevano alla vista, mentre tortuosi fiumi di tessuto consentivano loro di riaccendere desideri proibiti.

Al contempo il viso femminile, che torreggiava in modo piuttosto incerto sui primi abiti di Iperione, cominciò a essere inglobato dai nuovi modelli. Il colletto a corolla, formato da petali lanceolati di tessuto, si alzò fino all'attaccatura dei capelli; drappeggi variopinti, noti come collari, arrivarono sopra il mento; elaborati copricapi scesero giú fino al corsetto. Ancora piú significativo fu lo sviluppo sulla superficie degli abiti: dalle pieghe di tessuto scaturirono nuove forme, escrescenze secondarie che sembravano condurre vite separate, come le gargouille che spuntano negli angoli delle cattedrali.

Benché lo stile libero di Iperione fosse noto soprattutto per il rifiuto di rivelare il corpo femminile, i critici si affrettarono a sottolineare che la moda dell'occultamento non era priva di carica erotica. Le provocazioni semplici e dirette del vecchio stile – una pancia scoperta, un capezzolo che s'intuiva sotto una felpa attillata – furono sostituite dall'ambiguità, dal camuffamento, da una vaga allusività. Si disse che nel nuovo stile l'immaginazione era stimolata a un livello insolito: sotto quella vorticosa profusione di tessuto, giocosa e talvolta respingente, giaceva un corpo nascosto, che invitava alla scoperta. Uno scrittore di moda paragonò l'abito dello stile libero agli ostacoli che si paravano davanti a un cavaliere medievale inoltratosi in una foresta oscura alla ricerca della sua amata tenuta prigioniera nella torre di un lontano castello presidiato da un orco. Quel senso di difficoltà, d'impedimento seducente, era acuito dall'evoluzione della lingerie, resa possibile dai nuovi volumi: sotto le ampie gonne fioriva un tripudio di sottovesti in chiffon rosso lampone e organza nera rifinite in pizzo, sottogonne in seta cremisi con spacchi laterali, camiciole in raso elasticizzato e tulle point d'esprit impreziosite da volant. Le adolescenti, che fino a un anno prima si beavano di tanga e perizomi, furono le prime a adottare quell'eccesso di sottabiti, sfidandosi nei bagni dei licei a chi nascondeva il maggior numero di strati e nei colori piú vivaci: giallo brillante, rosso vermiglio, azzurro ghiaccio. Ma al di là di questo sviluppo, che richiamava l'attenzione su nuovi livelli di occultamento e dunque sul corpo celato, molti critici sottolinearono che non era del tutto esatto parlare di una completa copertura della forma femminile. Alcune parti del viso continuavano a fare capolino da collari e colletti alti, ricordando all'osservatore zone del corpo invisibili, inevitabilmente risvegliate all'immaginazione. Inoltre, le donne celate dagli abiti in stile libero di Iperione si muovevano di continuo, facendo svolazzare e ondeggiare le creazioni; di tanto in tanto, sotto un lembo di tessuto s'intuivano un braccio o una gamba nascosta. Pungolate dall'invisibile, sferzate dall'ignoto, le fantasie sessuali divennero piú violente e piú subdole. Quel nuovo abbigliamento era essenzialmente paradossale. Si disse che le donne, nascoste alla vista, non erano mai state altrettanto nude.

In effetti una caratteristica del nuovo stile era di risultare accattivante per le donne che ambivano a suscitare passioni ardenti ma reputavano il proprio corpo inadeguato o ripugnante. Sotto gli abiti di Iperione le donne potevano crogiolarsi nella consapevolezza che il loro corpo, nascosto e al sicuro, era libero di diventare qualsiasi cosa, laggiú nell'oscurità, sotto diversivi di tessuto che sembravano fremere al limitare di un sogno.

La moda è una manifestazione di noia, d'inquietudine. Lo stilista di successo comprende la ferocia di quella noia e le fornisce nuovi posti in cui placare momentaneamente la propria ira. Mentre i suoi abiti in stile libero erano protagonisti di servizi fotografici su riviste internazionali e veementi campagne pubblicitarie, Iperione stava preparando la prossima mossa. La tanto attesa collezione primavera/estate sancí il definitivo affrancamento degli abiti dal corpo femminile. Il nuovo modello espletava il desiderio di occultamento sviluppando il corsetto in altezza, fino a coprire del tutto viso e capo. In tal modo, l'abito di Iperione racchiudeva completamente chi lo indossava, non offrendo che ingegnose fessure per bocca, narici e occhi. Presto il nuovo corsetto arrivò a godere di vita propria. Sembrava determinato a negare l'esistenza della testa, a sfruttare la zona tra scalpo e clavicola come elemento di transizione, ampliando il concetto di abito per includervi lo spazio al di sopra di chi lo indossa. Nel giro di poco, le aperture per occhi e narici, che avevano attirato l'attenzione sul viso nascosto minacciando di trasformare l'abito in una specie di maschera, furono sostituite da un tessuto opaco che permetteva una visione unidirezionale. Le donne, via via scomparse nei recessi del nuovo stile, erano finalmente diventate invisibili.

I critici accolsero con entusiasmo l'abito-involucro, pur avendo opinioni divergenti circa i suoi meriti. Secondo alcuni rappresentava l'ultima difesa del corpo femminile contro l'invasione dello sguardo, mentre altri vi lessero il definitivo affrancamento degli abiti dalla svilente dipendenza dal corpo. Una scrittrice di moda elogiò quella che definí «donna svanita», paragonando l'abito-involucro allo sviluppo del boudoir o salotto privato nelle abitazioni del diciottesimo secolo: un feudo segreto in cui le donne potevano essere se stesse, al riparo dal controllo maschile. Un giornalista rivale, ignorando le donne e i loro desideri, parlò solo della nuova estetica dell'abito, finalmente libera di svilupparsi secondo le modalità dei dipinti paesaggistici, quando erano diventati abbastanza audaci da esiliare la figura umana.

E infatti ebbe inizio un periodo di eccesso, di compiacimento esasperato, come se l'esilio del viso avesse dissipato la parvenza d'inibizione che perdurava nelle collezioni precedenti. Ispirati da Iperione, gli abiti si accesero di brame oscure, illuminazioni e desolazioni improvvise, e si lanciarono in avventure impossibili. Inquieti e insoddisfatti, crebbero in ogni direzione; alcuni superarono la dimensione delle stanze e li si poté indossare solo in spazi aperti, come cortili o parchi pubblici. Le ampie svasature diedero adito a becere speculazioni. Si vociferava che sotto quegli strati di tessuto le donne nude si accoppiassero all'impazzata con giovani amanti nascosti nell'erba. C'era un abito con una porticina rossa sul lato, che si diceva conducesse a una stanza con un letto, uno specchio e una lampada con paralume. Un altro abito, disegnato per la moglie dell'AD di un software, era alto tre piani e collegato al retro della casa mediante una passerella coperta. Un celebre giornalista di moda con una predilezione per i parallelismi storici paragonò tali sviluppi ai fanatici virtuosismi delle acconciature sul finire del diciottesimo secolo, quando impalcature di capelli alte tre metri sorgevano su strutture metalliche. Piú che indossarli, nei nuovi abiti si entrava: sembrava che volessero portare le qualità strutturali della moda al punto in cui l'abbigliamento cominciava a fondersi con l'architettura.

Simili eccessi non erano privi di un pizzico di disperazione, come se la fuga dal corpo femminile avesse creato negli abiti una forma d'incertezza, un malessere acuto. Un pomeriggio d'estate, durante una festa in una tenuta nel nordovest del Connecticut, una strana immobilità s'impadroní di quegli abiti sfarzosi. Le donne avevano giurato solennemente di non muoversi? Gli abiti immobili, adagiati su un prato che digradava verso un lago, sembravano sculture. Quattro uomini, annoiati o esaltati dalle donne immobili, si piazzarono davanti a una di loro, parlando e bevendo a volontà. All'improvviso due degli uomini si chinarono, afferrarono l'orlo del pesante abito, e lo scagliarono in aria con violenza. Scrosci di grida e risate. Ma sotto il vestito non trovarono che il prato, che si estendeva a perdita d'occhio.

I quattro uomini si precipitarono verso gli altri abiti: presero a strattonarli, rivoltarli, strapparli con le dita, ma le donne erano sparite. Le trovarono piú tardi, nella cucina di un vicino di casa, che chiacchieravano avvolte in vecchi accappatoi.

Per un certo periodo la nuova moda attecchí. Le donne indossavano abiti enormi e poi si ritiravano di soppiatto, per farsi gli affari propri. Gli abiti, finalmente affrancati dai corpi, divennero ciò che avevano sempre aspirato a essere: opere d'arte, destinate a musei e collezioni private. Spesso venivano esposti in ampi saloni, accanto a divani o pianoforti.

Ma il definitivo divorzio dell'abbigliamento dai corpi delle donne generò una confusione nuova. Le donne non sapevano piú come vestirsi, cosa indossare. Molte si vestivano in modo deliberatamente sciatto, come per manifestare l'insopportabile distanza tra la perfezione dell'alta moda e l'umiliante imperfezione del corpo che era deputata a cancellare. Era come se nel mondo fosse stata inserita una razza di esseri superiori: la razza degli abiti. La tensione era palpabile; si vociferava di una rivolta delle donne, per destituire gli abiti che le avevano rese superflue. Per quanto assurde, voci simili rivelavano il desiderio di qualcosa di nuovo, un atto di redenzione. La gente parlava avidamente di abiti nuovi, impossibili: abiti indossati all'interno del corpo, abiti grandi quanto intere città.

Altri proponevano una nudità edenica. Man mano che la nuova stagione si avvicinava, era chiaro che doveva succedere qualcosa.

Fu allora che Iperione rilasciò la sua unica intervista. In essa abiurò i modelli che l'avevano reso celebre; si scusò con le donne per averle fuorviate; rivelò che il suo vero nome era Ben Hirschfeld, di Brooklyn; e annunciò il ritiro dalle scene dopo un'ultima sfilata. L'intervista fu dissezionata in modo maniacale, tacciata di essere uno stratagemma promozionale, liquidata come bufala. Al telegiornale della sera, da sotto un ombrello, un uomo basso e stempiato che sbatteva nervosamente le palpebre dietro un paio di occhialetti rotondi disse che sí, il suo nome era Benjamin Hirschfeld, sí, viveva a Brooklyn, ma no, non sapeva niente di moda, niente di vestiti, niente di niente. Il pubblico, scettico e impaziente, rimase in attesa.

Il momento arrivò, e colse tutti alla sprovvista. In passerella sfilò un'indossatrice alta con un abito dal taglio classico, con la vita stretta e una lunga gonna plissettata. Il viso, del tutto esposto, mostrava un'aria indolente e altezzosa che non si vedeva da anni. Quell'abito nuovo, impoverito, sconfessava tutto ciò che Iperione aveva rappresentato. Tuttavia, all'interno della cultura dell'abito liberato, toccò un tasto radicale. Le donne esitavano; qua e là, con un moto d'audacia, qualcuna si presentava a una festa esibendo il nuovo stile. Un giorno, come per un accordo segreto, la moda si diffuse ovunque. I mostruosi abiti del passato vennero relegati nelle soffitte, dove le ragazze, salendo le scale alla ricerca di una casa per le bambole abbandonata o di un paio di pattini, s'imbattevano in qualcosa che si stagliava contro le travi e si bloccavano turbate prima di procedere. Alle cene e alle riunioni di famiglia si cominciò a ricordare il vecchio stile con un misto di divertimento e affettuoso imbarazzo, come si ricorda una sbronza. Col filtro della memoria, gli abiti si fecero piú vivaci, piú remoti, fino ad assumere le sembianze di lontane città assolate o fulgidi uccelli che si levavano in volo da foreste oscure. Intanto i nuovi abiti si facevano ora un po' piú corti, ora un po' piú lunghi; pantaloni e bluse prima piú strette, poi piú larghe. Un pomeriggio di tarda estate, su un marciapiede punteggiato di ombre di foglie d'acero e barlumi di sole, una donna che camminava con la giovane figlia percepí l'affiorare di un ricordo, il dettaglio di un abito, ma no, era sparito, se n'era andato, svanito tra le foglie cangianti, gli sprazzi di cielo azzurro, l'odore di erba tagliata, le ombre dei camini che si stagliavano nere e affilate sui tetti in pieno sole.

Couturier Super Star.

A Change in Fashion svolge nella maniera della parodia una storia che gioca su alcuni dei luoghi comuni della moda. Parodia: «Imitazione del verso altrui, nella quale ciò che per altri è serio si fa ridicolo». È la definizione che ho ritrovato, sottolineata chissà quando, nel libro di Giorgio Agamben *Categorie italiane. Studi di poetica e di letteratura*. La definizione, ci dice Agamben, proviene a sua volta dall'*Isola di Arturo* di Elsa Morante, il cui protagonista ne cerca il significato sul dizionario.

Mentre rileggevo *A Change in Fashion*, mi riproponevo di passare da Millhauser ad Agamben a Morante e via via annotavo i passi che il racconto mi suggeriva, ho pensato che mi sarebbe piaciuto scriverne in maniera libera: agli argomenti individuati nel testo dello scrittore americano, affiancare brevi appunti, riflessioni, citazioni, riferimenti come addizioni in un certo modo complementari. Sono otto paragrafi su elementi delle narrative della moda che Millhauser si diverte a esasperare, frammenti da leggere senza un ordine preciso.

SMISURATA

«Gli adoratori di questa divinità [il sarto] avevano anche un sistema di credenze basate su questo principio fondamentale: essi ritenevano che l'universo fosse un enorme abito completo, che copriva tutto quanto: cosí la terra era rivestita dall'aria, l'aria dalle stelle e le stelle dal "primum mobile"». Jonathan Swift.

IL CORPO DELLE DONNE

«Le donne hanno subito un tale lavaggio del cervello sui cliché estetici che raramente si spogliano con slancio. Spesso si scusano per il proprio corpo che viene confrontato con quel plastico oggetto di desiderio diffuso dai media». Lo scrive Germaine Greer in *L'eunuco femmina* (1970). Non c'è scampo, il corpo femminile è un artificio culturale impastato di paure e desideri. È sempre stato cosí.

LA ZONA EROGENA MUTEVOLE

L'espressione «zona erogena mutevole» spiega bene l'ossessivo interesse con cui di volta in volta la moda si è focalizzata su specifiche parti del corpo: le gambe, la schiena, il petto, il sedere, la vita. A volte liberandole, a volte esasperandole con protesi come il *panier*, oppure sagomandole con busti e reggiseni. Il corpo femminile porta memoria di tutte le sovrastrutture in cui è stato culturalmente inscritto e la storia della moda è la storia delle sue ri-progettazioni del corpo, vicenda sinteticamente trattenuta nelle sequenze di silhouette con cui nei manuali se ne illustrano le evoluzioni.

Con la collezione primavera/estate 1997, *Body Meets Dress, Dress Meets Body*, Rei Kawakubo (Comme des Garçons) deforma tutte quelle silhouette, stereotipi del desiderio modellato dal variabile gusto del tempo, inserendo nei punti strategici delle gobbe che sovvertono l'architettura del corpo e ne contraddicono i concetti di armonia e di desiderabilità.

LA MUSA

«Magra, ossatura solida. Spalle dritte e larghe. Busto lungo, fianchi stretti, poco seno. Testa piccola, capelli di media lunghezza tendenti al corto. Non necessariamente bella, ma sicuramente irresistibile» confida Walter Albini, il primo stilista della moda italiana, a una giornalista che gli pone sempre la stessa domanda: «Qual è il suo tipo di donna?»

Sono molti i tipi di donna, e molte le muse. C'è la donna ambiguamente sexy di Yves Saint Laurent, ispirata dalle sue amiche muse Betty Catroux o Loulou de la Falaise. C'è quella androgina di Giorgio Armani, che trova in Antonia Dell'Atte la sintesi del suo ideale femminile. Oppure c'è quella sessualmente esplicita che agisce alla pari dell'uomo di Gianni Versace, che con gli abiti in maglia di metallo esalta i corpi delle muse degli anni Novanta, le top model. Un nome su tutte: Kate Moss.

IL NUOVO

La novità, soprattutto nella moda, è un concetto totalmente relativo: dipende dalle necessità che emergono spesso in opposizione ai prodotti contemporanei, oltre che dal naturale e inevitabile movimento della realtà. Georg Simmel sottolineava come quello della moda sia «il fascino caratteristico di un confine, di un inizio e di una fine contemporanei».

UTOPIE VESTIMENTARIE

L'utopia di una sintesi dei generi nell'abbigliamento, la ricerca di una silhouette che possa seguire senza forzature il corpo femminile come quello maschile: si tratta del sogno di molti (e molte dittature) rispetto all'abito moderno, dopo che gli abitanti dell'*Utopia* di Tommaso Moro avevano indossato vestiti di un unico modello. Nel 1970 Rudi Gernreich con il suo *Unisex Project* propone una sorta di uniforme: donna e uomo completamente depilati e rasati a zero con gli stessi outfit, dal bikini alle tuniche ai pantaloni. Ma negli stessi anni sono le provocazioni dell'architettura radicale, avamposto delle utopie del vivere e dell'abitare, a riassumere le istanze della controcultura, della pop art, dei paradisi hippie, e a fondare molta della moda mainstream degli anni successivi. Con le parole-manifesto di Superstudio: «Abbiamo tutti una gran voglia di volerci bene e di dircelo in continuazione, abbiamo una gran voglia di guardarci l'un l'altro nudi o vestiti non importa, ma sempre padroni di noi e dell'erba e delle nuvole e del nostro spazio mentale. Ogni gesto (coprirsi, scoprirsi, scambiare, dare, ricevere) diviene naturalmente un gesto d'amore: questo è l'unico oggetto della Moda che vi diciamo: voi stessi e le vostre relazioni con gli altri».

HAUTE COUTURE

L'haute couture è un'istanza dell'avanguardia, perché prima di tutto è un gesto concettuale che trascende il corpo: il suo oggetto – l'abito – è costruito su un corpo, ma allo stesso tempo ambisce a rendersene autonomo. L'haute couture propone qualcosa che non sapevamo di volere e in questo modo ci dice qualcosa di noi. Non è forse quello che fanno le avanguardie artistiche, ovvero rendere visibile ciò che le persone prima non vedevano, identificare attraverso la pratica artistica le pulsioni di un mondo in trasformazione?

LA MODA È ARTE?

«L'arte e la moda appaiono oggi come i linguaggi esistenziali per eccellenza, le cui finalità immediate sono nutrire l'ego e rendere dinamico il comportamento dei consumatori». Era il 1985, e Pierre Restany scriveva queste righe sulla «Domus» diretta da Alessandro Mendini, una rivista che teneva insieme molteplici declinazioni e derive di quegli anni capricciosi e voraci. Anni nei quali andare oltre la dicotomia arte/moda significava pensare i principî progettuali, produttivi e comunicativi dei due campi come affrancati dall'appartenenza disciplinare, liberamente utilizzabili, riutilizzabili, mescolabili e combinabili al di qua e al di là di confini divenuti porosi, offerti a un terreno di creatività circolare che le menti piú acute (mi riferisco per esempio a Francesca Alinovi) sapevano cogliere senza fare distinzioni tra ciò che accadeva in una galleria, una sfilata, una strada o una discoteca. Questo continuo brulichio, quest'assenza di gerarchie si è affinata negli anni Novanta. Un periodo che ha messo in crisi le pratiche e gli immaginari della moda, inducendola a interrogarsi sul corpo in ostaggio di un'idea preconcetta di bellezza che l'arte ci insegnava a rifiutare.

Michela Murgia

I vestiti del notaio

– La prendiamo.

Filippo e Tania si erano guardati prima di annuire, e quello era bastato per decidere. Erano anni che sognavano di andare ad abitare proprio in quella parte di città, la Castello dei veri cagliaritani, loro che veri cagliaritani non erano. Non che avessero l'illusione che sarebbe stata una casa in affitto a farli diventare quelli che non erano, questo no. Ma era bello immaginare di aprire la porta nei vicoli dei nati a Cagliari da sette generazioni, sentire le loro voci tra i panni stesi da una finestra all'altra, sbirciare il vecchio notabile scambiarsi un filtro di sigaretta con il macellaio all'angolo, e sognare che col tempo, un giorno, magari. Se non oggi, domani. Se non loro, i loro figli. Ci voleva pazienza e costanza, che acquisire la cagliaritanità non poteva essere altro che un progetto a lungo termine. Intanto bisognava cominciare bene, e per questo loro avevano cominciato dalla casa, quella giusta per mettere in chiaro gli intenti al circondario. Era appartenuta al notaio Mendoza, e questo da solo faceva già mezzo pedigree. Non era una abitazione pretenziosa, ma del resto quelle della vecchia Cagliari non lo sono mai: è uno dei mezzi infallibili per distinguere i casteddai dagli arricchiti venuti dai paesi. Quelli, gentaglia che non sanno manco chi sono, vogliono una villa che dica almeno chi sono diventati, ma siccome ville a Castello non ce n'è, eccoli costretti ad andarla a cercare tra le brutte case rosa costruite negli anni '70 vicino alla basilica di Bonaria. Le comprano loro quelle case lí, perché il didascalismo sociale impone che al casteddaio si abbini la cosa edilizia che piú somiglia a un castello. Il vero abitante casteddaio di queste manovre di avvicinamento ovviamente se ne ride. A dire chi è lui non occorre la villa, lo vedi da come cammina per strada, con l'aria impermeabile di chi ha visto i re in catene e non ha nessuna intenzione di stupirsi per meno. È la storia che ti fotte in un posto cosí: a Cagliari anche l'ultimo dei netturbini si sente schiatta di re, rampollo segreto del mai dimenticato Regno di Sardegna, nome d'arte del Piemonte quando non voleva farsi riconoscere. Come Zorro per Diego de La Vega, come Spiderman per Peter Parker, cosí il Regno di Sardegna per i Savoia. Per questo il casteddaio di nascita ha la maschera nel Dna, e vive nel disprezzo della boria dell'arricchito.

La casa del notaio Mendoza era proprio quel genere di casa. Non era la sua residenza principale, era solo una delle tante, anche se si diceva che questa fosse una di quelle dove aveva trascorso piú tempo negli ultimi anni. Aveva centodieci metri quadri su tre piani scalati, una facciata in grigio smangiato da una specie di psoriasi dell'intonaco, e uno smilzo balconcino in ferro battuto a nascondere insospettabili comfort. Vista da fuori sarebbe potuta essere del notaio come del fornaio, ma adesso era la loro, di Filippo e di Tania Zuddas, originari di Serrenti, ma pronti a dimenticarselo pur di farlo dimenticare agli altri. Il padrone di casa, il nipote avvocato che aveva ereditato dal vecchio, consegnando le chiavi era stato chiaro: l'affitto comprendeva i tre piani interi tranne la soffitta, dove ancora c'erano cianfrusaglie di famiglia non traslocate. Ma, noblesse oblige, l'aveva messa comunque a disposizione per appoggiare qualche ingombro, ed era la pigra concessione di chi ha piú spazio a disposizione che voglia di svuotare vani al quarto piano. In quella casa antica Tania e Filippo ci erano andati a vivere senza nemmeno ritinteggiarla, che in mezzo a quella patina color dell'albume sulle pareti le loro cose erano già una prima affermazione di understatement alla cagliaritana.

Tania si era dedicata subito a cercare il modernariato adatto a personalizzare gli ambienti vuoti e un po' tetri della casa. Nel giro di due giorni sul balcone aveva messo i gerani, le piante grasse spinose e un vasetto di basilico bello rigoglioso, convinta che una casa senza basilico non avesse nessun futuro. Poi si era data da fare con la cucina, perché sognava di far uscire gli odori dalla finestra per sedurre il vicinato. Si comincia cosí a diventare cagliaritani, una sbirciata da balcone a balcone, una tendina scostata al momento giusto, una molletta caduta sul balcone di sotto e da cosa in cosa ne nascono di cose, signora mia.

Lei poi aveva un vantaggio oggettivo su Filippo, ed era quello di lavorare da casa, il che le permetteva di interrompere in qualunque momento quello che stava facendo per dormire un po', mangiare qualcosa o scendere a fare la spesa ogni volta che aveva voglia di due chiacchiere con il salumiere e l'edicolante. Questo contribuiva molto a far di loro dei credibili cagliaritani, perché avrebbe messo la gente del quartiere in condizioni di abituarsi gradualmente alla loro presenza stabile, mostrando via via apprezzamento per il tenore di vita sotto le righe che avevano deciso di assumere in quanto aspiranti cagliaritani. Naturalmente tutti sapevano che avevano affittato la casa del notaio, ma in ogni negozio nuovo in cui entrava per un numero di volte sufficiente a giustificare la domanda, per convenzione doveva prestarsi a confermarlo; quella nota logistica era il segnale per dare inizio al rituale della conoscenza diretta, e Tania non si sottraeva. Lentamente, spesa dopo spesa, Efisio l'edicolante di piazza Yenne cominciò a chiamarla signora Tania ogni volta che le dava la sua copia dell'Unione Sarda, e la signora Giovanna che vendeva le verdure all'angolo di via Università cominciò a lasciarle da parte le carote che le piacevano, cosí che le trovasse anche quando andava a fare la spesa a fine mattinata. Tania amava uscire per le vie strette di Castello e salutare con familiarità la gente di cui aveva memorizzato il nome. Se qualcuno fosse venuto a trovarla da Serrenti avrebbe pensato che lei vivesse lí da sempre, o meglio ancora, che ci fosse nata, ingannato dalla cura con cui coltivava sia le conoscenze che le vocali aperte del dialetto cittadino.

Nell'arco del primo mese Filippo invece aveva cercato di interpretare al meglio l'uomo autodeterminato che segna il territorio con la padronanza del suo saper fare. Nonostante si conoscesse bene, non aveva opposto nessuna resistenza al luogo comune che vuole il maschio istintivamente bricoleur anche quando è del tutto incapace di piantare un chiodo senza trafiggersi come Cristo in croce. Per giorni si era aggirato per la casa misurando mensole e vani da occupare, studiando la tenuta delle prese elettriche non proprio a norma e valutando se la portata degli spifferi si poteva collocare meglio nella categoria «arieggiato naturale» oppure in quella di «tunnel del vento». Aveva cercato le ferramenta piú fornite, instaurando con i commessi quel tipo di solidarietà virile che si crea solo tra maschi davanti a qualunque piccolo problema tecnico domestico. Anche quello fece parte del loro processo di integrazione nel quartiere, e funzionò tanto quanto le moine di Tania al mercato e dal pescivendolo.

Dopo due settimane di lavoretti improvvisati con danni connessi, la casa non era proprio perfetta, ma di certo somigliava un po' piú a loro e un po' meno al notaio. L'unica operazione rimasta era riporre diligentemente in soffitta le scatole vuote avanzate, perché, come continuava a ripetere Tania, non si sa mai nella vita. Mentre portava i cartoni su per le scale, Filippo ricordava che quella frase la diceva sempre anche sua madre, e traballando considerava che doveva essere stato quel pessimismo genetico a fare delle donne, di tutte le donne, creature esperte nella gestione dei vuoti, di cui le scatole che aveva in mano non erano che scarna e riciclabile metafora.

La porta della soffitta non si aprí facilmente. L'umidità del sottotetto ne aveva fatto una tana per le muffe e quei piccoli animali privi di verso, ciechi e avidi, di cui solo gli entomologi conoscono i nomi. Appena riuscí ad entrarci Filippo fu assalito da un forte tanfo di chiuso, al punto che dovette poggiare le scatole sull'ultimo gradino per farsi scudo con la mano alle vie respiratorie. Cercò subito una finestra o un pertugio da cui far sfiatare quell'alito stantío trattenuto troppo a lungo, e lo identificò in un abbaino che seguiva la spiovenza del sottotetto. Nonostante le premesse, la luce della lampadina a incandescenza si accese subito.

Filippo posò le scatole per terra e si guardò intorno incuriosito dall'ambiente, lasciando per qualche momento in latenza la questione del posto dove sistemare gli avanzi del trasloco. La soffitta del notaio non era piú grande di una trentina di metri quadri, e appariva decisamente ingombra. Man mano che Filippo si abituava alla luce della lampadina, vi distinse un paio di vecchi mobili bassi ammassati nei punti piú acuti dello spiovente, alcuni scatoloni chiusi con del nastro da pacchi, una vecchia bici senza la ruota davanti e qualche faldone legato ancora a mano con dentro quelli che sembravano fogli dattiloscritti, avanzi di documenti, copie di registri compilati a mano e altre scartoffie. C'era una lampada da tavolo con il vetro rotto, una cassapanca rustica senza intagli, una damigiana vuota e persino le spoglie di un pallone sgonfio, un Supertele di quelli che Filippo ricordava li vendessero a 1500 lire quando lui era bambino, e Dio sa cosa se n'era fatto il vecchio Mendoza. Vittima di una sorta di rispetto da cimitero davanti a quella paccottiglia insolennita dal silenzio polveroso della soffitta, Filippo prese la decisione di non spostare niente per farsi spazio, limitandosi a impilare a matrioska le sue scatole vuote sopra la cassapanca, vicino alla lampada rotta, appena sfiorate dalla luce obliqua dell'abbaino socchiuso. Lo lasciò cosí, e mentre usciva gli venne l'impulso un po' infantile di dare spiegazioni alla stanza.

– Và, che è la tua ora d'aria stasera... – sussurrò chiudendosi la porta alle spalle per tornare di sotto.

Era un tipo un po' distratto, Filippo. Forse non si sarebbe ricordato di aver lasciato l'abbaino aperto se una volta disteso sul letto non avesse sentito il rumore della pioggia sulla finestra, richiamo della promessa non mantenuta. Ignorando il mugugno insonnolito di Tania si infilò con rassegnazione le pantofole e barcollando risalí le scale strette per la soffitta, deciso a chiudere in fretta i conti con l'abbaino. Lo scatto dell'interruttore illuminò di colpo la soffitta, facendo risplendere il riflesso dell'acqua che era entrata copiosa dall'apertura del tetto, bagnando abbondantemente il pavimento e ristagnando invasiva sulla superficie un po' concava della cassapanca su cui aveva appoggiato le scatole avanzate. Vide che erano in parte intrise, e imprecando si affrettò a spostarle dal piano del mobile, prima di chiudere l'abbaino con un colpo secco che risuonò nella soffitta con un tonfo sordo.

– Merda... – commentò guardandosi attorno.

Cercò uno straccio con cui asciugare l'acqua che si era accumulata sulla cassapanca, ma non vide niente che gli potesse servire allo scopo. Fu tentato di fare finta di niente e andarsene lasciando il mobile cosí, chiudendosi la porta alle spalle per fingere asciutte innocenze, ma la possibilità di dover pagare danni all'avvocato Mendoza Junior per un oggetto da rigattiere rovinato da due gocce d'acqua piovana lo ripugnava, specie a quell'ora di notte, con addosso le scarne difese psicologiche di una vecchia maglietta di Snoopy e di un paio di pantofole di pelo a forma di san bernardo. Con un sospiro si inginocchiò davanti alla cassapanca con l'intenzione di aprire il coperchio per farne scorrere via il ristagno della pioggia, che il pavimento avrebbe capito. Il meccanismo a scatto del vecchio mobile non fece resistenza. Sollevando il coperchio fino a metterlo a squadra con il pavimento, Filippo accompagnò con la mano la corsa verticale dell'acqua, e fu quasi involontariamente che nel gesto lo sguardo gli cadde di traverso sul contenuto della cassapanca. Si era immaginato di scorgerci avanzi di soprammobili rotti, quei tipici scarti di vita da casa borghese piena di oggetti. Invece il vecchio mobile era pieno di quelli che sembravano vestiti da donna, a prima vista in buone condizioni.

Incuriosito, guardò meglio. In cima alla pila degli indumenti c'era un abito di pizzo di finissima fattura, color panna. Il taglio non era propriamente elegante, sembrava casomai un abito da cocotte, una cosa corta da cabaret. Incuriosito, si asciugò frettolosamente le mani sulla maglietta e sollevò il vestito dalla cassa, infrangendone le pieghe. Era davvero un piccolo gioiello di sfarzo, con piccole perle di fiume cucite nelle pieghe del pizzo a renderlo pesante e sontuoso; tirarlo su ne fece intravedere un altro appena sotto la cui fattura non sembrava meno impegnativa. Ben riposti e accuratamente piegati si scorgevano uno sull'altro anche altri abiti, in apparenza tutti sfarzosi, ma piú da palcoscenico che da sera. Dimentico di essere salito per altro, Filippo si attardò a sfiorare il tessuto di quelli che arrivava a toccare, ma la cassapanca era ampia e profonda, ce n'erano davvero tanti, forse una trentina. La donna che li aveva indossati doveva essere una a cui piaceva cambiare.

– Hai capito il notaio... – commentò ironicamente a mezza voce.

A malincuore ripose l'abito bianco a posto cercando di ricomporne le pieghe, poi chiuse la cassapanca e tornò lentamente giú, rimuginando tra sé le implicazioni della scoperta. Tania dormiva già, e lui resistette a fatica alla tentazione di svegliarla per portarla su a vedere i vestiti. Anche nella luce minimizzante delle prime ore del giorno, fu quella la prima cosa che le disse mentre facevano colazione.

– Nella soffitta c'è una cassa con dei vestiti da donna, sai?

– Bah, ce ne sarà piú di una. Quel posto ha l'aria di un magazzino di stoccaggio della Croce Rossa.

– No, quelli che dico io sono abiti da sera, credo.

– Abiti da sera? E di chi?

– Non lo so, ma non certo della moglie del notaio. Mi sono sembrati un bel po' osé, cioè... è roba da soubrette del Bagaglino, tutta lustrini e pizzi.

– Però! Chissà a chi li faceva indossare, il vecchio maiale. Fammeli vedere, dài.

Andarono insieme in soffitta e riaprirono la cassapanca; spiegarono gli abiti uno a uno, e anche Tania concordò che non potevano essere appartenuti alla defunta moglie del notaio, una matrona bigotta che non li avrebbe osati nemmeno se avesse avuto la stazza per entrarci. Quale che fosse la donna che li aveva indossati, non li portava certo per andare la domenica a messa: scollati, stretti, corti o lunghi, comunque scenografici, quelli erano lussuosi abiti da soubrette. Incuriositi da quel lato nascosto della vita del notaio, Tania e Filippo aprirono anche altre scatole, scoprendole piene di accessori raffinati, scarpe, cappelli, borsette e persino una serie di ombrellini ricamati a traforo, inutili sia per il sole che per la pioggia, ma molto vezzosi. Le scarpe rivelarono un particolare curioso: tutte con i tacchi altissimi, lucide e con la suola che sembrava non aver mai sfiorato una strada, erano fatte per un piede numero quarantaquattro.

– Accidenti, che piedino da bambola la soubrette!

– In effetti è un piede fuori dal comune... secondo te il vecchio aveva un'amante?

– Se quella roba non è della moglie, non vedo di chi altro. Certo che però è divertente l'idea del vecchio con la soubrette.

– Piú che divertente direi che è un cliché: ricco e cattolico filantropo della Cagliari bene che di nascosto si tromba la puttanella d'alto bordo.

– Non sono sicura che fosse d'alto bordo, sai?

– Beh, ma i vestiti…

– Appunto. Se era d'alto bordo, i vestiti sarebbero dovuti essere la sua dotazione personale. Invece stanno qui. Come te lo spieghi?

– Non ci avevo pensato. Allora magari era una qualunque, tipo una zeracca che gli puliva casa, e il vecchio la faceva venire qui e la vestiva come Madame de Pompadour!

– Inquietante, ma piú credibile. E molto cagliaritano, anche.

Tania e Filippo passarono la mattina tirando fuori gli abiti dell'amante del notaio, immaginandone le forme, l'indole, e facendo ironie a buon mercato sulle voglie del vecchio per le donne abbigliate da quel lusso un po' sconcio. Tania scherzava appoggiandosi addosso ora questo ora quel vestito, finché non ne vide uno che la suggestionò piú degli altri. Era rosso fiamma, di raso lucido e liscio, appena segnato sulle linee della piega, che scivolava tra le dita come olio tiepido. Lungo la scollatura profonda c'erano ricche applicazioni di coralli rosa e piccoli specchi, e uno spacco ammiccante spezzava in verticale la lunghezza fintamente pudica del modello. Tania se lo rimirò in silenzio, prima di osare.

– Come pensi starei con questo?

La domanda interruppe la concentrazione con cui Filippo stava cercando di localizzare il meccanismo automatico di un ventaglio di madreperla. Interdetto, il marito fissò il vestito che lei teneva sospeso contro il corpo, come la muta di una serpe.

– Benissimo, credo.

Si guardarono in silenzio, e non ci fu bisogno di dire altro. Poi Tania posò l'abito sulla cassapanca e liberate le mani cominciò a spogliarsi. Tolse i vecchi jeans e la camicia di flanella che costituivano la sua divisa per le pulizie di casa e rimase in mutande e reggiseno di cotone, la biancheria senza pretese di una moglie sicura di sé. L'istinto la spinse a liberarsi anche di quelli, quasi che la sua quotidiana intimità non potesse avere niente a che spartire con quello che stava per fare. Fu con estrema attenzione che fece scivolare il raso rosso sul corpo nudo, e quella carezza fredda le suscitò un brivido lieve che non risparmiò nemmeno Filippo, rimasto seduto sul pavimento a fissarla durante tutto il rituale di vestizione. L'abito cadeva un po' largo sulle forme esili di Tania, segno che probabilmente la donna per cui era stato fatto era piú corpulenta, ma il fatto che vestisse morbido non inficiava il provocante risultato dell'insieme. La figura di Tania sembrava piú alta e sinuosa, e il peso della decorazione dei coralli sul seno lo faceva apparire pieno e fermo, sontuoso a sua volta. L'impulso di Tania a sollevarsi i capelli sulla nuca scoprí la linea elegante del collo, acuendo la magia seduttiva dell'abito rosso. Agli occhi incantanti di Filippo sua moglie non era mai stata tanto bella come in quel momento, dove nella soffitta polverosa gli apparve come una divinità, appena tangibile alla luce opaca dell'abbaino socchiuso. Lei gli lesse nello sguardo una luce familiare e sorrise, donna non certo per caso. Fu per questo che quando il marito si avvicinò le sembrò naturale e giusta la sua carezza sul fianco, lasciata scivolare impudicamente sul raso rosso e tiepido, puro preludio. Il viso di Filippo sfiorò il suo, ma il bacio che si aspettava non venne. La annusò sul collo invece, inspirando profondamente il suo odore come se già non lo conoscesse a memoria. Il naso indugiò sull'orecchio e poi sulla clavicola, dove la spallina del vestito lasciava in sospeso il tessuto sul corpo. Filippo sfiorò con l'olfatto anche quella, indugiandovi abbastanza a lungo da far percepire in lui l'inconfessabile, la consapevolezza latente che quel vestito era stato sul corpo di un'altra donna. Anziché inibirla, quel pensiero accese Tania maggiormente, e lui lo avvertí. Con un gesto brusco del piede chiuse la cassapanca dando vita a un giaciglio di fortuna, scomodo e corto, ma nessuno dei due ci badò, mentre il vestito rosso si sollevava in vita giusto il tanto necessario a far soddisfare l'urgenza di entrambi. Fecero l'amore furtivo di due adolescenti sul letto parentale, un rapporto breve e intenso che li lasciò soddisfatti e ladri. Riposero i vestiti di nuovo nella cassapanca, chiudendoli bene come fossero animali imprevedibili, e scesero le scale tenendosi per mano.

Qualcosa cambiò tra loro da quel momento. La consapevolezza della segreta suggestione di quegli abiti in soffitta aveva permeato l'aria della casa di una sorta di costante corrente elettrica. Anche il piú banale sfiorarsi per scambiarsi gli oggetti quotidiani sembrava diventata una insostenibile provocazione fisica. Tania si scoprí a evitare la biancheria comune, girando per casa con sotto ai vestiti quella costosa corsetteria che di solito riservava alle occasioni speciali. Iniziò a mettersi il profumo per fare i piatti, e le calze autoreggenti per sedersi sul divano a leggere, la sera. Erano particolari quasi impercettibili, ma dichiaravano una consapevolezza di sé che non avvertiva cosí fortemente dai tempi del liceo, quando ogni scusa era buona per darsi la scossa di un contatto. Lievi o no, erano segnali che Filippo avvertiva e leggeva, corrispondendoli con un fare del tutto insolito per lui, tipico animale da scendiletto, pigro e sbadato. Non perdeva occasione per toccarla con la scusa di darle una mano nei piccoli lavori di casa, fossero sparecchiare o mettere i vestiti nella lavatrice, cucinare o stirare. Anche quando non erano vicini, Tania lo sorprendeva spesso a fissarla insistentemente, sfiorandole il corpo con lo sguardo avido. E tuttavia questa tensione fisica non sembrava volersi rivelare apertamente, restando sottotraccia come una perdita d'acqua in un muro. Per due settimane continuarono a sfinirsi a vicenda cosí, catturati in un incanto vicendevole e sospeso, finché con sorpresa ed un certo sconcerto entrambi realizzarono che dopo l'episodio del vestito rosso non avevano piú fatto l'amore.

Fu Tania, simulando casuale noncuranza, a suggerire una ripetizione.

– In effetti, potrei provare anche gli altri vestiti. In fondo sono lí ad ammuffire, se ci gioco un po' che cosa c'è di male...

Lo disse davanti alla tazza del latte, mentre in bilico sullo sgabello alto della cucina faceva dondolare il piede nudo sull'appoggio. Filippo la guardò, allusivo.

– Di male niente, se fossero stati importanti per la famiglia non li avrebbero lasciati lassú. Ovviamente resta inteso che quando li provi voglio esserci.

Tania nascose il sorriso, portando la tazza ancora tiepida alle labbra.

– Da quando ti diverte vedermi provare vestiti? Hai sempre odiato accompagnarmi nei negozi.

Sornione, Filippo si distese sul divano e chiuse gli occhi. Poi mormorò:

– Al momento presente puoi considerarmi alla stregua di un fashion victim.

La sera stessa Tania salí in soffitta, e Filippo la seguí. Indossò un corto abitino viola da cocotte che le scopriva le gambe fino al confine con la decenza, e lo completò con un ombrellino in tinta che rendeva l'insieme piú ironico che sexy, quasi una mise da spettacolo di burlesque. Filippo dovette trovarlo comunque molto piú sexy che ironico, perché la serata finí con il vestito stropicciato e l'ombrellino per terra, mentre la cassapanca sopportava l'ennesima sollecitazione. Tania prese a salire in soffitta quasi ogni sera, e Filippo la seguiva ogni volta. Passavano le giornate nella normalità paciosa delle coppie rodate, ma la sera si scoprivano trasgressivi ad immaginare scenari da boudoir, dove lui era il ricco cliente borghese e lei la prostituta d'alto bordo, la geisha fantasiosa che ogni sera si trasformava in un sogno di donna diverso, grazie a un vestito e a una pettinatura insolita. Pian piano Tania prese ad usare tutti gli accessori che c'erano nelle altre scatole; fattasi piú audace, aveva cominciato a improvvisare curiose sceneggiate a cui lui si prestava tra il rapito e il divertito. Lei si descriveva di volta in volta servetta provocante, lavandaia licenziosa, praticante con secondi fini, invitando il marito a immaginarsi al posto del notaio, a vestirla scegliendo lui l'abito, a farselo mettere addosso con lo scopo sottinteso di farselo togliere il piú in fretta possibile. Pretese persino che si dessero del voi. Dapprima Filippo si era mostrato restio a quel gioco di ruolo, in cui intuiva qualcosa di perverso, ma la tentazione di un rapporto di potere di quel tipo, anche solo giocato, eccitava in modo irresistibile una parte di lui che non sapeva nemmeno di nascondere. Giocare alla serva e al padrone, immaginandosi il notaio e la sua giovane amante, divenne la loro fantasia dominante, e gli strumenti che erano stati stipati in quella soffitta per dilettare gli ultimi anni del vecchio vennero utilizzati tutti per fare del loro legittimo matrimonio un amore proibito, noto a loro solamente, con il quale ciascuno tradiva l'altro in tutte le inconfessabili clandestinità che possono nascondersi nell'anima di un uomo e di una donna sposati tra loro. Solo le scarpe restavano nella loro scatola, troppo grandi per il piede numero trentasette di Tania, e questo restava il suo grande rammarico.

Man mano che l'integrazione nel quartiere proseguiva, avevano sviluppato alcuni loro piccoli rituali che servivano a consolidare i legami stabiliti e a mostrarsi con parsimonia in giro per la parte di città che interessava loro. Il sabato mattina, quando Filippo non andava in ufficio, avevano preso l'abitudine di andare insieme a passeggiare poco prima dell'ora di pranzo, prendendo l'aperitivo al bar di Gianni, uno di quelli con la terrazza di cui il quartiere abbondava. Fu lí che per la prima volta, forse l'ottava volta che ci andavano, ebbero una confidenza locale sul notaio.

– Eh... – fece Gianni al secondo Negroni di Filippo, – certo che l'avete trasformata quella casetta del Mendoza. Belle tendine, una targa come si deve, la si nota subito nel vicolo. Quel vecchio susunco ci teneva che nemmeno la vedessimo, invece.

– Ah sí? – ribatté Tania con aria innocente.

– Eccerto, con le cose che ci faceva dentro! – la voce del barista si abbassò fino a diventare un sussurro. – ... come se fossimo tutti ciechi e sordi.

– Ma cosa volevi che ci facesse –. Filippo sorrise minimizzando, ben conscio che i segreti del notaio ormai erano un po' anche i suoi.

– Eh, lo sa il diavolo cosa ci faceva, adesso che lo tiene in caldo all'inferno, vecchio susunco, – concluse Gianni stizzito, evidentemente risentito per la consolidata abitudine del vecchio di non spendere un centesimo al suo banco neanche per un caffè. Tania e Filippo si scambiarono uno sguardo, consci che se non si rispettano i piccoli riti della socialità, ogni vicino di casa presto o tardi si rivela un delatore. Anche questa era Cagliari, indubbiamente.

Niente affatto ansiosi di sentire il resto della confidenza, pagarono lesti e tornarono a casa. Per qualche giorno Tania non salí a mettersi nessuno dei vestiti dell'amante del notaio, nel timore irrazionale di essere vista e raccontata in un bar tra un Negroni e l'altro. Filippo non glielo suggerí, vittima dello stesso pudore complice, anche se almeno in lui restò il rammarico di non aver proseguito la conversazione con Gianni, per capire finalmente cosa si nascondeva dietro la vita in apparenza irreprensibile del notaio Mendoza. La reticenza di entrambi durò una settimana appena, poi una sera Tania, incapace di resistere, salí nuovamente in soffitta e Filippo come sempre la seguí. Tutto tornò normale per un po', se normale si poteva chiamare quello che facevano quando salivano quelle scale.

La seconda volta che qualcuno raccontò qualcosa sul notaio capitò a Tania mentre era sola dal calzolaio, e fu molto peggio della prima volta con Filippo. I sandali che aveva portato erano stati risuolati e la stringa staccata era stata fissata di nuovo in uno di quei modi misteriosi noti solo a chi sa come sono fatte veramente le scarpe. Mentre provava la tenuta del legaccio, il sarto esclamò:

– Io facevo le scarpe anche al notaio, sa?

– Certo che gliele faceva, signor Paolino, lei è bravo come Romeo Gigli. Guardi qui che sandalo mi ha fatto!

– Eh, ma quelle che facevo a lui erano scarpe come non ne ho fatte piú, – l'artigiano strizzò l'occhio, lasciando intendere una perfidia intrinseca alla frase, che Tania però non colse subito.

– In che senso?

– In che senso, in che senso... Lo sapeva lui in che senso. Certo che se non le chiedeva a me su misura, le trovava domani le scarpe col tacco del suo numero! – gli occhi del vecchio calzolaio brillavano di malizia, spiando la sua reazione, ma Tania incassò la rivelazione senza tradirsi. Sorrise stentata e pagò, lasciando che il sospetto l'accompagnasse silenzioso fino a casa. Aprí la porta rapidamente e corse in soffitta con l'intento di aprire la scatola delle scarpe dell'amante del notaio. Le verificò una a una ed erano proprio come le ricordava: numero quarantaquattro, tutte nuove anche sulla suola. Scarpe che non erano mai uscite da quella casa, senza marchi di fabbrica come lo sono solo le scarpe fatte a mano. Le venne il pensiero che non fossero state calzature da donna con il piede grande, ma che fossero state qualche altra cosa, qualcosa di molto piú imbarazzante di un'amante giovane per un notabile vecchio. Le ripose nella scatola, chiudendola con cura e cercando le parole per rivelare a Filippo quello che aveva scoperto. Eppure, quando lui tornò dal lavoro smanioso di lei, non trovò il coraggio di rompere quell'incanto e finse un mal di testa strategico. Né quella sera né la mattina dopo disse una sola parola a proposito degli indumenti al piano di sopra.

Lasciò passare un paio di giorni tergiversando ed evitando di salire in soffitta, lasciando il marito perplesso e insoddisfatto da quella reticenza. La terza notte salí in soffitta e lo chiamò, decisa a rivelargli la verità. Filippo la seguí incoraggiato da quella decisione, fraintendendone il significato. Appena furono nella soffitta lei aprí la cassa e mormorò:

– Devo dirti una cosa.

Lui la guardò con un sorriso, poi le si fece vicino, felino. L'abbracciò da dietro scostandole i capelli e le posò un bacio delicato sul collo, insinuante. Le labbra di Filippo vicino all'orecchio sussurrarono:

– Mmmh... anch'io. È da un po' che volevo dirtelo, sai? Ringrazio il giorno che abbiamo trovato questi vestiti, mi sento rinato, ti penso tutto il giorno, ti immagino, arrivo a casa con una voglia...

– Ma dài, esagerato, scopavamo anche prima.

– Non è quello. È che l'amore si fa con la testa. Io faccio l'amore con te tutto il giorno in testa, quando arrivo qui è già tutto successo, – fraintese la sua esitazione, – non ridere, io qui ho imparato da capo a sognarti, credimi...

Facendola voltare lentamente la baciò, e lei non glielo impedí. Il bisogno di raccontargli tutto era impellente, eppure nel segreto di quel bacio si chiese se valesse la pena sacrificare l'illusione alla realtà, rinunciare al calore da femmina che non sperimentava dal tempo delle prime febbri fisiche della sua storia con lui, e mortificarlo rivelandogli che il castello pruriginoso che avevano costruito aveva come basamento d'argilla un vecchio che amava travestirsi da puttana di lusso. Quando Filippo smise di baciarla tenendole la testa tra le mani, lo guardò.

– Cosa volevi dirmi?

Esitò solo un istante, poi rispose:

– Niente.

Si tenne il segreto del notaio per sé e non glielo rivelò mai, continuando a vestirsi con quegli abiti finché lui glielo chiese, che non tutte le verità esistono per essere dette. Questo, Tania lo aveva imparato quel giorno, era molto cagliaritano.

Abiti.

Nel cominciare a scrivere queste righe, mi sono domandata a lungo come sarei riuscita a restituire la qualità, l'intensità, la bellezza, l'allegria del rapporto di Michela Murgia con la moda, senza lasciarmi prendere da tutti quei sentimenti che ti attraversano quando ti misuri con una persona a te carissima, di cui hai sentito sempre forte il carisma intellettuale, e senza banalizzare tutto ciò che la moda ha rappresentato per lei.

Rileggo le nostre conversazioni sul vestirsi, corredate da foto sue, nelle diverse mise, oppure da foto che mi faceva e che poi avrei dovuto usare per trasformarmi in personaggio pop. Naturalmente questo suo progetto, con me, non ha avuto successo. Gli scambi che rileggo per l'ennesima volta (scoprendo sempre una sfumatura diversa) non sono mai riducibili alla banale domanda «Secondo te sto bene vestita cosí?» fatta all'amica che si occupa di moda e si pensa possa dispensare utili consigli. Perché lei in realtà non desiderava conferme su quello che indossava o come lo indossava. Lei giocava con gli abiti e si divertiva. Cosí compra una camicia leopardata simile – ma molto piú economica – a quella di Celine che ha visto indosso a uno dei suoi amatissimi BTS e mi manda subito la foto di lei con quella camicia mentre visita una mostra.

Un'altra volta, alle mie critiche per come da una parte si predicasse l'inclusione dei corpi di tutte le taglie e di tutte le età ma dall'altra fossimo indotti come sempre a seguire regole travestite da consigli, lei mi rispondeva cosí: «Tutti, non solo Vogue. Non se ne salva uno. Ma credo che la domanda giusta sia: perché le donne sono cosí docili all'imposizione dei canoni? Perché crediamo sempre che debba essere qualcun altro a dirci quando siamo giuste?» Devo ammettere, a posteriori, che Murgia mi aveva spiazzato. Trovavo in lei, intellettuale impegnata, politica, scrittrice, saggista, un'interlocutrice informata e attenta.

«La moda può trasmettere dei contenuti liberatori e di innovazione rispetto alla nostra visione del mondo, in un registro comprensibile a tutti»: vorrei riuscire a sottolineare proprio questo, come per lei il vestire fosse diventato un modo per stare bene rivendicando la propria libertà. La moda ha preso la forma di un atto di disobbedienza ai canoni imposti, e poche settimane prima della sua morte è diventata anche un atto politico, attraverso il progetto vestimentario per il suo matrimonio.

Murgia posta su Instagram il bozzetto della «mini-collezione familiare», cosí la chiama, disegnata da Maria Grazia Chiuri, e ne racconta il senso di contrapposizione al «binarismo eterosessuale come norma naturale dei rapporti» che obbliga a un matrimonio «in quanto due e in quanto maschio e femmina». Murgia riporta le parole con cui ha accolto e rilanciato l'intenzione di Chiuri di donarle un progetto per il matrimonio: «Vorrei rendere politico il nostro vissuto per mostrare che abbiamo trovato un altro modo per stare insieme, un modo che il governo vorrebbe ridurre a stranezza sociale da perseguitare e invece è già la vita normale di tante persone». Nel bozzetto è rappresentata l'intera famiglia queer di Murgia, che si sposa frantumando l'involucro legale. Sono tutti vestiti di bianco, colore che interpreta il senso dello stare insieme per scelta da lei rivendicato. Scrive della collezione: «Completamente bianca per tutti, de-sacralizza il colore nuziale, che cambia significato: il bianco è inclusivo, sintesi additiva di tutti i colori dello spettro. Nella collezione ci sono solo pezzi intercambiabili, no gender, tra i quali ciascunə ha scelto la combinazione che meglio esprimeva la sua identità. Sul mio vestito c'è un ricamo prezioso di perline: "God Save the Queer". Quel che siamo, multipli forti, è perfettamente rappresentato da questo incredibile discorso di tessuti e modelli».

Per parlare dei *Vestiti del notaio* vorrei partire da *Cambio di stagione*, l'ultimo racconto della raccolta *Tre ciotole*, per i suoi legami con la biografia di Murgia e con la parte della sua vita in cui la moda è stata importante. *Cambio di stagione* racconta una commemorazione funebre officiata attraverso l'esposizione degli abiti della morta: alla fine ciascuno degli invitati ne prende uno e lo porta con sé. I capi sono appesi agli alberi di una sughereta che «sembrava un bosco di spettri, infestato dai resti di tutte le donne che la defunta aveva provato a essere prima di andarsene». Il racconto riprende, nella consapevolezza della propria fine, il rito che Murgia aveva deciso di celebrare per il suo cinquantesimo compleanno.

Cosí me l'aveva annunciato: «Il giorno del mio compleanno tra gli alberi e le stanze dell'agriturismo saranno sparsi cinquanta capi di abbigliamento tra vestiti, capispalla e accessori. Li ho immaginati come le mute di un serpente che mi sono servite in questi anni per diventare la me di ora, ma non li sento piú miei. Ognuno avrà un piccolo biglietto che racconta il ricordo a cui è legato».

Donare gli abiti che portano la memoria del tuo corpo, che sono stati legati alla tua immaginazione di te anche se solo per pochi attimi, come i vestiti comprati d'impulso e subito abbandonati nell'armadio, in fondo significa continuare a vivere attraverso i corpi altrui. E contemporaneamente è dare a quegli indumenti una nuova possibilità. «Questo tubino miracoloso ha due fantasie diverse e può essere usato in entrambi i versi. L'ho comprato per quello, ma l'ho sempre usato nello stesso verso. Non ho avuto il coraggio di essere tutte le donne che poteva vestire. Non lo merito. Fallo vivere tu».

Nei *Vestiti del notaio*, precedente di diversi anni, ci sono degli abiti che in un certo modo stanno sospesi – nonostante siano rinchiusi in una cassapanca abbandonata nella soffitta di una casa presa in affitto da un marito e una moglie nel centro storico di Cagliari. Vestiti vistosi, colorati, lucidi, ricamati, volgari, «da puttana di lusso», che entrano inaspettatamente nella vita di una coppia e ne stravolgono la routine erotica. Dopo un periodo in cui i due si dedicano solo a nutrire quell'elettricità, la giornata viene vissuta nell'attesa della sera, di ciò che potrà succedere in quel luogo altro, simbolicamente lontano dagli spazi dove si svolgono i riti della quotidianità, nella soffitta, dove tutte le fantasie hanno parola.

Travestirci con panni altrui ci cambia, ci libera da noi stessi. Tania e Filippo agiscono come posseduti dalla presenza misteriosa e fantasmatica di quei vestiti, che li portano a superare la soglia della soffitta, la soglia dei non detti. «Sempre al confine tra un qui in cui non ci riconosciamo mai del tutto e un altrove che non arriveremo mai ad abitare», come scrive la stessa Murgia in un post su Instagram.

I vestiti del notaio è il racconto di come il desiderio e l'eccitazione erotica agiscano in maniera oscura, e di come quegli oggetti-feticcio che sono gli abiti possano comportarsi, per la felicità del corpo, in maniera quasi autonoma. Il potere degli abiti di questo racconto è esaltato dall'enigma che li circonda, dalle fantasticherie che questo mistero genera, dalla queerness che aleggia sulla soglia reale e metaforica dove Murgia fa muovere i personaggi vivi e i fantasmi.

Irene Brin

Il guardaroba delle donne

Nonostante la guerra, si ballò molto, in America, tra il 1914 ed il 1918: le giovani *debuttanti* dichiaravano, però, che in omaggio alle sofferenze di Europa volevano vestiti da sera economici, che conferissero un tono familiare alle loro riunioni. Al ballo organizzato dal Teatro Lirico di Baltimora, la signorina Wallis Warfield compariva in seta bianca e *chiffon*, ricamati di perle, «una nuvola di *chiffon*, le avvolgeva le spalle, – scrive la sua biografa, signora Evelina Wilson, – e da questa nuvola si partiva una specie di tunica, pure di *chiffon*, che giungeva all'altezza del ginocchio, ed i cui orli, erano pure sottolineati di perle. L'abito era d'ispirazione *Impero*, e due uniche rose *American beauties*, rappresentavano l'ornamento di Wallis». Nella stessa stagione, la signorina Warfield ebbe un'altra teletta sensazionale, bustino di broccato sfondo oro, a grandi fiori multicolori, gonna di velo, amplissima, «nel colore del sole al tramonto», come dice, poeticamente, la signorina Wilson, e sopra, ritualmente, «una mantelletta di scimmia».

Caterina Mansfield giungeva a Parigi nell'ampio mantello scuro che le dava l'aria di una viaggiatrice romantica, aveva la frangetta sugli occhi, e, appena arrivata in Riviera, indossava la sua giacchetta di ricamo inglese bianco. Sottane piuttosto corte, come tutte, necessità di lavoro, di economia, di indipendenza, cominciavano a suggerire l'abolizione assoluta degli strascichi, e dall'orlo di gonne abbreviate si affacciavano gli stivali lucidi, che rispondevano a patriottiche civetterie di alamari e di spalline dorate, dei caschi, ornati dalle penne bianche di qualche reggimento.

Eleonora Duse visitava i soldati, vestita di fluenti veli grigi, Tina di Lorenzo, ingrassata, aveva un cappello tondo, coperto fittamente di grosse rose.

Una ragazza di nazionalità ambigua, e di nome Lily, faceva il bagno, in costume attillato, sulla spiaggia di San Sebastiano, attirandosi l'ammirazione del Re di Spagna, *quièn es esa damita?* e Lily assumeva un cognome nuovo, e si faceva chiamare, sugli schermi e nei tabarini di mezza Europa, Lily Damita.

Cappiello, Aleardo Terzi, Sacchetti, rendevano popolari le siluette allargate sui fianchi, ad ombrello (moda demografica, si diceva, che riparasse, prontamente, alle perdite della guerra). I capelli rialzati a torre: ma la signorina Wallis Warfield li portava divisi nel mezzo, e lenti sulle orecchie: si sposava, con un ufficiale di marina, provvisoriamente in aviazione, il Tenente Spencer. Velluto bianco, ricamato di perle, corona in fior d'arancio, velo, mazzo di orchidee bianche e mughetti. A San Diego, in luna di miele, aveva scarpette e calze bianche, abito corto, bianco, golfino azzurro, sul quale uscivano il colletto tondo e le manopole del vestito, alta cintura di camoscio nero, cappellino di paglia nera, calcato fino alle sopracciglia.

Oh, mademoiselle from Armentières, parley-wooo,
parley-wooooooo

cantavano i soldati americani, e le ragazze della Croce Rossa arrivavano con i camions, le uniformi, i primi capelli corti, eccitate dalle canzoni, dalla novità, dalla sensazione di essere utili, divertendosi fra il bar del *Crillon* e quello del *Meurice*. Le loro divise erano terribilmente fuori ordinanza, e Paquin confezionava abiti ricamatissimi, *Four fêter la Victoire*, *Soir de gloire*. Si ballava il fox, *Broken doll.* Comparivano i primi scialli, bianchi, neri, rosa, a grandissime frange, e le signore se ne drappeggiavano, falsamente rabbrividendo, nei giardini illuminati dai paralumi accesi sui tavoli delle cene. Una tra le piú belle amiche di D'Annunzio si faceva suora, e sarebbe morta, qualche anno dopo, in una tempesta di neve. Mata Hari, che nella vita privata prediligeva i *tailleurs* rigidi, a quadrettini, era stata uccisa in una mattina qualunque; Isadora Duncan seguitava ad organizzare manifestazioni basate sull'abolizione delle scarpe; Mistinguett, madrina dell'esercito francese, compariva dentro uragani di pennacchi, e Cecile Sorel portava, all'occhiello, il nastrino rosso della Legion.

Le donne erano avide di onorificenze, qualcuna, però, rifiutava di riceverle, adducendo che le altre insignite avevano reso indegna la *rosette*. La contessa di Noailles, Musa ormai ufficiale, si legava un nastrino sulla fronte, per comporsi i capelli in falsa frangetta, evitando di tagliarli. Tutte avevano gambe di seta lucidissima, e si parlava molto di giarrettiere. I grandi sarti fallivano, Drecoll, dopo aver combattuto contro le stoffe vegetali e le suole di cartone, si dichiarava sconfitto davanti ad un nuovo, ed incomprensibile, amore per la semplicità.

Amalia Guglielminetti indossava, a Santa Margherita, abiti rigati, senza maniche, Willa Cather presentava, nelle sue apparizioni balneari, cretonne fiorate.

E qui si concludono, lamentosamente gli ultimi sogni di creatori d'eleganza, che riescono, appena, ad imporre la cintura bassa, l'abolizione del busto, una voluttuosa disinvoltura, consacrata dai romanzi di Guido da Verona.

Nel 1921 gli ultimi ricordi della ispirazione guerriera erano scomparsi, gli stivali allacciati, le spolverine, i *godets a ombrello*, i guanti a manopola. Ora, l'estate, si prediligeva l'organdi, lilla, generalmente, su sottoveste nera, cappellino nero, di paglia, enorme nodo di seta lilla. O anche organdi bianco, la gonna in tre volanti, orlati di smerlature rosse, nastro rosso, a cavoletto, sulla paglia, stavolta bianca. D'inverno, pellicce di *petit-gris*, chi poteva: le studentesse portavano berrettoni alla Raffaello, su giacchette spelate, di falsa lontra. In primavera, gilè di piccato, sul panno nero: rondini, dicevano le scrittrici romantiche, mentre Pitigrilli usava, per definire gli stessi panciottini, termini assai meno amabili.

Le signore tornavano a casa portandosi, in un pacchetto, le chiome recise: non si poteva lodarle meglio che dicendole «vi avevo creduta vostra figlia», e la rabbia, il furore della giovinezza si esprimevano in ogni particolare. Le ragazze, d'altra parte, aspiravano ad un tono vissuto, esperto, sagace. Si truccavano, come le loro madri, di bianco, rosso e nero, usando ciprie pesanti, rossetti e bistri duri, evidenti. I capelli erano crespi e fitti, sulle gote, i cappelli calzatissimi, gli alti baveri dei paletò lasciavano scorgere appena una cerchiatura d'occhi nera, un sanguigno disegno di labbra. A Genova, le due figlie del generale Chappuis venivano considerate esemplari di raffinatezza: abiti da tennis bianchi, a righette turchine, pelliccette chiare, i primi feltrini.

Landru ispirava una moda scura e scarlatta, con sciarpe diaboliche. I triplici veli si tagliavano, a sacco, per confezionare abiti da sera, generalmente perlati, non piú lunghi del ginocchio, spesso completati da maniche fluttuanti, intorno, alle spalle, e riacchiappate, al polso, da un nastrino di velluto. Schiena scoperta, magari un gioiello posato sul basso ventre.

Ninetta Moscatelli andava ad un ballo in *lamè* d'oro, e ballava con il Principe: la città si divideva in due partiti, può una fanciulla portare il lamè d'oro, oppure no? Si concludeva per il sí. La principessa G. indossava, per il tè-danzante, un abito composto, interamente, di violette. Un'altra principessa romana, ballando in *chiffon* rosso, si meritava la definizione, famosa anche troppo «Ecco l'incendio di Troia». Le fabbrichine, iscritte al partito socialista, avevano portato calze di seta con zoccoli, e stavano imparando l'uso della vernice nera, dolorosa, durissima. La *futa* piaceva alle operaie come alle signore ed assumeva valore proletario, oltre che economico e spicciativo, stoffa da poco, due cuciture soltanto, parallele, i buchi per il collo e le braccia. Quando la si volle nobilitare, si adottarono stoffe a cimosa, e le bordure dovevano servire di guarnizione.

Si copiavano dalle riviste inglesi gli abiti da golf: le prime mazze arrivavano in sacche importanti, e ci si preoccupava di foderare lussuosamente le racchette. Susanna Lenglen prediligeva il pieghettato, Elena Wills le camicettine a collo aperto, altre campionesse usavano maglie a rigoni larghe, ispirate forse dai costumi di Sing-Sing.

Stagione per stagione, le donne si innamoravano della loro libertà, della loro modestia. Del resto un'assoluta soddisfazione personale animava ogni particolare aspetto della vita sociale, e le vesti corte, rudimentali, venivano sottolineate dalla baldanza incredibile di chi le indossava. Un grosso filo di perle giapponesi, un fiore apoplettico alla spalla, un fazzoletto di *chiffon* legato al polso, o un triangolo di seta annodato sulla giacca sportiva, costituivano i soli ornamenti ammessi dalle donne che giuravano di volersi emancipare dal cappellino, e sostituivano le calze con le calzettine, le scarpe con i sandali. Le milionarie stesse si facevano confezionare dalle cameriere personali *robes-chemises* spoglie, e Paul Poiret tentava, inutilmente, una grande offensiva di civetteria: questo sarto illustre un tempo, ed ancora insolente, immaginò di riprendere le sue ispirazioni gloriose e lo stile del Balletto Russo: tuniche liscie, su cui ricadevano drappeggi perlati e bordati di pellicce, gonne turchesche, veli. Aveva calcolato male le reazioni di donne che ammetteranno un giorno, di adottare gli abiti della nonna, non mai quelli della propria giovinezza, e le quarantenni del 1925 non potevano dimenticare di avere avuto venticinque anni nel 1910. Poiret fallí dunque, clamorosamente, e si ritirò a vita privata, tra i suoi libri rilegati in pelle umana, le sue amanti colorate, i suoi detti solenni: «La couture c'est l'amour, un mystère, un miracle». Ma nessuno aveva ancora voglia di mistero, né di miracoli, piuttosto di verboso e ripetuto trionfo sul passato: le signore sferruzzavano, alacri, *golf* a scacchi, a losanghe, a cubi. Picasso sarebbe morto, se avesse compreso di essere il suggeritore involontario dei cortissimi abiti in maglia geometrica, sottolineati, molto in basso, da una cintolina di falsa pelle.

L'umiltà, l'incertezza, la nostalgia, cominciano esattamente dopo il crollo di Wall Street, e queste non sarebbero ragioni valevoli per spiegare la nuova obbedienza all'Alta Sartoria, se non si dovesse anche credere che le donne vollero apparire piú belle ad uomini piú abbattuti e considerare ardua una conquista per il passato semplicissima.

Si deve anche dire che il 1929 segnò il fiorire di sarti eccezionalmente abili ed arguti. Lanvin accostava, per la sera, l'argenteo fulgore del *satin* agli svolazzi aerei, che preannunciavano gli strascichi, il capitano Molyneux ammorbidiva i *tailleurs*, e Worth seguitava una raffinatezza iniziata sotto il Secondo impero con le *tournures* di Pauline de Metternich. Mai come nel decennio 1930-1940 Parigi seppe accogliere e sviluppare il gusto di lavoratori e lavoratrici internazionali, e, accanto all'inglese capitano Molyneux, nomineremo due italiane, Schiaparelli e Nina Ricci; dalla Spagna venne Balenciaga.

La poesia, la pittura, la storia, soccorrevano i modellisti e Madeleine Vionnet, creando i costumi per *Amphitrion 38* introdusse elementi decorativi negli spogli abiti da sera, e preparò il cammino ad infinite variazioni, imponendo la lunghezza asimmetrica: molti anni dopo, con lo stesso fervore, Chanel avrebbe drappeggiato su madame de Schenneberger le tuniche nere e verdi dell'«Antigone» musicata da Honegger.

Cocò Chanel è la inventrice dei grossi gioielli falsi posati sui modesti giubbini di maglia, dei cappelli puntuti, alla Tiepolo, degli occhiali giganti, delle pantofoline alla Sant'Orsola di Carpaccio. Ventura prolungò nel mondo l'ammirazione destinata, sulle prime, solo ai modelli quintessenziati di certi disegni del Pisanello, presentati dall'Esposizione italiana al *Petit Palais*, componendo, sulla bellissima persona della contessa Nicky Visconti, chiari damaschi fiorati, del tutto pittorici e remoti. Fu la signora Schiaparelli che stampò, sul lino bianco, ritagli di *Figaro* o di *Daily Mail*, riprodotti in teneri colori rosati, che accettò i disegni di Vertes, che compose abiti molli, larghissimi, stretti in vita da cinture gallonate, e cappellini alla Toulouse-Lautrec e sciarpe bicolori: tutto il cattivo gusto dell'Ottocento ebbe da lei grazia e freschezza, e quanto ormai appariva, attraverso immaginazioni guastate dalla lettura di Daudet, *bêta comme le dixneuvième siècle*, divenne spiritoso, seducentissimo.

La signora Schiaparelli impose il busto, e, per conseguenza, il seno, alle sue clienti, affascinate da soffici piume, da merletti spumosi. Mae West si traduceva nel gusto, aspro e delicatissimo di Schiaparelli, e le donne, finalmente, ingrassavano di un chilo.

Ora i modelli erano preziosi. Alle presentazioni della moda autunnale, invernale, primaverile, estiva, le capitali si affollavano di acquirenti ansiosi che venivano perquisiti, delicatamente, prima di essere ammessi nelle sale della sfilata, sale decorate, generalmente, in grigio perla o in bianco avorio: nonostante ogni precauzione i fotografi clandestini riuscivano a celare un apparecchio nelle giarrettiere, nei bottoni: scoperti, erano arrestati e processati. La proprietà, inviolabile, di un taglio, di un ornamento, era stabilita a termini di legge.

La signora Wallis Spencer, che abbiamo lasciato sposa recente, a San Diego, ha divorziato, nel frattempo, si è recata in Cina, dove Man Ray l'ha fotografata in pigiama cinese antico, ed ha poi sposato il signor Ernesto Simpson. Intorno al 1931 la troviamo stabilita a Londra con frequenti gite a Parigi, per rifornirsi dal sarto Mainbocher.

«Per la mattina, – scrive la sua biografa, – Wallis predilige i *tailleurs* scuri, con camicette chiare, ma è rarissimo vederla in istrada a quell'ora. Wallis esce invece sempre dopo colazione, indossando svelti cappottini, o, in primavera, semplici abiti neri o turchini, ornati di bianco. Per sport veste, generalmente, di rosso porpora: forse si tratta di un presentimento? Come tutti sanno, la porpora è il colore dei re. La sera, il nero: ebbe un famoso abito nero, ornato sulla schiena, di volantini bianchi terminanti in strascico. Altri, sempre neri, furono ricamati di pagliette a colori vivissimi. Le pellicce predilette da Wallis sono il visone e la martora, confezionati per lei in sontuosi mantelli dal pellicciaio Revillon. Le sue pietre preziose sono i rubini, gli zaffiri, gli smeraldi e le acquamarine... Per la sua presentazione alla Corte inglese, Wallis non volle farsi una teletta nuova, e la prese in prestito da un'amica, e cosí le tre penne, le scarpette ed il mantello di prammatica, Wallis è troppo democratica per piegarsi a spese unicamente di etichetta. Tuttavia comprò un cerchio di acquamarina da metter sul capo a sostegno delle penne, ed una croce pure di acquamarina, alta dieci centimetri. Ecco un'apparizione sensazionale...»

Non si sa con precisione se, in seguito, fosse il Principe di Galles a regalarle la grande collana di brillanti intersecata, sul davanti e sui lati, di smeraldi, con braccialetto ed anelli assortiti. O l'altro braccialetto di platino, fatto in forma di corda, ed interrotto ad un rettangolo di diamanti, che incastona l'orologio, minuscolo. O i due anelli triangolari, in smeraldi e brillanti. O i lunghi orecchini in forma di fiori. Non si sa, ma si suppone che sí.

«Era facile indovinare che grandi eventi si preparavano, osservando le scarpe a suola alta, accolte con entusiasmo dalle donne...» Questa frase, apparsa nel 1943, sulla rivista italiana *Documento*, ci sembra notevolissima, poiché veramente le piattaforme di sughero che nel 1938 conquistarono le vetrine, e poi strade, case, spiagge, segnarono un'imperiosa rivoluzione del gusto, e strane metamorfosi nelle proporzioni. Perugia confezionava, per Schiaparelli, una scarpetta rosa ed una verde: Ferragamo, cui si attribuisce, non so se a ragione, il merito dell'invenzione, alternava i lacci d'oro sui rozzi sandali da sera alle rivestiture di pelle rossa e turchina sugli scarponcini detti sportivi, ma non meno vertiginosi. I ciabattini industriosi staccavano i tacchi *a rocchetto* o *Luigi XV* per sostituirli con quindici centimetri di sughero, conferendo aspetto fiammante a calzature da decenni passate di moda. Parigi, e poi Nuova York, copiavano, dai calzolai italiani, la novità eccezionale, mentre i medici, fedeli a centenarie abitudini, deprecavano in nome dell'igiene, la mania del giorno, assicurando che il piede femminile, privo dell'arco naturale, sarebbe in breve tempo, divenuto piatto e deforme. Ma da cinque anni ormai le donne camminano come equilibriste, sui loro trampoli, e non accennano a volersene stancare.

Importante è anche l'evoluzione e la volgarizzazione delle pellicce. Se nel 1932 si era cominciato a portare il *renard* biondo, che sostituiva, in primavera, la tradizionale stola di talpa, o lo strangolino di martora, o la cravatta di faina, presto si arrivò a possedere due *renard*, da portarsi con i musi accostati e le zampine allacciate. Durante l'inverno, al *petit-gris* decisamente passato di moda, si era sostituito il persiano, raramente il visone o la cincilla costosissimi: ma gli allevamenti nostrani, le importazioni coloniali, diffondevano l'agnellino, o il coniglio mascherato in mille modi: giacche di falso castorino, di falsa lontra, di falso persiano, che di media costavano mille e cinquecento lire, rivestirono con falsa eleganza le commesse e le domestiche, mentre le signore di aspirazioni piú vaste inauguravano il primo colletto di *renard-argenté*.

Presto i colletti divennero mantelline, poi cappe, infine cappotti. L'attrice June Knight ebbe un cappotto da sera, sensazionale, lungo fino ai piedi, di volpi argentatissime, e due milionarie americane fecero un viaggio in Europa, portando con sé sei giacche di volpe: ogni sera, contemporaneamente, comparivano impellicciate di bianco, o di rosso, o di argentato, nel dubbio che i diffidenti Europei potessero supporre ad un loro scambio privato.

Si applicavano alle bestie occhi di smalto azzurro, o piccole api d'oro. «Non posso farmi le volpi», «mi farò le volpi», «mi sono fatta le volpi», rappresentavano le tappe successive di ogni avidità femminile, ed in America le famiglie aristocratiche trovavano conferma alle loro pretese araldiche nello stabilire che le donne possedevano delle volpi azzurre fin dal 1880.

Poi le cantanti del varietà, le dattilografe condiscendenti, le ballerine-tassí conquistarono, a loro volta, il prezioso trofeo, che prontamente decadde, e fu, solo in parte, sostituito dalla coppia di volpi platinate, a tutt'oggi rare e di prezzo quasi inaccessibile.

Il serpente, e meglio ancora il coccodrillo, furono altri attributi, quasi simbolici, del successo e della squisitezza. Scarpe e borse di lucertola; scarpe e borsa di pitone; scarpe e borsa di coccodrillo ebbero, successivamente, il loro posto nella scala di valori che le donne stabiliscono e mantengono. La voga del coccodrillo – detto, per tenerezza – *cocco*, dalle fortunate proprietarie, dura del resto, ancora, appena minacciata dalla voga dello struzzo.

Ci fu uno stile *spooorco*. Bisognava dire la parola con molte «o», e con le labbra falsamente disgustate. Questo stile imponeva una trasandatezza meditata, un vecchio impermeabile, una vecchia gonna-pantaloni, un vecchio *jumper*, scarpe vecchissime. Bisognava, però, che l'impermeabile fosse un Burberry, la gonna di Ventura, il *jumper* di Knize e le scarpe di Hermés.

«C'est une jeune personne moderne, très photogénique en trench-coat...» ha scritto Jean Cocteau, per descrivere *Liane*, una delle eroine di *Monstres Sacrés*: abbiamo tutti conosciuto un'infinità di queste ragazze fotogeniche quasi unicamente nei riflessi di una pioggia supposta, di un lustro tessuto gommato. Anche il cappotto in pelo di cammello apparve indicatissimo, e sempre, sempre, gli occhiali neri, e un fazzoletto legato sotto il mento alla *babiza* o al sommo del capo alla *creola*.

Ci fu uno stile *giovaniiiissimo*. Dopo la pettinatura alla delfino, che legava sulla nuca un ciuffetto di capelli *en catogan*, le donne immaginarono, dal 1937 in poi, una quantità di nastrini, di fiocchetti, che lady Mendl non rinnegò, per i suoi capelli bianchi. E collettini, e nodini, e giacchini cortissimi, e sottane scozzesi, e blusine ricamate: mancava il cerchio da tenersi in mano, o la palla. Non mancavano le parolette balbettate, i diminutivi, i capriccetti, la galina di pizzo in fondo al vestito.

Ci fu lo stile funebre. Cappelli neri, con sacchetto di velluto, abito nero, manicotto. Qualche gioiello scuro, qualche veletta. L'aria assente, la voce rauca: la sera, cupe onde di capelli lasciati liberi e sciolti fino a metà schiena, velavano talvolta un occhio, ricacciati indietro con gesto falsamente impazientito. Questo stile durò pochissimo.

Ci fu lo stile regale. La principessa Marina di Grecia e Danimarca, sposando nel 1935 il duca di Kent lanciò l'*azzurro Marina*, che pavesò lungamente anche le vetrine di Via del Tritone: l'anno dopo Marina, per stabilire la sua affinità con la Regina Alessandra, riesumò i cappellini ornati di penne di struzzo, e, d'estate, le *pamele* di paglia. Ma alle *pamele* dovette rinunciare, lei personalmente, perché il pubblico si lamentava, scrivendo lettere al *Times*, di non aver potuto veder bene il bellissimo viso della duchessa, durante le cerimonie.

La signora Simpson sposava, nel 1937, il Re d'Inghilterra che abdicava e, diventata duchessa di Windsor, inaugurava un'altra sfumatura di turchino, detto, dal suo nome *azzurro Wallys*, vestendo proprio di questo colore, per il suo matrimonio. Mainbocher aveva dovuto far tingere la stoffa sette volte, per trovare l'esatta sfumatura degli occhi ducali.

Ci fu uno stile letterario. I setaioli illustri, quali Bianchini, avevano chiesto disegni a pittori ancora piú illustri, quali Marie Laurencin, Paul Klee, Dufy, Fujita, Matisse. A Milano, la gioielliera Margherita creava collane amabilmente arzigogolate, e si ispirava alle collane 1880: le sue clienti, avide un tempo di montature in platino, acquistavano filigrane d'oro, diademi di corallo lavorato a campanelle. Van Cleef, all'Esposizione mondiale di Nuova York, mandava un cappellino di oro massiccio, tempestato di rubini, che doveva significare, in modo quasi terribile, l'estremo splendore raggiunto dalla Francia nel 1939.

Nel giugno del 1939 si era parlato molto di abiti da ballo in cotone. Non erano proprio una novità, si portavano già da tempo i piccati, gli organdi, per le feste in giardino, le signore amavano completarli con un fiore appuntato nei capelli: ma nel 1939 la moda della falsa semplicità raggiunse notevoli incanti, opposta per amore del pittoresco al fasto enorme dei ricevimenti offerti da lady Mendl, da Etienne de Beaumont. A Venezia, l'ultima grande stagione del Lido vide allargarsi una girandola enorme di gioielli, di pellicce, di attesa: la contessa Marina Volpi di Misurata abbelliva con farfalle in filigrana d'oro i suoi occhiali-da-sera. La Maharani passeggiava sulla terrazza, fasciata in tessuti opalini, assolutamente degni delle *Mille e una Notte*.

Ma anche nella primavera del 1940 non si poteva, secondo Gertrude Stein, considerare pericolosa la situazione della Francia. «C'erano troppi bei cappellini nelle vetrine, – scrisse, in *Paris France*, pubblicato dopo la sconfitta, – ed io pensavo che, quando un popolo produce ancora dei cosí bei cappelli, non può proprio esser prossimo a finire...»

Ora in Francia le donne portano straordinari cappelli di tulle su vecchi abiti sciupati, e non hanno calze, ma una vernice per le gambe, non hanno vere scarpe, ma zoccoli foderati di pelo. In Inghilterra si annuncia, ufficialmente, che non ci saranno calze di seta, fino alla fine della guerra. In Germania ci sono suole di paglia, eseguite dai carcerati.

Ritratto finale della gagarella, della *jeune fille swing*, che incontriamo di continuo e dappertutto.

«La jeune fille swing a des cheveux blonds rejetés en arrière, des lèvres bien dessinées mais débordantes, des ongles très longs, peints en rouge vif, une jupe large et courte, des bas en filet, sur le dos une simple veste à carreaux, et, au cou, un medaillon familial. Sur l'épaule, un grand sac en bandoulière» (ANDRÉ COEUROY, *Histoire générale du jazz*).

Le regole dell'eleganza.

Non riesco a non riportare un passo del «medaglione» che Alberto Arbasino dedica a Irene Brin in *Ritratti Italiani*: «Irene Brin è stata "una piccola maestra" non soltanto nel nostro miglior giornalismo "femminile" (l'ha preceduto tutto benché di poco) ma nel difficilissimo artigianato letterario che riesce a fondere il massimo senso dello Stile e "sense of humour" col minimo di mezzi usati e di fatica apparente. Si occupava di futilità vertiginose, tenendo d'occhio insieme La Rochefoucauld e Ronald Firbank, il duca di Saint Simon e la duchessa di Windsor».

Con quella sua scrittura in cui entri e cominci un viaggio che tra immagini, riferimenti e sciarade vorresti non finisse mai, Arbasino riesce a illuminare non solo la qualità purissima dei testi di Brin, ma anche le sfaccettature, gli snobismi (scriveva a letto, un letto a baldacchino, su un tavolinetto, e cosí si era fatta fotografare), le stravaganze e le leggende delle sue tante vite.

Lei, che di nascita era una Maria Rossi qualsiasi, diventò Irene Brin per decisione di Leo Longanesi, che, ricevuto un suo articolo, decise di darle un colonnino su «Omnibus» (Alberto Savinio lo aveva dalla parte opposta della pagina). Poi Mariú, Maria del Corso (dal cognome del marito). E ancora Madame d'O, Geraldine Tron e molti altri. Sino al nom de plume piú popolare (ideato da Luigi Barzini jr), Contessa Clara, firma della corrispondenza con i lettori di «La settimana Incom illustrata».

Fu proprio Contessa Clara a riconoscere talento nelle poesie e nelle lettere inviate da un giovanotto di Voghera che la metteva alla prova con identità multiformi, Alberto Arbasino.

«Sono i migliori amici delle ragazze, come tutti sanno. E, come tutti intuiscono, anche delle centenarie. Purché siano veramente belli, si possono portare quasi continuamente, perfino sul tailleur di flanella grigia, perfino sull'abituccio di lana nera. Al principio del secolo Chanel li mescolò a biglie di legno o di agata. Poi la duchessa di Windsor, avendone di splendidi, volle mostrarli sempre. Fu un tentativo convincente per tutti». Si legge questo alla voce «Brillanti» del *Dizionario del successo, dell'insuccesso e dei luoghi comuni* (pubblicato nel 1986 riunendo *Il Galateo*, edito piú volte a partire dal 1952, e *I segreti del successo*, 1954). *Dizionario* nel quale, attraverso una serie di voci cha vanno da «Asparagi» a «Zorro», da «Champagne» a «Età», Brin consiglia come vestirsi, insegna le buone maniere e ricorda le buone abitudini a proposito di igiene personale alle donne italiane tra dopoguerra e boom economico. Il tono è ironico, mondano, la scrittura *dry*, affascinante per la capacità in poche righe di mettere a fuoco i teatri del jet-set internazionale affollati di comparse e di protagonisti sublimi.

Come cogliamo anche da *Usi e costumi 1920-1940*, lo stupefacente affresco epocale in cui la storia si snoda attraverso i dettagli e le futilità e da cui è tratto il testo che qui pubblichiamo, Brin ha «una idea di eleganza come smentita alla naturalezza e capolavoro dell'artificio», che mi trova, ancora oggi, perfettamente d'accordo. Se la moda non si riduce all'azione del vestirsi/coprirsi, l'eleganza – che etimologicamente rimanda alla scelta – è qualcosa di difficilmente precisabile. Nell'eleganza è implicito uno sforzo di autoconoscenza e di *self-styling* che ha bisogno di un continuo aggiustamento. A cambiare non sono solo le mode, ma anche la sensibilità alle mode. Quella all'eleganza è un'educazione permanente, un investimento su noi stessi: «Perché restare alla moda è assai piú difficile dello sfolgorante debutto. Bisogna stare attenti, ogni giorno qualcosa cambia attorno a noi, il gergo, le abitudini, la dieta, l'essenziale è accorgersene prima degli altri e accettare subito quel che bisogna imporre poi. Appunto la moda». Si legge questo alla voce «Moda (essere alla)» del *Dizionario*: è il consiglio a un'attitudine specifica nell'affrontare la vita e tutto quello che le gira intorno.

«Dove l'ha preso? Di chi è?» le domanda Diana Vreeland, fashion editor di «Harper's Bazaar», allora la rivista di moda piú influente di tutte, fermandola in Park Avenue a New York, un pomeriggio del 1950. Brin indossava un tailleur di Fabiani e un cappello di Fath. Da quel momento è *Rome editor* di «Bazaar», ruolo in cui riuscirà a dare consistenza e valore alla moda italiana, che attraverso una serie di autori e autrici stava trovando il suo spazio nel panorama internazionale. Brin farà molto anche per gli artisti italiani, insieme al marito Gaspero del Corso e alla loro galleria romana L'Obelisco, centro irradiante governato con quel piacere delle inaudite congiunzioni che nel 1968, pochi mesi prima della morte, le farà per esempio presentare la linea alluminio su disegno di Getulio Alviani della sarta intellettuale Germana Marucelli, i cui abiti includevano dischi metallici insieme ai *Mobiles* di Calder, in occasione dell'uscita del film di Kubrick *2001: Odissea nello spazio*. Nelle foto scattate da Pasquale De Antonis, quella serata diventa una sorta di sogno acido in cui le modelle fluttuano continuamente ridefinite da luci psichedeliche. E da lí in poi, sarà tutta un'altra storia.

Tanisha C. Ford

I jeans baggy

Tum-tum, tum-tum. Sentivo le scarpe sbattere sul cemento, nel peso dell'andatura la misura della mia stanchezza. Avevo corso dal gruppo di studentati al centro del campus, oltre il laghetto di fronte alla biblioteca, e adesso mi trovavo alla base della lunga striscia di cemento che conduceva a quello in cui vivevo io, la Kehaya House, al margine estremo del complesso. Da qui riuscivo a vedere le enormi finestre a bovindo della Kehaya, soprannominata «Kehyatt» perché somigliava a un resort marino di lusso, soprattutto in confronto all'architettura gotica di alcuni degli altri studentati, che non ti lasciavano dubbi sul fatto che ti trovavi in New England. I miei muscoli stanchi sembravano gelatina calda al gusto di acido lattico. Con una mano mi reggevo per la vita i jeans larghi verde lime della Boss (una 46 da uomo in cui il mio corpo esile scompariva), mentre muovevo l'altra su e giú nel tentativo di darmi la spinta per scalare la lieve pendenza. Perché cavolo la Kehaya doveva trovarsi cosí *lontana* da tutto? Era un bel problema per me, dal momento che ero quasi sempre in ritardo per il coprifuoco.

Come al solito, ero rimasta in giro dopo cena, facendo la spola tra i vari studentati in cui vivevano i miei amici, invece di piazzarmi alla scrivania di camera mia a studiare. Cosí adesso quella era una corsa contro il tempo. Avevo imparato un sacco di cose sulle campane da quando, qualche mese prima, mi ero trasferita dalla mia scuola a maggioranza nera di Fort Wayne alla St Paul's, una scuola per figli di papà a Concord, in New Hampshire. Le nostre giornate vi ruotavano attorno. L'orologio aveva battuto le nove, ma avevo ancora dodici rintocchi per arrivare alla porta prima di essere tecnicamente in ritardo, cosa di cui ero sempre piú grata. Mi era capitato tante volte di rientrare appena in tempo, soprattutto durante i fine settimana.

Arrivai al decimo rintocco e, appena aperta la grande porta di legno, che in quel momento, mentre ansimavo e avevo il fiatone, mi sembrava ancora piú pesante, sentii la signorina Branson, referente del dormitorio, dirmi in tono gentile ma fermo: «Di nuovo all'ultimo secondo, Tanisha». «Lo so. Mi scusi, signorina Branson», risposi, con un sorriso a trentadue denti, e aggiunsi: «Non succederà piú». Sapevamo entrambe che non era vero. A quindici anni era la prima volta che mi trovavo lontano da casa e sperimentavo il tipo di libertà che tanto avevo sognato ma che mai mi sarei immaginata di avere un anno prima, quando avevo comunicato ai miei che volevo andare a studiare in collegio, per giunta a piú di mille e duecento chilometri di distanza.

Eppure, piú dei ritardi e della lontananza dalla mia famiglia, quel che ricordo meglio sono quei jeans larghi. Quei jeans incredibilmente chiassosi mi legavano ai miei nuovi amici neri della St Paul's, che venivano da posti fichi come Brooklyn, Yonkers, Roxbury e Philadelphia. Ognuno di noi aveva un punto di vista e un rapporto diverso con la cultura hip hop. I nostri jeans baggy, però, parlavano la stessa lingua e radicavano noi adolescenti neri (provenienti in larga parte da famiglie povere o operaie ai margini della società) all'interno di una comunità di giovani che faticavano a far sentire la loro voce in un mondo che non faceva mistero di quanto non li amasse. Al campus ci eravamo avvicinati, trovando nella musica e nella moda che ne derivava uno spazio sicuro sullo sfondo di quella scuola privata snob, un parco giochi per bianchi e privilegiati, un posto che sapeva di ricchezze accumulate da generazioni – dall'architettura alle scarpe Mary Jane, agli abiti e alle giacche di lana. Noi eravamo i ribelli della moda e i nostri corpi coperti da jeans baggy e magliette oversize erano l'emblema della fase piú ampia che stavamo attraversando – oggi nota come l'età d'oro dell'hip hop.

Oh, l'età d'oro. Il periodo tra la fine degli anni Ottanta e la metà dei Novanta in cui l'hip hop stava alla grande e cresceva in maniera esponenziale, in cui cambiava forma e conquistava spazio, affermando il suo dominio. Artisti e gruppi come A Tribe Called Quest, De La Soul, Queen Latifah, Monie Love, Jungle Brothers, X Clan, Public Enemy, Rakim, Epmd, Big Daddy Kane, Digable Planets, Kwamé, Gang Starr, The Pharcyde, Leaders of the New School, Brand Nubian e Hieroglyphics erano sempre in radio. Erano innovatori irriverenti e supertecnologici che portavano la musica delle feste private di posti qualsiasi degli Stati Uniti fino ai luoghi piú remoti della diaspora, connettendoci attraverso le sonorità alle nostre radici africane. La moda, poi, era sfacciata tanto quanto la musica – il simbolo dell'ankh, i copricapi, i jeans baggy, i colori brillanti, i motivi a pois – e, come un graffito, ci disegnava sulla pelle scura la nostra identità di generazione hip hop.

In particolare all'inizio degli anni Novanta, spuntarono tantissime linee di abbigliamento ispirate alla cultura hip hop, da Cross Colours e Karl Kani a Fubu e Walker Wear. Molti di questi marchi erano pensati sulla scorta di Ralph Lauren (Polo) e, insieme ai vestiti, vendevano uno stile di vita. Anche le ragazze li indossavano e leggende come le Tlc, Aaliyah e Mary J. Blige ci facevano da muse; tutt'un tratto nella città dove ero nata vestirsi da maschiaccio era diventato accettabile. L'industria della moda piú mainstream smaniava nel tentativo di dare un nome al nostro stile, cosí da poter fare soldi sui nostri desideri e il nostro amore per l'eccesso. Alla fine si accordarono su «gang wear» e «urban wear». Proprio cosí, gli addetti ai lavori non cercarono neppure di nascondere i loro pregiudizi razziali nei confronti della gente nera su cui stavano guadagnando. Che importa; era comunque la nostra moda e noi, infagottati dalla testa ai piedi in vestiti dai colori piú sgargianti immaginabili, eravamo cool, fichissimi.

Mi pareva che quei vestiti potessero parlare al posto mio. Ero una ragazza nera e facevo parte di quella cultura, a quel punto, ormai da anni. Ora gli stilisti neri avevano ritagliato uno spazio che ci dava visibilità dove prima eravamo stati ignorati. E cosí, mentre mi preparavo ad andare in collegio, non mi venne neppure in mente di mettere in valigia cose che non fossero già dentro il mio armadio – come quei jeans larghi che mi rendevano la vita e la logistica difficili quando la sera dovevo correre contro il tempo scandito dal vecchio orologio della chiesa, ma che mi facevano anche sentire vicina e connessa a me stessa come nient'altro. Una delle sfide piú grandi per i ragazzi che, come me, dalle loro comunità sbarcavano direttamente nel mondo degli yuppie in formazione delle elitarie scuole private era che niente di quello che avevamo incontrato fino a quel momento ci preparava a capire come inserirci in quello spazio. Ci portavamo da casa tutta la nostra roba (i vestiti, la cultura e il bagaglio emotivo). La indossavamo come una coperta di Linus. Quel posto voleva strapparcela di dosso, metterci a nudo, farci vergognare e poi rivestirci con gli abiti che riteneva piú adeguati.

Quando confidai ai miei di voler andare in collegio, mi sostennero piú di quanto mi sarei aspettata. L'idea me l'aveva data Jonathan, un mio cugino piú grande, che si era diplomato alla St Paul's l'anno prima che arrivassi io. Nella mia testa, mamma approvava al cento per cento principalmente perché mi voleva fuori dai piedi. Mi portò a fare acquisti in vista della partenza, un gesto che, nel suo linguaggio emotivo, significava che era fiera di me, che mi augurava ogni bene e che le sarei mancata.

Io e mamma andammo in ogni negozio con i prezzi bassi, da Value City a WalMart, per mettere insieme il mio nuovo guardaroba. Enormi camicie di flanella da boscaiolo e maglioni in grigio, bordeaux e blu marino provenienti dal reparto maschile. Imitazioni delle Timberland (penso che l'etichetta dicesse «Timber*line*» o qualcosa del genere). Jeans di tutti i colori presi dallo scaffale delle occasioni. Le regole di abbigliamento della scuola proibivano di indossare i classici blue jeans a lezione e in chiesa, ma Jonathan mi aveva detto che c'era una scappatoia: si potevano indossare jeans *colorati*. Quando avevano scritto «blue jeans» nel regolamento, non avevano previsto che ci saremmo presentati con i jeans di tutti i colori dell'arcobaleno. Era il colpo di genio di un ragazzino nero, il tipo di trovata che aveva dato il via alla cultura hip hop. Cosí potevo indossare i miei jeans verde lime della Boss alle lezioni di algebra e di biologia, esagerando un po' lo stile della mia andatura mentre passavo goffamente da un'aula all'altra, reggendomi i pantaloni, con la cartella a rimorchio.

Papà non era tanto entusiasta che la sua bambina volesse andarsene lontano, ma era felice che avrei ottenuto un livello di istruzione che i suoi genitori, arrivati dall'Alabama, si sarebbero solo potuti sognare e che mi sarei trovata fianco a fianco con alcuni degli studenti piú intelligenti al mondo. A partire dalla scuola materna, mi aveva fatto studiare il dizionario, spinto a partecipare a programmi di lettura estivi e mandato a corsi di potenziamento. La prima volta che ho dato l'esame Sat avevo dodici anni. Quando il figlio del mio padrino, che era piú grande di me e aveva iniziato a chiamarmi Urkel (come Steve Urkel, l'adorabile secchione di *8 sotto un tetto*), e i suoi compagni di liceo mi videro in fila per il test, mi chiesero: «Urkel, ma *tu* che ci fai qui?!»

Tutto nella vita sembrava avermi preparato a quel momento. E, a dire la verità, volevo andare in collegio sia in cerca di una buona istruzione, sia (e forse soprattutto, se devo essere onesta) per lasciare Fort Wayne. Intendiamoci, il programma alla Village Woods *era* mediocre. La nostra scuola non aveva soldi, studiavamo su libri vecchi e datati, i professori lavoravano troppo ed erano pagati una miseria. Nelle scuole a maggioranza afroamericana questa era la norma. Ed ero abbastanza sveglia da sapere che avrei ottenuto una preparazione migliore da qualche altra parte. Alla St Paul's avrei quindi trovato sia un contesto sociale protetto sia un'istruzione di qualità.

I miei genitori, insieme all'ufficio responsabile del sostegno finanziario, trovarono il modo per pagare la sbalorditiva retta annuale di diciottomila dollari (adesso la St Paul's costa sessantamila dollari all'anno) e uno dei miei professori preferiti, il prof. Kreamer, creò apposta per me un programma di studio di letteratura inglese per consentirmi di preparare in fretta la mia candidatura. I miei compagni di classe chiedevano cose tipo: «Ehi, prof. Kreamer, perché Tanisha non studia la roba che studiamo noi?» A quel punto, però, già mi ritenevano una super secchiona perciò non si stupirono molto quando annunciai che sarei andata in una scuola speciale. Addirittura per alcuni di loro era una medaglia d'onore, come se la *mia* vittoria fosse una vittoria per *tutti*. Lo apprezzai.

Cosí feci le valigie a Fort Wayne, in Indiana, e le disfeci a Concord, in New Hampshire. Ero riuscita ad andarmene dalla mia cittadina polverosa e arrugginita e ad arrivare in uno dei cosiddetti sedici collegi d'eccellenza – definiti in questo modo perché erano i piú costosi, severi e selettivi del paese. Era una scuola in cui avevano studiato membri di famiglie altolocate come i Vanderbilt e i Pillsbury (sí, proprio i Pillsbury dell'azienda dolciaria, quella con Doughboy per mascotte) – anche se al tempo non facevo molto caso alla faccenda del prestigio.

All'inizio a colpirmi fu la possibilità di reinventarmi. Certo, alla St Paul's fui immediatamente identificata come la «cugina di Johnny Glover». A me, però, andava bene. Mio cugino Jonathan – nessuno nella nostra famiglia l'aveva *mai* chiamato Johnny – era un'autorità alla St Paul's. Le ragazze pensavano che fosse carino; i ragazzi gli invidiavano il fisico, il carisma e il suo essere intelligente senza darsi le arie. Adesso era al Dartmouth College, ma, a sentire i ragazzi piú grandi, aveva lasciato istruzioni: trattate bene mia cugina… e non azzardatevi a fischiarle dietro!

Obbedirono, almeno alla prima parte. Quando arrivai, persone di tutte le provenienze si fecero in quattro per darmi il benvenuto. Indossai il titolo di «cugina di Johnny Glover» con orgoglio. Era molto, *molto* meglio che essere «la figlia dell'agente Ford», definizione che avevo iniziato a detestare. Entrambi i miei genitori erano presenze ingombranti, ma mia madre sembrava aver convinto l'intera comunità a sorvegliare e controllare il mio comportamento, mentre invece essere la cugina di Johnny Glover sembrava offrirmi solo credito sociale, cosa che io, da ragazza ormai abituata al centro dell'attenzione, desideravo con tutta me stessa.

Mentre salivo la grande scalinata che si apriva sull'interno della Kehaya House, passando il palmo sul lucido corrimano di legno chiaro, cominciai a riprendere fiato e chiamare alcune delle ragazze dello studentato con cui ero amica: «Come butta, Sam! Ehiii, Sarah!» Erano nella sala comune al pianoterra, intente a lavorare a un progetto di gruppo, cosa che avrei dovuto fare anch'io, ma a quel tempo la St Paul's mi sembrava una versione di lusso di un campo estivo, la forma migliore di glamping. A Fort Wayne ero abituata a essere la prima della classe; qui la cosa non mi preoccupava. Piú avanti, mi scontrai con la realtà. La St Paul's era un'istituzione con una curva di apprendimento tanto ripida che non mi resi conto di quanto fossi vicina a farmi bocciare finché non ricevetti i voti del primo semestre (che mi fecero rischiare la sospensione).

Sentivo la mia voce echeggiare nei corridoi mentre salutavo la gente dello studentato, dove di solito dopo cena regnava il silenzio. Erano ore dedicate allo studio. Sentire il rimbombo della mia voce, fitta di colloquialismi che venivano dalla strada, mi ricordava i tanti motivi per cui non mi sentivo ancora a casa, malgrado la desiderabile etichetta di «cugina di Johnny». Alla St Paul's, incubatrice dell'élite americana, essere rumorosi era un segno di scarsa conoscenza del galateo. Ero una delle sole tre ragazze nere del mio studentato (e una della ventina di tutta la scuola, su un totale di cinquecento e passa studenti) e l'unica che venisse dai quartieri popolari. Dalle mie parti le altre due sarebbero state considerate Oreo (nere fuori, bianche dentro), ma qui erano «ben inserite» e «socialmente preparate». L'organizzazione sociale della St Paul's, per me nuova, mi sfuggiva.

A casa eravamo rumorosi e vivaci. Ogni cosa accadeva a tutto volume: ascoltavamo la musica al massimo dei decibel, facevamo battute a voce alta e indossavamo vestiti chiassosi, come i jeans verde lime che portavo in quel momento. E non mi era mai passato per la testa che in questo ci potesse essere qualcosa di sbagliato. A casa, se volevi essere visto, sentito, rispettato, dovevi fare rumore. È cosí che ho imparato a muovermi nel mondo. La mia famiglia era rumorosa, i miei amici erano rumorosi. Cavolo, persino i bianchi erano rumorosi, soprattutto quei bigotti che ci urlavano epiteti razzisti come «n**** a casa!» Sentire frasi di questo tenore era la regola quando mettevi piede fuori dalla comunità nera di Fort Wayne e ti azzardavi a mangiare o giocare – o ad andare a scuola – in un quartiere dove i neri non erano i benvenuti. Nella mia città natale, con questo continuo controllo dei confini razziali, era impossibile dimenticarsi che il razzismo esisteva.

Alla St Paul's, però, questo tipo di razzismo esplicito non era la norma. In genere, ogni sentimento di avversione nei confronti dei neri o delle persone di colore veniva mascherato dalle buone maniere dell'autocompiaciuta alta società del New England, che si considerava troppo raffinata e controllata per esprimersi come facevano i bianchi dalle nostre parti. Gli studenti bianchi che frequentavano la scuola avevano origini diverse tanto quanto quelli di colore e neri – alcuni venivano da famiglie poverissime, prive di prestigio sociale, e da città a cui mancava il lustro di posti come Greenwich, in Connecticut. Ma all'inizio, nella mia testa, si fondevano tutti in una massa di indistinta ricchezza bianca. In altre parole, per me la classe o la performance di classe espressa attraverso un certo «garbo» sociale diventarono il modo in cui separavo gli abbienti (i bianchi) dai non abbienti (i neri e le persone di colore). E tra gli abbienti c'erano alcuni neri e asiatici e latini. Tuttavia la maggior parte di loro esibiva le stesse maniere discrete dei bianchi ricchi.

La classe. Era qualcosa a cui, crescendo, non avevo mai pensato. Sapevo che alcune persone avevano giocattoli piú belli o stereo, walkman, vestiti e scarpe migliori degli altri, ma non avevo mai riflettuto sulle differenze di status socioeconomico o sul potere e l'influenza che derivavano dall'appartenere all'alta società. Né mi ero resa conto di come la classe plasmasse i comportamenti sociali delle persone, specialmente di quelle non nere. A parer mio, tutti i neri che conoscevo si comportavano allo stesso modo, parlavano uguale ed erano piú o meno nella stessa condizione sociale: povera o a uno stipendio di distanza dalla povertà. Non conoscevo di persona nessuna famiglia nera che somigliasse a quei borghesi dei Banks di *Willy, il principe di Bel-Air*. Per me erano un'invenzione televisiva. Sí, c'erano un paio di ragazzini che chiamavamo Oreo, ma nemmeno il loro comportamento assomigliava a quello che vedevo al campus.

Pochissime cose venivano dette apertamente alla St Paul's. Qui il grosso dell'indottrinamento era sussurrato. Per esempio, nessuno mi disse mai che mi vestivo in modo inappropriato. Intendiamoci, tecnicamente, tutto quello che indossavo rientrava nel regolamento. Era chiaro, però, che la mia compagna di stanza e le altre ragazze del mio studentato, che venivano da famiglie altolocate o che avevano frequentato istituti privati d'élite sin dalle elementari, avevano ricevuto un copione diverso. Fu alla St Paul's che sentii parlare per la prima volta di marchi di moda come Ann Taylor, J. Crew e L. L. Bean. E di Ralph Lauren. Quello lo conoscevo. A casa, però, lo chiamavamo semplicemente Polo. Lo indossavo anche – incluso un paio di occhiali con la montatura di metallo da duecento dollari, un bel passo in avanti rispetto al primo paio di una marca sconosciuta. Io e miei amici compravamo tutto di qualche taglia piú grande (spesso imitazioni al mercato delle pulci coreano) per ottenere il medesimo effetto dei vestiti di Cross Colours e degli altri brand dai proprietari neri, e sfoggiavamo dalla testa ai piedi look Polo, con i ragazzi e i maschiacci piú ostinati che addirittura lasciavano spuntare dai pantaloni l'elastico delle mutande griffate. Per i bianchi ricchi, però, quella era un'ostentazione senza senso. Le ragazze per bene dei collegi indossavano Polo in un modo tutto diverso. Per la maggior parte di loro, Ralph Lauren era il simbolo del contegno dell'alta società bianca della costa orientale con il suo corredo di sport equestri, tè delle cinque e yacht. Ne indossavano i vestiti in colori neutri, senza loghi in vista. Be', di sicuro non è quello che ci facevamo noi, con Polo o i nostri marchi «urban».

I brand come Cross Colours, con i loro jeans baggy, ci piacevano proprio perché erano chiassosi, nei colori e nelle fogge, e perché avevano il logo cucito o stampato dappertutto. Carl Jones aveva lanciato Cross Colours nel 1989 come lettera d'amore alla generazione hip hop – a noi che avevamo reso i jeans larghi una dichiarazione di intenti, perché eravamo stati costretti a indossare pantaloni di taglie troppo grandi, già usati da fratelli e sorelle maggiori, e ad arrangiarci con quello che avevamo. Carl Jones si era ispirato ai ragazzi neri in pantaloni oversize che aveva visto sulla metro di New York. Molto prima di acquisire un nome che ispirava rispetto e di poter essere venduti a prezzo maggiorato, i jeans larghi rappresentavano una condizione, uno status socioeconomico. C'è persino chi crede che rappresentassero un modo di pensare. Jones prese la vergogna e la trasformò in una moda che valeva oro, in un arcobaleno di orgoglio nero con un messaggio politico, ripensando i jeans di seconda mano e ribattezzandoli «baggy». Jeans baggy. Erano lo zoot suit della mia generazione, cool, controcorrente e avanti in fatto di stile.

Le ragazze della St Paul's, d'altro canto, erano state abituate a indossare capi discreti – rispettabili abiti dritti in colori neutri, scarpe Mary Jane con il tacco largo, vestiti da cocktail neri, ma anche gioielli semplici e capelli legati in uno chignon stretto o (quando erano lasciati sciolti, senza fermagli) tenuti in ordine in un modo che non era facile da imitare per noi ragazze nere, lontane dalle nostre acconciatrici e dai nostri saloni di bellezza. E al campus gli eventi piú formali erano pensati in maniera tale da farti sentire adeguata solo indossando quel tipo di abbigliamento.

Tra questi, c'era la Cena Seduta, un pasto elegante che si teneva una dozzina di volte all'anno e che abbinava ragazzi di classi e studentati diversi con alcuni insegnanti. Ricordo che andai alla mia prima Cena Seduta indossando una maglietta a righe, scollata e aderente, e una vecchia gonna, uno dei pochi pezzi di sotto che possedevo a quel tempo che *non* fosse un paio di jeans larghi. C'erano cosí tante posate! Non sapevo da dove o come iniziare. E poi il docente che era stato assegnato al mio tavolo si lanciò in un «Allora, Tanisha, ti stai ambientando, qui alla St Paul's?» con un tono che alle mie orecchie sembrò sofisticato ed erudito. Mi resi conto allora che nessuna delle mie esperienze mi aveva preparato a *conversare* con un rigido professore bianco di una scuola privata. Soprattutto, mi era stato implicitamente mostrato che forse avrei fatto meglio a mimetizzarmi mentre provavo a capire tutte quelle stronzate alto borghesi. Cosí una sera, dopo una Cena

Seduta, presa dal panico, chiamai mia mamma. «Mamma, queste ragazze, si vestono in modo completamente diverso. Lo detesto, è cosí perfettino!» E un attimo dopo la supplicai di comprarmi almeno qualcuno di quei vestiti noiosi.

Non essendo il tipo di persona che avrebbe mai privato sua figlia di qualcosa, *soprattutto* di fronte a quella *sciccosa* gente bianca, durante le vacanze del Ringraziamento mia madre mi consegnò un po' di abiti semplici di Casual Corner e un paio di camicette button-down che le ragazze vi indossavano sotto. Da JCPenney scelsi anche delle Mary Jane con il tacco largo, marca Nine West, un paio nero e uno marrone. E, ovviamente, delle calze opache. Non riesco a spiegare fino in fondo quanto fondamentali fossero quelle calze per l'effetto finale. Le ragazze le indossavano in grigio, nero e marrone, a volte con un motivo a coste discreto, niente di troppo arrischiato, ovviamente. Quelle calze erano la chiave per ottenere un aspetto raffinato. Ancora oggi ne ho a tonnellate; mi sono convertita.

Cosí io e il mio guardaroba iniziavamo a capire come funzionavano le cose da quelle parti. Stavo camminando lungo uno dei corridoi principali per arrivare alla mia stanza al primo piano, buttando là altri «come butta?», quando intravidi Erika, una delle mie preferite tra le studentesse dell'ultimo anno. Era una ragazza bianca tranquilla e sportiva che sembrava capace di affrontare l'esperienza della St Paul's senza farsi contagiare da tutta quella pretenziosità. Eravamo diventate amiche dopo che mi aveva lasciato fare un disastro con i suoi capelli e un paio di forbici da cucina. Pensavo davvero di essere in grado di tagliarli! Dopo tutto spuntavo, lisciavo e facevo la piega ai miei da quando avevo dodici anni. Una volta avevo persino tirato fuori il necessario per lisciarli e insegnato ad alcune delle ragazze che venivano da quartieri neri e di colore la scienza dei legami peptidici applicata alla cura dei capelli afro. Ahimé, data la prima sforbiciata alla lunga e liscia chioma color grano di Erika, capii subito che quel tipo di capelli andava tagliato in modo diverso. Mi sarei dovuta fermare a quel punto, ma il mio ego me lo impedí. Per fortuna, alla fine Mel, una spilungona rossa che veniva dai sobborghi di Boston, salvò Erika dal mio taglio fatto con l'accetta (dopo averci rimproverato in primis per aver usato forbici da cucina) e la lasciò con un caschetto molto corto. E, ciò nonostante, Erika continuò a trovarmi simpatica; si preoccupava sempre di come stavo.

La mia compagna di stanza era una ragazza coreano-americana di nome Juli. Nella sua famiglia tutti avevano studiato in collegio, quindi sapeva come muoversi e giocava bene le sue carte: per esempio, il modo migliore per fare amicizia era avere sempre a portata di mano dolcetti zuccherosi come le ciambelle glassate. Ciò voleva dire che c'era sempre un fiume di persone che entrava e usciva dalla nostra stanza, una cosa di cui mi stancai in fretta. A Juli piacevano i film e le colonne sonore degli spettacoli di Broadway. Dal momento che era praticamente sempre in camera ad attirare le persone nella sua orbita grazie alle ciambelle, e io sempre *in giro* perché i miei amici stavano dall'altra parte campus, dove vivevano gli studenti neri e di colore, di solito era lei che controllava la musica. Ascoltava di continuo la colonna sonora di *Spiagge*. Alla fine del primo trimestre, conoscevo tutte le canzoni a memoria e la mattina ci lanciavamo insieme in una perfetta imitazione di Bette Midler, mentre ci toglievamo le vestaglie, ci vestivamo e ci pettinavamo per andare alla messa mattutina: «*Do you buy a titsling or do you buy a brassieeeeeere?!*»

Quella sera, però, in camera non c'era nessuno, neppure Juli. Silenzio. Solitudine. Era il mio turno di ascoltare la musica dalle casse invece che dagli auricolari. Salii sulla seduta del nostro enorme bovindo – anche in piedi con le braccia allungate al massimo, ero comunque molto piú bassa – e premetti la faccia contro il vetro, osservando il sentiero e il boschetto che avevo appena attraversato di corsa per arrivare in tempo per il coprifuoco. Il mio pensiero volò a casa. Mi mancava molto piú di quanto volessi ammettere. Mi tenevo in contatto con un paio di amiche, scrivendo di tanto in tanto lettere oppure telefonando, ma le chiamate erano brevi perché c'era sempre qualche altra ragazza che bussava al vetro per rivendicare il suo turno. Con due telefoni per trenta persone non potevi mai parlare a lungo con nessuno. Tuttavia, mi bastava sentire la voce di Shante, Zeke o Ayesha anche solo per qualche minuto per finire in una spirale emotiva di nostalgia di casa. Avevo lottato strenuamente per liberarmi da quella prigione di acciaio – da quel posto che uccideva i sogni. Avevo ottenuto tanto e corso lontano e qui avevo lo spazio creativo per immaginare infinite possibilità per la mia vita, eppure adesso volevo soltanto sentire qualcuno che parlasse con la pronuncia strascicata di Fort Wayne e mi raccontasse qualche storia banale su un tizio per cui un tempo avevo una cotta.

Arrivai in cima alle scale del nostro appartamento di lusso e raggiunsi il mio letto. Accesi lo stereo nero marca Sony che si trovava sul mio comodino e inserii il Cd di Aaliyah. Saltai alla traccia sei e lasciai che Aaliyah mi travolgesse con la sua versione di *At Your Best (You Are Love)* degli Isley Brothers, un balsamo melodico per la mia malinconia. Ricordavo quanto mio padre avesse amato la voce pura e limpida di Aaliyah quando gli avevo fatto sentire quella canzone, la volta che era venuto a trovarmi durante un fine settimana dedicato ai genitori. «*Let me knoooow, let me knooooow-oh*...» Mi immersi in quell'attimo di sollievo.

Il mio pensiero passò a mamma e mi chiesi cosa stesse facendo ora che si trovava con il nido vuoto prima del previsto. La situazione tra me e lei era diventata particolarmente tesa verso la fine delle medie. Mamma aveva accettato un posto nel reparto investigativo, dove lavorava sui crimini a sfondo sessuale. Era un ruolo che le garantiva maggior prestigio, ma che dal punto di vista emotivo era molto pesante. La maggior parte dei casi riguardava aggressioni ai danni di bambini e alcuni di questi in passato erano stati suoi studenti o membri delle loro famiglie nell'ambito del programma D.A.R.E., che educava contro i rischi legati all'abuso di droghe e alla violenza. Ogni giorno mamma tornava a casa stravolta. La sua visione del mondo, un tempo ottimista, adesso era resa piú tetra dal posto in prima fila da cui osservava le azioni piú vili che ci si potesse immaginare, dalla sua preoccupazione per le giovani vittime e dallo sconforto che provava all'idea di non poterli salvare tutti. Portava questo fardello come uno pneumatico attorno al collo – pesante, scomodo e quasi impossibile da sfilare. Passava a casa giusto per togliersi il tailleur e i mocassini che adesso, diventati la sua tenuta da lavoro, avevano rimpiazzato la divisa della polizia e rimaneva appena il tempo di sgridarmi perché la casa non era pulita come si deve... o per respirare, cosí pareva. Poi si rimetteva la vecchia divisa. E si avviava verso uno dei suoi lavoretti part time come addetta alla sicurezza.

Quando ero piccola, mi avevano insegnato a non rispondere agli adulti, ma, cavolo, adesso ero praticamente un'adulta anch'io, o almeno era in questo modo che mi sentivo. Ormai passavo un sacco di tempo a casa da sola, ed era stato lo stesso per gran parte delle scuole medie, al punto che cucinavo tutti i pasti per me e persino per mamma – cene elaborate come pollo o pesce fritto, mac and cheese, involtini di pasta sfoglia con i fagiolini, torte a piú strati e biscotti glassati. Mi lavavo i vestiti da sola, organizzavo la mia giornata, tutte le sere mi imponevo di mettermi a fare i compiti e spesso andavo a letto prima che mamma rientrasse dal suo secondo lavoro o dalle lezioni che stava frequentando per finire l'università.

Sapevo che lavorava sodo. Si vedeva da quello che poteva permettersi di comprarmi: uno scooter Honda Elite, l'ultimo modello di telefono cordless, una bella tastiera Casio, un elegante completo coordinato per il letto. Sul piano materiale avevo tutto, ma io volevo lei. Il suo amore e la sua attenzione. Come quando lei e papà erano ancora sposati, quando mi sentivo circondata dall'amore e mi addormentavo in mezzo ai loro corpi caldi. E con mamma che portava a casa ogni ragazza nera o componente delle famiglie del quartiere che aveva bisogno di un riparo, di una guida o di un mentore, sembrava che per me o per i miei problemi – alcuni dei quali erano piuttosto cupi – non restasse niente. Avevo bisogno di una mamma anch'io. Eravamo bloccate tra la sua stanchezza da lavoro e la mia malinconia adolescenziale, che lei sopportava sempre meno. Non avevamo nessuna forma di sostegno psicologico o di supporto che ci aiutasse a capire quello che ci portavamo dietro. Andarmene mi sembrò l'unica soluzione. E il solo modo in cui potevo farlo era attraverso la mia intelligenza.

Ero riuscita ad arrivare alla fine della canzone di Aaliyah senza che nessuno mi chiedesse di abbassare il volume. Di solito quando mettevo la mia musica – *Candy Rain* dei Soul for Real o *They Reminisce Over You (T.R.O.Y.)* di Pete Rock & C. L. Smooth – Juli o una delle nostre coinquiline, Lauren e Rebecca, venivano a chiedermi di farlo. Lo domandavano in modo abbastanza gentile, ma, cavolo, era come se dicessero che la musica nera era piú rumorosa di quella rock o punk che sparavano loro di regola. Oggi chiameremmo quei comportamenti «microaggressioni».

All'inizio, la ragazza dei quartieri popolari che era in me reagiva male. Di continuo! C'era questa insopportabile ragazza bianca di nome Hannah la cui occupazione principale era, lo giuro, cercare un modo per farmi espellere da scuola. Una volta sostenne che le avevo rubato i compiti del corso di progettazione grafica. Stavamo lavorando tutti alla stessa cosa: le figure tridimensionali. Gli elaborati si somigliavano, e io e lei avevamo dimenticato di scriverci sopra il nome. Presi il suo per errore. E all'improvviso quello che poteva essere una ragazza di prima che chiede a un'altra ragazza di prima se per sbaglio non ha preso il suo elaborato si trasformò in Hannah che mi denunciava alla presidenza, cosa che spinse qualcuno che lavorava là a mandare Shayla e Tonya, due ragazze nere dell'ultimo anno che vivevano nello stesso studentato di Hannah, a parlare con me. Di nuovo, si trattava di uno di quei modi «gentili» che i ricchi usano per risolvere i problemi. La gente dalle mie parti aveva modi piú semplici e ben piú diretti di gestire queste storiacce. Lo penso ancora oggi. A quanto pare, la scuola aveva riconosciuto la componente razziale implicita nell'accaduto e pensò fosse meglio gestire la situazione in modo «informale» (mandando due adolescenti nere a portare l'ambasciata), a maggior ragione nel caso della cugina di Johnny Glover.

E, di nuovo, la questione dell'elaborato grafico mi era sembrata cosí banale che per me non c'era bisogno di montare un caso. Le due ragazze nere mi dissero, però, che quella spiona di Hannah mi temeva. Venne fuori che i miei jeans larghi e le mie «trecce alla Brandy» urlavano *regina del ghetto* e, anche se era molto piú alta e grossa di me, quella in soggezione era lei. Mi sembrava una di quelle ragazze ricche con tre nomi (avete presente, quelle ragazze a cui le madri danno il loro cognome da nubili come secondo nome? Era molto comune alla St Paul's). Veniva da una cittadina a maggioranza afroamericana del profondo Sud. La mia ipotesi era che non avesse mai davvero interagito con i neri della sua città perché, di fatto, la sua famiglia controllava il posto. Chissà. Dopo quell'incontro, non mi sono mai presa il disturbo di conoscere lei o la sua storia. Tuttavia, anche se ora odiavo Hannah, in linea di massima le ragazze bianche del campus mi sembravano abbastanza carine.

Adoravo passare il tempo con i ragazzi neri della Nash House. Ai tipi neri e di colore piaceva vivere in grandi gruppi alla Nash o alla Wing. Dieci amici si mettevano d'accordo e sulla richiesta d'alloggio indicavano tutti lo stesso studentato. Il risultato era magnifico: un misto di cultura hip hop con influenze africane, caraibiche, sud-asiatiche e coreane che aveva cambiato radicalmente il clima di quegli spazi. Ognuno aveva la sua camera, ma l'impressione era che vivessero in un'unica grande stanza perché erano molto legati tra loro, come in una vera comunità. Uno poteva entrare alla Nash e dimenticarsi completamente di trovarsi nell'epicentro del New England, il regno dei fichetti bianchi. Sparavano i Wu-Tang Clan a tutto volume. Il basso pulsava attraverso le pareti. Potevi entrare nell'edificio e sentire:

> Cash rules everything around me.
> C. R. E. A. M.
> get the money
> Dolla, Dolla bill y'all.

Era come se sfidassero i bravi ragazzi bianchi a chiedergli di abbassare la musica.

In mezzo a loro, sentivo di poter tornare a essere un maschiaccio, andando di stanza in stanza con i miei jeans larghi e la camicia di flanella oversize. Potevo usare lo slang nero che usavo a casa, ma che ero scoraggiata ad adoperare alla St Paul's, e cosí mi lasciavo andare ai miei «me la squaglio» e «fare roba» e «senti questa, fra» come facevo un tempo nella confusione della mensa della scuola media Village Woods. Ai ragazzi neri era *permesso* di essere rumorosi ed esagerati. La loro versione dello stile nero era accettata. Potevano incarnare l'hip hop con i loro jeans baggy, gli stivali chiari della Timberland e le treccine, come aveva fatto mio cugino Jonathan, e comunque essere considerati intelligenti e atletici. Infatti, quell'anno il presidente dell'intero corpo studentesco era uno dei ragazzi neri che vivevano alla Wing, uno studente dell'ultimo anno di Brooklyn. Era una storia incredibile.

Per le ragazze nere e latine, la pressione sociale, e quindi la spinta a conformarsi e ad addomesticare corpi e capelli, era molto piú grande. Per riuscire a sopportarla, le ragazze si trovavano una migliore amica che diventava il centro del loro mondo e creavano con lei un legame che di solito durava per tutti e quattro gli anni della St Paul's. Le due diventavano poi compagne di stanza, ma non formavano gruppi estesi come quelli dei ragazzi, e spesso sacrificavano la possibilità di vivere negli studentati migliori per assicurarsi di poter restare insieme. Perciò, quando andavo a trovare le ragazze, alla ricerca di una potenziale migliore amica, spesso mi toccava passare da quattro studentati diversi. Era un po' una seccatura, ma non è che in quei primi mesi studiassi poi tanto. Inoltre, scoprii ben presto che avevo bisogno del supporto e della saggezza delle ragazze piú grandi, ragazze a cui potevo confidare i miei problemi con i capelli e con casa – ragazze come Nikki di Chicago, la cui stanza sapeva sempre di vaniglia dolce grazie al suo diffusore di oli profumati. Potevi entrare nella stanza di ragazze piú grandi e avere l'impressione di essere finita in un santuario. Le ragazze tenevano la musica piuttosto bassa, ma ci potevi scommettere che era sempre hip hop o R&B. Penso sia stata Nikki a farmi conoscere *Nappy Head*, il tormentone dei Fugees, o il ritmo di *Hip Hop Ride* dei Da Youngsta's.

Alla fine a diventare la mia migliore amica alla St Paul's fu una ragazza con la pelle color caffellatte del mio stesso anno, che veniva da Brooklyn e si chiamava Shandrica. Ho sempre pensato che fosse in parte latina perché viveva alla Simpson accanto a tre ragazze latine di New York piú grandi di lei. In aggiunta, mi sembrava che avesse l'accento della Rosie Perez di *Fa' la cosa giusta* e parlava sempre di parrucchiere dominicane. (In realtà mi sbagliavo, ma lo scoprii solo piú avanti, quando ormai eravamo amiche da decenni!) La notai subito perché, come me, si era presentata al campus con le trecce, ma le sue erano le trecce da ragazza nera *piú nere* che avessi mai visto. Erano di misura media e le partivano da dietro l'orecchio destro per abbracciarle la testa come un alveare, con alcune delle treccine che le attraversavano la fronte, si ricongiungevano con l'altro lato della testa e finivano poi in una cascata che si fermava prima dell'orecchio destro. Trecentosessanta gradi di trecce! Piú tardi prese a chiamare ironicamente quell'acconciatura «la cuffia da nuoto». A quanto pare, a inventarsi quel nomignolo era stato qualche studente della St Paul's che l'aveva presa in giro per via di come i capelli le aderivano alla testa. Di certo erano una cosa che non passava inosservata, ma a Brooklyn la ricoprivano di complimenti e c'era addirittura chi la fermava per strada per chiederle il numero della sua parrucchiera. Shandrica indossava un paio di jeans baggy di colore rosso, delle scarpe da ginnastica e una maglietta bianca oversize a maniche lunghe con sopra Malcom X. Spiai il suo stile, pensando che era una ragazza nera che si rivolgeva principalmente alle ragazze nere. Allo stesso tempo, però, da brava ragazza nera, non faceva subito l'amica e non dava confidenza. Era riservata come me e studiava quello che aveva davanti prima di decidere se le piaceva o no.

Non ricordo neppure come ci avvicinammo o quando accadde. Di sicuro, però, c'era di mezzo un rapper. La stanza di Shandrica alla Simpson era piuttosto spoglia, ma sopra il letto aveva attaccato un poster gigante con uno degli uomini piú belli che avessi mai visto. La liscissima pelle caramello e le labbra perfette bilanciavano in modo divino gli occhi cioccolato dall'espressione seria. Quegli occhi mi trafissero il cuore e mi innamorai... di un poster. «Chi è questo Nas?», chiesi ridacchiando (e pronunciando Nas con una *a* breve), con le farfalle che erano risalite dallo stomaco e adesso vorticavano tra le mie corde vocali. «È Naaahs», mi corresse Shandrica, in tono vagamente sarcastico, ma comprendendo la mia meraviglia. «È il diminutivo di Nasir. Nasir Jones». Me ne innamorai ancora di piú. All'istante. Il suo nome era cosí nero, cosí *consapevole*. Non gli avevo ancora sentito rappare mezza barra e già sapevo che al microfono era un mostro. Era il mio fidanzato. Almeno nella mia testa. (Un giorno, dieci anni dopo, mi ritrovai seduta di fronte all'uomo del poster in un ristorante di New York. I sentimenti della me quindicenne risalirono in superficie. Ovviamente, fu prima che io venissi a conoscenza delle accuse di maltrattamenti da parte di Kelis, la sua ex moglie).

Il World Wide Web non esisteva ancora, quindi non è che potessi stalkerare questo Nas on line. L'unica cosa che potevo fare per stargli vicina era andare a trovare Shandrica e sbirciare il poster mentre la sua voce rauca raccontava in maniera perfetta le vicende del ghetto, scivolando sopra i beat creati da produttori hip hop leggendari come Large Professor, Pete Rock e Dj Premier. E con l'album *Illmatic* in sottofondo, io e Shan, come avevo iniziato a chiamarla, ci scambiavamo confessioni sulla nostra famiglia, i nostri passatempi, le nostre cotte segrete. Quando arrivarono le vacanze invernali, progettavamo già di diventare compagne di stanza l'anno successivo. Avevo trovato la persona giusta per me, chi avrebbe custodito i miei segreti, la mia metà. Con sei mesi di differenza, per tanti versi eravamo fatte della stessa stoffa di Cross Colour, ma anche abbastanza diverse da poter occupare uno spazio tutto nostro alla St Paul's. Adesso capivo perché le ragazze andavano a coppie. C'era bisogno di un posto sicuro in cui poter *esistere* e basta – non per essere rumorosa come in compagnia dei ragazzi neri, né per fare la perfettina come con le bianche.

Stavo trovando la mia strada in quel nuovo mondo. Mi ero adattata al linguaggio dei figli di papà, che dicevano «pro-gra» invece di «progettazione grafica» e chiamavano «fro-yo» il dessert allo yogurt che ordinavamo da un posticino in città, e allo slang dei secchioni fichetti, che dicevano «orrore» e «raccapriccio» e che noi ripetevamo fino alla nausea nello stesso modo in cui i tipi dei miei quartieri dicevano «yo» e «schianto» e «fresco». Bilanciavo la mia collezione di jeans baggy con vestiti piú discreti. Stavo persino valutando di chiedere a mamma o papà di comprarmi un paio di pantacollant di seta di J. Crew perché Juli diceva che erano molto comodi e utili sia d'estate che d'inverno (un acquisto che avrebbe consolidato il mio look da donna nera in carriera).

I miei voti stavano migliorando, approfittavo dell'istruzione tutta Chaucer e Shakespeare che mi veniva offerta, mi piacevano le gite di scienze e pianificavo di andare a studiare all'estero. Stavo seguendo i corsi preparatori per il Sat e presi in considerazione la possibilità di studiare in una delle università dell'Ivy League o delle Seven Sisters. Prima di allora l'opzione piú ambiziosa all'orizzonte era fare domanda per una delle Big Ten o magari per Notre Dame. Mi ero unita al coro gospel e seguivo lezioni di canto classico. Mi stavo facendo anche degli amici, persino tra i bianchi; non li vedevo piú come un'unica monolitica massa di privilegiati. Adesso ascoltavo le Hole e i Cranberries, trovando uno spazio per *Doll Parts* e *Zombie* all'interno del mio panorama musicale mentre mi legavo a Ella, una ragazza anticonformista che veniva dal Nord dello stato di New York, e alla sua compagna di stanza Tess, una ragazza nera del Wisconsin a cui prima pensavo come a una Oreo, ma che adesso adoravo. Non ho mai amato quella musica come amavo l'hip hop, ma scoprii che aveva un modo tutto suo di farmi sentire bene.

Quando tornai a casa quella primavera, piansi per tutta la durata del volo. Con gli occhi rossi, sbirciavo fuori dal finestrino dell'aereo. Non sarei tornata alla St Paul's l'anno successivo. Capite, quei pantaloni larghi nascondevano un segreto: ero incinta di quattro mesi. Stavo rientrando a casa per partorire e diplomarmi in una scuola della zona. Era come se gli sbuffi di fumo delle tante industrie di Fort Wayne sapessero che non sarei tornata alla mia vita sulla costa orientale. Punteggiavano il cielo, dicendo al mio aereo dove atterrare, dove riportare la ragazza che pensava di essere sfuggita alla presa della città.

Taglie antagoniste.

Tutti ricordiamo come eravamo vestiti nei vari periodi della nostra esistenza, o almeno cos'avevamo addosso nei momenti piú importanti. Non ho bisogno di riguardare le immagini delle mie vite passate per ritrovare il preciso significato che ricopriva per me in quel momento un certo indumento. La raccolta di racconti di Tanisha C. Ford da cui è tratto *Baggy Jeans* riavvolge lo stesso filo autobiografico (un'autobiografia per vestiti?), ma lo fa con una storia che, essendo quella di un'adolescente afroamericana, non è semplicemente individuale come la maggior parte delle nostre.

Tanisha C. Ford è una cultural critic, una scrittrice, una professoressa di storia. Lo studio dello stile e della moda dei neri le permette di dare diverse texture e tonalità al suo lavoro, che agisce in bilico tra politica e cultura. D'altronde quando parliamo di storia della moda ci riferiamo ancora, il piú delle volte, a quella occidentale e piú precisamente europea. Le categorie che usiamo per i diversi stili risuonano ancora del colonialismo di imperi grandi e piccoli. Ultimamente, per fortuna, assistiamo a numerosi tentativi di superare l'impianto eurocentrico, adottando prospettive transnazionali e transculturali che producano una visione globale.

Ogni racconto di *Dressed in Dreams. A Black Girl's Love Letter to the Power of Fashion*, questo il nome della raccolta di Ford, è incentrato su un elemento di vestiario o di stile. I baggy jeans sono indossati dall'autrice quindicenne che, dalla sua città dell'Indiana tutta ruggine e polvere e dai confini razziali ancora marcati, alla metà degli anni Novanta si traferisce nel New Hampshire per studiare in una scuola «da figli di papà», dove invece il razzismo esplicito non è la norma, «mascherato dalle buone maniere dell'autocompiaciuta alta società del New England».

La complessa struttura di relazioni tra luoghi, persone e comunità generata dal trasferimento di Tanisha è fatta simbolicamente ruotare dalla scrittrice adulta intorno ai baggy jeans, segni dell'attrito che accompagna l'ammissione formale in una scuola esclusiva: jeans, come scrive lei, scandalosamente vistosi, imbevuti di riferimenti e legami con la cultura hip hop. «Noi eravamo i ribelli della moda e i nostri corpi coperti da jeans baggy e magliette oversize erano l'emblema della fase piú ampia che stavamo attraversando – oggi nota come l'età d'oro dell'hip hop».

In un passo del racconto, Ford indica l'origine dei baggy jeans – quando erano ancora semplicemente jeans oversize e non erano moda – in uno «status socioeconomico», ovvero in una condizione di povertà, quella dei giovani neri costretti a indossare pantaloni dismessi della misura sbagliata. È significativo come la genealogia indicata da un'altra autrice statunitense non bianca, Elena Romero, sia molto diversa ma includa ugualmente una forma di subalternità. In *Free Stylin'*, Romero sottolinea come non sia un segreto che le persone nere abbiano una conformazione fisica diversa dai bianchi, denunciando quindi un problema rispetto alla vestibilità di abiti che sono stati modellati su quei corpi. Ricorda come fare shopping per lei volesse dire prendere sempre una taglia superiore alla sua.

Se nel 2024, mentre sto scrivendo, decido di cercare online descrizioni e definizioni dei baggy jeans, vengo travolta da tutti i possibili e infiniti modelli di baggy che potrei acquistare in un vasto range di prezzo. E insieme trovo anche i consigli su come indossarli, seguendo l'esempio di celebrity e fashioniste. Contemporaneamente si materializzano i pantaloni slim, quelli che aderiscono alle linee del corpo, fino a diventare in alcuni casi skinny: quasi a depotenziare, nello svuotamento dei significati condivisi degli stili, la carica rivoluzionaria dei baggy.

Evapora cosí, nel grande mare del mainstream, l'eroica tensione tra taglie antagoniste a cui ho pensato rileggendo il racconto di Tanisha C. Ford, che per contrasto sociale e ambientale accosto a un altro testo raccolto in questo libro, *La scala mobile* di Bret Easton Ellis. Alla stessa metà degli anni Novanta in cui è ambientato *Baggy Jeans*, le taglie sono adottate da Rem Koolhaas e Bruce Mao come misura del mondo in uno dei libri *milestone* di quel decennio, *S, M, L, XL* (1995). Il fashion designer Carl Jones di Cross Colours aveva da poco trasformato la «vergogna» che erano i jeans oversize in «oro della moda», e i baggy erano ancora «un arcobaleno di orgoglio nero con un messaggio politico».

Nel 2021 *About Love*, una campagna pubblicitaria di Tiffany & Co costruita per lanciare il nuovo corso della carismatica azienda americana appena acquistata da Bernard Arnault (e legittimata dai risvolti benefici a sostegno di Historically Black Colleges and Universities) genera un cortocircuito culturale, economico e comunicativo mai visto prima. I protagonisti sono tre: la power-couple americana per eccellenza, quella formata da Beyoncé e Jay-Z; un rarissimo diamante da 128.54 carati (qui indossato per la prima volta da una star nera, che cita Audrey Hepburn nel film *Colazione da Tiffany*); e appesa al muro *Equals Pi*, un'opera di Jean-Michel Basquiat del 1982 in precedenza quasi mai mostrata in pubblico. Nel lusso piú estremo, in un gesto dalla risonanza planetaria, nell'iperbole, si sale un altro gradino del continuo gioco al rialzo in cui si normalizzano tutte le rivoluzioni, assorbite nei mille immaginari digitali che costituiscono il romanzo farlocco della nostra epoca.

Gianna Manzini

Completo sontuoso con calzoni sportivi

Che cosa chiedeva, fino a ieri, la signora alla grande sarta? Il risalto della propria responsabilità. E che la inventasse, se non esisteva; o, se esisteva larvatamente, la facesse affiorare, scaturire, da un gesto, dalla costanza d'un colore, da un'inflessione di voce.

Nella grande casa di moda, passava, sulla pedana del salone, una mannequin leggermente sprezzante, stupenda, in calzoni strettissimi di velluto viola, con un giaccone laminato oro, viola e bianco. L'atteggiamento era appena astratto e negligente; il tessuto del completo sontuoso; i calzoni davano un che di falsamente sportivo e disimpegnato; l'insieme della tenuta indicava invece una circostanza importante, da sera: il tutto un'apologia dell'incoerenza e della contraddizione, un miracolo del «nulla è impossibile», concentrati in una figura vitalissima, in cui brillava l'incanto di una schietta novità: la donna d'oggi.

Senza dubbio, fino a poco tempo addietro, esisteva davvero la nozione convenzionale, una realtà individuale, sulla quale si veniva modellando un'immagine approssimativa. In virtú dell'eleganza, di mille accorgimenti, e correttivi, e sottolineature, quell'immagine doveva definirsi brillante. Ed era tutt'un suggerire, un alludere, da parte della cliente; e, da parte della sarta, che prontezza, che intuito, che genialità nel cogliere a volo e realizzare quella specie di passaporto ideale che la signora voleva esibire.

Ci venne, dunque, incontro la ragazza, indossando il modello ultimo grido; sostò un momento davanti a noi, attraversandoci con lo sguardo, proseguí, mostrandosi di spalle. Spalle senza rigidezza, favorite dal taglio magistrale della giacca; portamento della testa tra fiero e svagato.

Quell'immagine diceva chiaro che è assurdo cercare una personalità come affermazione di una coerenza logica, come un bisogno di somigliare a se stessi.

Ci credano o no, gli uomini, discorsi abbastanza seri se ne fanno, anche in una casa di moda, specie quando la grande sarta non è soltanto una «creatrice» (questa è la parola di rigore, di consumo; non è lasciata scivolare come una sproporzionata lusinga) dico dunque, una creatrice di modelli; bensí, come Fernanda Gattinoni, è anche una persona che scruta la società in cui vive, ne interroga i molteplici umori, «Io non sono mai ciò che credo di essere; e questo varia senza fine». Con tale confessione Gide anticipava la satira della personalità, intesa come cardine, intorno al quale girava il mito della coerenza.

Per riportare il discorso sulla moda, diremo che la personalità girava intorno al mito della bellezza. Ma oggi l'idea di bellezza urta contro una immagine discontinua, mossa, sdoppiata, scissa. Dalla stilizzazione alla deformazione il passo fu breve. E per l'armonia fu, in ogni senso, un colpaccio. Arti e musica lo sanno; né lo ignora la letteratura. E la moda, come si salva da questa nuova confusione della lingua?

Si capisce che molti, parlo degli artefici della moda, si contentano di variazioni minime, persuasi che un abito sia nuovo, perché fatto, ben fatto, oggi, con magnifici tessuti, e avvalorato da firme consacrate. I drappeggi, si sa, son sempre lusinganti, sia che si asciughino, mordendo, sia ammorbidiscano voluttuosamente; i fiocchi rimarranno sempre ciò che è il punto esclamativo nella prosa (e guai ad abusarne, l'esclamazione rimanga nel tono: cosí la conclusione di un pannello, d'un capriccio deve essere inclusa nell'idea anteriore al movimento, anteriore alla sorgiva articolazione, non nell'aiuto del fiocco); saranno salutate con piacere le diagonali che assottigliano, le scollature profonde etc. etc.

«Ma la novità essenziale va cercata piú lontano», dice convinta e turbata, Fernanda Gattinoni, «se non si vuole che la moda impigrisca e ristagni, e diventi tentazione, o impegno mondano, soltanto per le donne non piú giovani e danarose».

Intanto un'altra mannequin, non meno attraente, presenta una princesse di velluto nero, leggermente svasata, con, in fondo, un'alta balza di tulle in cui si articola il disegno arricchito e punteggiato da grosse gocce di perle nere, di un biais del medesimo velluto. Romantico, sofisticato, attuale e remoto, fa pensare a Marienbad. E cosí il seguente modello, in crepe di seta nera, con un ricamo, ugualmente nero, denso, pieno, all'altezza del seno, e assottigliato in una serie di «vu», molto acuti, che scendono spingendo la punta fino all'orlo del vestito. Non chiama idee di languori, d'ozi appena incantati, di fughe nel ricordo o nel sogno? Ma ecco uno strambo mantello marrone, senza maniche, doppiato in color fuxia, reversibile. Accompagna un tailleur con gonna in tinta unita, e giacca a quadri color fuxia e marrone, la quale presta, s'intende, le maniche al mantello. Stravaganza degna d'una elegantona intellettuale dalla battuta frizzante, che sa stare al gioco.

Non si tratta adesso di fare una rassegna di modelli, quanto, se non di precisare qualcosa, di mettere avanti qualche salutare inquietudine.

Che colori, oggi? Tutti. Che linea? Svariatissima: dalla piú schematica, alla piú ricca di incidenti e di sorprese. Che clima spirituale? Indefinibile. Che tipo? Lí, ti voglio. Non somigliare a se stesse, proclamare il diritto di essere assurde, illogiche, discontinue.

Una specie di vertigine vitalistica s'è impossessata della donna: e in questa vertigine che la porta ad essere anche professionista eccellente, o artista, o impegnata nella politica, o attivissima sportiva, concedendosi sempre tutto il margine possibile per l'amore, per la famiglia, per la mondanità, e anche, incredibile! per l'ozio, vestire diventa un'arte parecchio piú difficile di quando, ogni stagione, aveva la sua costante stilistica definita, e ogni donna aspirava a riconoscersi in un tipo.

Al ritratto subentrò la fotografia, alla fotografia l'istantanea, all'istantanea la figura in movimento. E non sia mai un movimento soltanto cinetico; ma trovi la sua ragione d'essere, in una profonda irrequietezza, in questa divorante ansietà che, drammatizzata, scardinata, diventerebbe dimissione. Potrà la moda, per quanto agile, sensibile, inseguire, braccare, tutto ciò? Cosí ha fatto in ogni tempo; e, anche ammettendo che oggi sia infinitamente piú difficile di ieri, è fuor di dubbio che, quando a cimentarsi in un compito cosí arduo, è un'artista geniale, e di rara competenza come Fernanda Gattinoni, sarà possibile per la moda uscire dalle secche d'un illusorio amore del nuovo, dove l'estro stesso, il capriccio, o addirittura la sbalorditiva invenzione, hanno scarso valore, se non fine a se stessi e non corrispondono ad un'attualità tutta viva e sentita.

Cosí mi diceva questa incontentabile sarta. Due parole per presentarla: educata in Inghilterra dove s'interessava di pittura; addestrata, in fatto di moda, nelle severe scuole sia inglesi che parigine; discepola di Molyneux, affinò da noi gusto ed esigenze; si sentí italiana oltre che di nascita d'elezione; e presto si distinse disegnando scenari, e costumi. Mi diceva, dunque, che le giovanissime oggi, tendono a sostituire al linguaggio della moda il gergo. È gergale il loro modo di truccarsi, di scapigliarsi, di presentarsi in una maniera all'apparenza arrangiata e casuale. «Io credo, – aggiungeva, – che non sia impossibile sorprendere il loro gergo momentaneo, depurarlo, fissarlo in un'espressione controllata. Occorre una finizione che scivoli tortuosamente, inavvertitamente, nel loro programmatico modo d'apparire, e agisca in loro vece».

Previsioni coraggiose che affiancavano una cospicua serie di modelli, ricchi di questo spirito avanguardistico, bene imbrigliato da uno stile rigoroso. Ma brillavano in questa collezione anche modelli di circostanza, classici, nel senso d'intramontabilità, favoriti da broccati superbi, da velluti, da ricami desunti dalla pittura del nostro Quattro e Cinquecento: cosí un nutrito gruppo, del quale, molti, destinati alla Persia, per la sorella dello Scià.

Per tentar di concludere: il presente si è gettato in una disperata ricerca della sincerità. Letteratura e arte lo dimostrano. Ma la moda, che per nove decimi è artificio e finzione, come potrà barcamenarsi questa caccia dissolvente d'ogni concetto, compreso quello di bellezza?

Occorrono nuove forme d'immaginazione, forse nuove nozioni tecniche, e grandi linee per un nuovo codice dell'eleganza: valori nuovi che aspettano di cristallizzarsi.

La risposta ce la daranno i migliori e le migliori. E presto: perché la moda, si sa, va in fretta.

Il tempo dell'Atelier.

Non avevo mai letto niente di Gianna Manzini prima di un librettino dalla copertina azzurro carta da zucchero (quanta accuratezza avevamo una volta nel definire le sfumature di uno stesso colore) con un piccolo acquerello al centro. Il titolo è *La moda di Vanessa*, lo pseudonimo con cui la scrittrice firma gli articoli di moda sulla rivista «La fiera letteraria», pubblicati dal 1946 al 1974, anno della sua morte.

«Appena nel dopoguerra, e fin a poco prima delle rivoluzioni sessantottine, si conquistò lo spazio artistico per esprimere il suo sentirsi "donna moderna", s'ideò un linguaggio femminile che le consentí di lasciarsi intendere – con successo – dalle amiche desiderose di consigli, e di comparteciparne insieme. Scrisse da giornalista (pur non essendolo) brani sulla donna "in moda": impegnata nel dolce lavoro del prendersi cura di sé stessa, vanitosa con scrupolo, e con sguardo alto all'emancipazione». Cosí la tratteggia Nicoletta Campanella, curatrice del volumetto, quasi a riprendere le «prose ritratto» della scrittrice.

Nel testo che qui riproponiamo, Manzini ci fa entrare in quello spazio unico, sacro e laborioso che è l'atelier. Usiamo la stessa parola, *atelier*, sia per lo studio dell'artista che per quello del sarto. Mi viene in mente quanto scrive Elisabetta Orsini a proposito di questo luogo auratico: «L'atelier è il luogo fisico che corrisponde a una condizione mentale, psichica, straordinaria: un luogo in cui l'artista si libera dei vincoli della quotidianità per legarsi a strutture coercitive, connesse all'esercizio dell'arte. Regole di comportamento specifiche, finalizzate unicamente al prodursi dell'arte stessa».

Siamo a Roma, nell'atelier di Fernanda Gattinoni, una delle sarte che nel secondo dopoguerra contribuiscono a dare linguaggio autonomo e rilevante all'alta moda italiana. Sono gli anni della Hollywood sul Tevere, che potremmo far iniziare dal fastoso matrimonio celebrato a Roma nel 1949 tra Tyrone Power e Linda

Christian, vestita dalle Sorelle Fontana. Piú tardi la mondanità romana sfocerà nei rituali della dolce vita, che renderà certi attori personaggi di una nuova commedia umana, transiterà dal palcoscenico di via Veneto al film di Fellini del 1960 (un rotocalco di celluloide, secondo Mario Soldati) e trasformerà i fotografi in paparazzi. In tutta questa vitalissima sarabanda, Gattinoni si guadagna spazi importanti. È lei, nel 1956, a vestire Audrey Hepburn in *Guerra e pace* di King Vidor.

Nell'atelier con Gianna Manzini seguiamo i movimenti e le pose delle modelle: quella che indossa il completo sontuoso con calzoni sportivi del titolo, ma anche le altre. Nelle descrizioni dei capi che indossano, si allude già a un certo affrancamento dagli stereotipi vestimentari femminili.

Siamo negli anni Sessanta, quelli della couture (che noi in Italia chiamiamo alta moda) piú apertamente innovativa. Pur rimanendo all'interno dello spazio concettuale in cui la sartoria si muove come disciplina artistica, alcune regole vengono negate. Intanto vengono utilizzati materiali non certo associati a un'idea di esclusività, ma lavorati con le tecniche tradizionali; e poi si introducono elementi contraddittori, come i calzoni, e ci si compiace di gesti a sorpresa che mettono in discussione la sintassi canonica dell'eleganza.

L'haute couture possiede comunque un proprio tempo, riflesso dei suoi processi. Un tempo non rallentato ma diverso, operoso, che coniuga in un doppio movimento memoria e immaginazione. Una liturgia in cui il passato si inserisce a ogni pulsazione del presente, in cui la ripetizione può rivelarsi una metafisica forma di trasgressione. L'atelier, in cui ogni forma disegnata è calco dell'unicità di un corpo e ogni abito è una protesi di quel corpo, è uno spazio non di conservazione ma di sperimentazione.

Cosí, nella sua visita del 1964 all'atelier di Gattinoni, Manzini coglie una mutata consapevolezza femminile, preludio di una libertà che non sarà solo quella delle femministe: «Una specie di vertigine vitalistica s'è impossessata della donna: e in questa vertigine che la porta ad essere anche professionista eccellente, o artista, o impegnata nella politica, o attivissima sportiva, concedendosi sempre tutto il margine possibile per l'amore, per la famiglia, per la mondanità, e anche, incredibile! per l'ozio, vestire diventa un'arte parecchio piú difficile di quando, ogni stagione, aveva la sua costante stilistica definita, e ogni donna aspirava a riconoscersi in un tipo».

L'atelier è un mondo sulla soglia. Gattinoni non è soltanto una grande «creatrice di modelli», ma anche «una persona che scruta la società in cui vive, ne interroga i molteplici umori». Osserva cosí come le «giovanissime» tendano «a sostituire al linguaggio della moda il gergo. È gergale il loro modo di truccarsi, di scapigliarsi, di presentarsi in una maniera all'apparenza arrangiata e casuale». Tuttavia, se dall'atelier d'alta moda si riesce a cogliere quelli che noi sappiamo essere i prodromi di una rivoluzione, non si avvertono pericoli per la sua esistenza, non si intuisce che è in discussione il suo ruolo di supremo ordinatore del gusto.

Manzini raccoglie le parole emblematiche con cui la sarta sostiene di poter riuscire ad addomesticare gli umori delle giovanissime, depurarne il gergo momentaneo, fissarlo in un'espressione controllata: «Occorre una finzione che scivoli tortuosamente, inavvertitamente, nel loro programmatico modo d'apparire, e agisca in loro vece». Era, però, soltanto un'illusione.

Stefano Pistolini

Da Woodstock a Hollywood

Tante cose successero in quei tre giorni di Woodstock, nel 1969 giusto a cavallo tra lo sbarco sulla Luna di Neil Armstrong e compagni e la strage di Bel Air in cui gli adepti di Charles Manson massacrarono Sharon Tate e i suoi amici, mettendo il primo macigno sul progetto in technicolor degli anni Sessanta. Tra i tanti eventi seminali di quelle 72 ore ad altissimo tasso simbolico, ci fu quella canzone cantata da Country Joe McDonald & the Fish, diligentemente registrata dalle cineprese di Mike Wadleigh e immortalata nel suo film che avrebbe trasformato un exploit musicale continentale in un clamoroso magnete planetario e generazionale.

Country Joe, dunque: folksinger molto di sinistra, molto pacifista, parimenti influenzato da Dylan, Woody Guthrie e dagli stornellatori di Nashville. Fino a quel giorno è un artista cult, noto soprattutto nel circuito radical delle università, famoso per i suoi concerti-comizio nel campus dell'università della California a Berkeley e in quello della Kent State University, tristemente famosa da quando la polizia aprí il fuoco sugli studenti contestatori. Country Joe è uno che in fatto di guerra & pace può dire la sua: prima di diventare il «cantastorie in divisa da marine» per quattro anni ha prestato servizio a bordo di una nave militare, congedandosi nel 1965, l'anno dell'escalation della guerra in Vietnam. La cantilena che intona sul palco di Woodstock in quel celebre pomeriggio è di quelle che si attaccano al cervello e che in cinque minuti possono essere facilmente riprodotte sulla chitarra: «And it's one two three» fa il ritornello – ma il vero titolo del pezzo è *I-feel-like-I'm-fixin'-to-die-rag* e la strofa piú celebre recita: «Forza omaccioni | lo Zio Sam ha di nuovo bisogno di voi. | Si è ficcato in un terribile pasticcio | là in fondo dove c'è il Vietnam. | Perciò lasciate le vostre carte e trovatevi un fucile | ci sarà da divertirsi. E un-due-tre | per cosa stiamo combattendo? | Non chiedetelo a me | non me ne importa un baffo. E cinque-sei-sette | aprite i cancelli | non ci sarà neppure il tempo di chiedersi il perché | e... oplà saremo tutti morti». Un atto d'accusa vagamente populista ma perfettamente efficace nel devastante patatrac del Vietnam che, tra i molti pasticci provocati, ha anche avuto l'effetto di far incacchiare con l'America i ragazzi di mezzo mondo. Insomma quel piccoletto biondo coi baffoni e i capelli lunghi, con la sua voce acuta e nasale fa cantare la cantilena a mezzo milione di persone nel prato dell'agricoltore Max Yasgur e pochi mesi piú tardi entusiasma migliaia di ragazzi italiani nelle seconde visioni di Roma e Milano. Al di là del suo orecchiabilissimo rag quello che colpisce è il suo aspetto: grigioverde e polveroso, eppure misteriosamente, naturalmente funzionale, carismatico, tempestivo. Le sue canzoni denunciano il marciume della guerra sul Mekong, ma la sua rappresentazione è per voce-chitarra & uniforme. Come se lí sul palco ci fosse un marine impazzito, instraccionito, ammutinato, che precede d'un soffio i desolati guerrieri conradiani immortalati da Francis Ford Coppola in *Apocalypse Now* e sfotte l'idea che solo col physique du rôle d'un John Wayne o di Clint Eastwood si possa essere veri soldati a cavallo. Country Joe dropout del sogno americano, cascame artistico, residuo delle grandi cause civili, usa qui il corpo come messaggio, infilandolo nell'oggetto della sua esemplare crociata: quella guerra assurda in verde mimetico che centinaia di migliaia di coetanei stanno combattendo in nome di non-si-sa-bene-cosa.

Per carità: non c'è mica solo lui ad aver colto l'intuizione del riuso di un'uniforme: a cavallo tra Sessanta e Settanta le schiere della controcultura letteralmente pullulano di provocatori che intuiscono il potere di quell'esteriorità da veterano schizoide, da reduce delle illusioni. E poi in pieno '68-'69 la guerra è ancora un affare dietro l'angolo. Scintille di morte schioccano ai quattro angoli del pianeta e ai ragazzi americani il crepitare delle automatiche sembra una specie di ritmo ineluttabile che scansiona quella dominazione del mondo voluta dai loro politici... Normandia... Corea... Saigon. Anche per i giovani italiani – gli stessi che a partire dal '68 si sentono autorizzati a cercare senza vergogna il metodo migliore per sfilarsi dal supplizio del servizio militare – anche per loro gli abiti da soldato, le divise d'ogni nazione e colore cominciano a far parte del vissuto. Ma non è una novità assoluta, anzi. L'Italia per tutti gli anni Cinquanta è stato un paese povero, reduce da una guerra persa, un luogo dove non si butta niente, tanto piú quei tessuti resistenti con cui sono cucite le uniformi. Da Sciuscià in giú, insomma, i vestiti dei militari sono a lungo un rimedio, di quelli che racconta Pasolini in *Ragazzi di vita*, un modo di coprirsi, seppure comunemente giudicato appena un po' piú che umiliante. Ma la tela è forte, il panno è spesso e tenere lontano il freddo in quegli anni può essere – diciamo – una discreta priorità, perfino mentre già si sentono i vagiti delle culture giovanili di strada.

Perciò è meglio sostenere che Country Joe abbia essenzialmente un merito, il piú ricorrente nella storia della musica pop: quello di capitare al posto giusto, nel momento giusto, con l'idea giusta. Che poi sarebbe quella canzone abbinata a quel look. Il messaggio pacifista che si concretizza in lui è sintetico, potente e perfino un tantino sexy, con quel contorno di bandana, di collane colorate che risaltano a meraviglia sui chiaroscuri grigioverdi. E la primavera dopo che *Woodstock*, il film, è transitato nei nostri cinema, la fiera di Senigallia a Milano, via Sannio a

Roma, il mercatino di Livorno, Forcelle a Napoli fanno un salto di qualità nell'interesse dei teenager: con due soldi ti porti a casa un sacco pieno di abiti militari, te li metti, provi un curioso brivido e al tempo stesso sei consapevole di esporre un vigoroso messaggio politico. Francamente, un affare irrinunciabile.

Ma siamo solo alle prove generali del rinnovo dei codici che presiederà alla montante onda grigioverde, allorché ricopre i colori brillanti e caotici del vitalistico universo giovanile anni Sessanta. Ora siamo nei Settanta e la messa in scena è di tutt'altro tenore: gli slanci si sono estremizzati, lo scalmanato squarcio di liberazione (il «Tutto & Subito») s'è tradotto in nervosismo collettivo, i risultati tangibili di tante lotte tardano ad arrivare oppure è difficile riconoscerli, oppure, ancora, non comportano neppure lontanamente quel piacere che pareva dovessero provocare. La parola «lotta» soppianta la parola «causa». Piú che battersi, si combatte, le vicende e gli argomenti è inutile rispolverarli. Anche l'esteriorità generazionale passa attraverso un procedimento di decolorazione. Come dire: c'è poco da ridere e gioire. I fiori restino nei prati. La rabbia, piuttosto, fa schiumare, al punto a volte da dimenticarne l'origine. Le strade della città, i crocevia delle periferie diventano luoghi dello scontro e della diversità, altro che «luoghi comuni». Tutto ciò che indossa un'uniforme diventa sinonimo di repressione. Eppure, per quell'assurdo rimbombare proprio delle visioni-limite e dei momenti-limite, quella stessa uniforme assume anche il ruolo (desiderato... negato...) del «padre»: il repressore, il nemico, ma anche l'indissolubile legame con la Storia.

Si scende in campo contro le divise – l'esercito, la polizia, l'autorità – ma se ne ammette l'esistenza come quella di una negatività necessaria, organica alla modernità, il sogno collettivo perde i connotati del pacifismo e per un breve momento si riavvolge nell'ipotesi vaga di una rivoluzione, per poi rotolare pessimisticamente nella consapevolezza di un'incolmabile diversità, di una distanza tra la realtà e il vagheggiare, per esempio tra società occidentale e universo culturale giovanile intriso di parafrasi orientali, metafore morali, utopie globali. Su questo sfondo le uniformi tornano in scena tra chi ha attorno a vent'anni, ma questa volta con assai meno ironia che sotto i cieli woodstockiani.

In coincidenza coi fuochi fatui del 1977 giovanile italiano, ad esempio, si consolida una curiosa coincidenza stilistica. Da un lato la radicalizzazione del confronto col sistema tocca i suoi massimi storici, contrassegnati dal rifiuto assoluto del compromesso. Dall'altro alcune appartenenze inevitabilmente tipiche del sistema stesso, a cominciare dal meccanismo merceologico e simbolico della moda, finiscono per insinuarsi, per strisciare segretamente anche tra le file dei rivoltosi. Laddove non si ammette l'adesione a un codice estetico ed esteriore che vada oltre la «funzionalizzazione» al proprio ruolo intellettuale e alla propria missione di agenti dell'alternativa, vengono segretamente riscritte alcune delle piú interessanti (soprattutto per questa loro casta clandestinità) tra le pagine delle mode e delle sottoculture giovanili. Ad esempio, tutto ciò che ricade alla voce «divisa». Perché la divisa è la manifestazione del nemico e di conseguenza la sua materializzazione. Per contrapporsi efficacemente alla quale, in una specie di sottomissione alle leggi convenzionali, conviene senz'altro utilizzare un'altra divisa (oppure la stessa, ma con significato e interpretazione antitetica). Solo allora, a parità di codici, in una reciproca riconoscibilità, il campo di battaglia potrà essere definito e lo scontro potrà avere luogo. Insomma, dal momento che di guerra senza quartiere si tratta, le uniformi hanno legittimità e senso. Stravolte nella loro simbologia, gerarchicamente sventrate ma sfruttate nella loro funzionalità, nel loro aderire al linguaggio del confronto. Anfibi e tascapane, parka dalle tasche sterminate (in Italia ribattezzati «eskimo», per quella tendenza all'esagerazione metereologica che appartiene inevitabilmente a un paese mediterraneo come il nostro), pantaloni da marcia, maglie marinare. La contrapposizione all'estetica fighetta dei qualunquisti controrivoluzionari (manifestata ad esempio anche dal netto rifiuto di qualsiasi giovane «movimentista» a indossare cravatte o camicie di foggia «normale», con l'avvento della diffusissima moda di portare il pullover direttamente sopra la maglietta della salute) assume tutta la solennità d'una generazione in guerra, di un'Europa occidentale ventenne che inaugura la propria Comunità di intenti con largo anticipo su Maastricht, raccogliendosi sotto i suoi slogan e – iconicamente – in un mare di tinte smorte, di magrezze e pallori che oggi, rivisti nelle foto e nei filmati, comunicano inquietudine ma anche elettrizzante mobilità.

Peraltro, nel triennio bruciante che precede l'avvento degli anni Ottanta, le tensioni centrifughe e centripete già sono in azione. Dove la concentrazione sul «privato» dà scacco al «pubblico», dove esplode la sfiducia nel «collettivo», dove la fermezza dell'ideologia si inceppa, là nascono tensioni inattese, tentazioni inedite. A Londra, ad esempio, la cultura punk deflagra come una bomba. In Italia i giovani impegnati si affrettano a bollarla come qualunquista, fascista, controrivoluzionaria. Eppure quel movimento atomico e spontaneo ha una forza che i logori raduni del «politico» non possono che invidiargli. Il punk radicalizza il rifiuto all'integrazione, il disgusto per la famiglia e per l'istituzione, il fascino per le manifestazioni artistiche estreme, espone il corpo come oggetto nichilistico, come fantoccio da ardere sul falò dell'indolenza.

L'apatia è la protesta che scansa la rivoluzione e guarda direttamente all'autodistruzione. Non prima di aver lasciato un segno sul muro, rosso di sangue, bianco di cipria, nero di cuoio, di rimmel, di arnesi sadomaso. L'epidemia punk si diffonde subito nelle capitali, snobbando le province: i fiori neri crescono a Berlino, Parigi, New York, Milano.

E il punk non ha paura di nulla per definizione, dal momento che nulla c'è da perdere. Nella sua ossessione macabra per i segni del dolore che hanno cosparso la storia dell'uomo, ecco allora spuntare i segni del nazismo. Ecco mescolarsi con altri accessori tipici del movimento – cascami porno, sacchi della spazzatura, spille di sicurezza – le giacche delle SS, le croci uncinate, i cinturoni, i guanti e altre orrende vestigia di morte. Sotto le creste acuminate fatte di capelli pietrificati da grasso disseccato, sotto i volti ossuti, gli sbreghi autoindotti, i graffi, i lividi ostentati, ecco rifiorire l'escrescenza piú marcia del Terzo reich, che torna a disseminarsi agli angoli delle città, mai piú di cosí ridicolizzata, umiliata, stravolta e uccisa proprio ad opera di quel potere purificatorio che del punk – insieme alla sua innocenza – è il valore piú limpido. La svastica sulla fascia portata al braccio da Siouxsie Sioux o sulla maglietta indossata da Sid Vicious è ad anni-luce da quella ostentata dagli Hell's Angels californiani, i primi che ebbero il coraggio di disseppellire quell'icona dall'orrido in cui giaceva. «Il punto di vista collettivo degli Angels è sempre stato di tipo fascista» li classifica spietatamente il giornalista «gonzo» Hunter Thompson. Ma il sociologo Dick Hebdige si affretta a tracciare la differenza col punk: «Ora, – scrive, – il significante, la svastica, viene intenzionalmente separato dal concetto che convenzionalmente sta a significare, il nazismo. Il suo valore e la sua attrattiva primari derivano precisamente dalla sua mancanza di significato: dalla sua capacità di trarre in inganno. Viene sfruttato come un effetto vuoto». Il simbolo è perciò muto quanto la rabbia che provoca. E la sua finalità è scioccare chi lo osserva. Attirando l'attenzione sugli effetti dell'autoritarismo incarnata da quelle divise e non certo sul loro eventuale fascino.

Non solo. Altro si muove, poche strade piú in là, pochi mesi piú avanti, sempre nelle stagioni della inquieta Londra governata dai giovani come un laboratorio permanente. Nella serra degli estremi che ormai caratterizza gli exploit creativi a cavallo tra musica, arti visuali, danza, design d'ambiente e – onnipresente – la moda, nasce l'idea new romantic. Non meno intransigente del punk, rispetto al quale apparentemente si pone all'estremo opposto salvo poi saldarsi in un comune senso del disagio, in un'intuizione d'assoluta inutilità del gesto al di là del suo baluginare estetico. Ecco dunque il breve afflato degli ultimi irriducibili romantici, che dissemina per Sloane Square (gli «Sloaners») e presto per Place de la Concorde a Parigi o per Shinjuku a Tokyo, damerini vestiti come Barry Lyndon, ufficiali di ussari immaginari, fucilieri di un'Alsazia virtuale, gentiluomini d'armi e d'amore persi nella loro riproduzione animata dal piú effimero edonismo. Anche qui il gioco è stravolto di negatività, sebbene in questo caso non-esposta, ma dissimulata da pizzi e alamari. Per carnevalare il quotidiano, trasformare le notti in gioco delle maschere, per gettare sabbia negli occhi alla realtà. Che poi tutto si consumi nelle discoteche, nei club, nei ritrovi, nei cunicoli, nei pertugi, nei vicoli, nei chiaroscuri della luna, sotto neon lampeggianti, dentro pozzanghere maleodoranti di fish'n'chips, è solo un modo come un altro di consumare una gioventú bruciata. Perché tante divise diverse punteggiano questo momento stravolto della sensazione giovanile. Estremo, teso, senza luce. Tante divise per tante tribú irregolari. Tutte effimere, tutte perdenti, tutte gloriose.

Ma l'onda giovanile continua a muoversi sul mare di fine Novecento. Non appena l'azienda «spettacolo» inghiotte un'intuizione giovanile per risputarla poco dopo sotto forma di merci esposte nei grandi magazzini, l'idea è già altrove, piú avanti, lontana, abbacinata da nuovi totem. Perciò, allorché lo spaesamento assoluto del punk, il cortocircuito mentale e autodistruttivo di Sid Vicious e di Jimmy Pursey entrano in contatto e fraternizzano col lieve obliarsi new romantic, i due fiumi intellettuali si fondono in uno solo e questo new style prende il nome di dark, pensiero oscuro, goticismo venato di tentazioni elettroniche e di primi vagiti dell'ipertecnologia. E di nuovo, al momento di definire la propria divisa, rispuntano le divise. In fondo cosa di piú gotico di un abito creato per ospitare armi, dolore, dignità e morte? Cosa di piú adatto di quelle tinte smorte e mimetizzabili? A Firenze nasce un negozio e presto la sua reputazione si sparge per la penisola. Si chiama Ultra. A prima vista un paio di vetrine senza pretese, un interno austero, scaffali poco affollati. Eppure è da qui che in tutta Italia (sonorizzato dalle produzioni Ira e Kindergarten) si diffonde il verbo dark: trendismo puro, decadentismo malinconico. Uniformi di tutto il mondo. Tranne quelle americane, escluse per quell'aroma insopportabile di gomma da masticare. Invece, grigio piombo neozelandese. Giacche da guardie forestali della Germania ovest, pullover da paracadutista belga. Chiccherie grintose e prezzi da capogiro. Uniformi per interni notte.

L'Europa giovanile di fine anni Settanta è dunque un puzzle del malessere, disseminato di mode dure e grottesche, che implodono e trascinano anche il look nel loro desiderio di rapida fine e cancellazione totale. Post-punk, post-dark: gli avanzi sono scarnificati, cadaverici. Resta solo un certo senso di assurdo e una quasi-nausea al solo manifestarsi dell'ennesima visione al nero. La normalizzazione di inizio anni Ottanta, il cosiddetto riflusso, cancella ogni depravata insistenza nel riuso del codice militare, annulla qualsiasi decontestualizzazione «art» delle uniformi. A spazzare via il fenomeno sono i nuovi usi e consumi delle tribú giovanili dominanti: ridotti a depressa minoranza i guerrieri della rivoluzione, protetti come specie in via d'estinzione gli affiliati agli stili assoluti del decennio precedente (punk e dark, ma anche mod, rockabilly e prog), il telecomando (e con esso l'attenzione dei media) passa in mano a una generazione vogliosa di ristabilire i ruoli: i padri sono padri, i figli sono figli, c'è un tempo per l'educazione, uno per il lavoro e uno per il piacere. Alla fine della strada, il desiderio di sedere voracemente alla tavola dei consumi, senza recriminazioni da presentare. Finiscono in soffitta i parafernalia di un passato recentissimo eppure già lontano, quanto può essere lontana la tentazione consumistica di uno yuppie della City dalle prospettive di un punk seduto per terra all'angolo di Fulham Road. Spariscono repentinamente le divise dal guardaroba di tutte le tribú giovanili, sostituite da un verbo che fino a poco prima apparteneva al repertorio del nemico, al mondo adulto del potere e degli status symbol: la griffe, il marchio, la firma. Di colpo l'uniforme e tutto quel suo riuso a base di trasgressione e second hand sembrano vestigia di un passato certamente velleitario. È tempo di materia, di cifre, numeri, di vite misurate a base di reddito annuo. Per la regola del reciproco riconoscimento connesso all'utilizzo delle divise – sia pure al di fuori dal loro contesto naturale – restano spazi ridottissimi. Eppure non per questo meno degni di nota o meno carichi di glamour. È il caso del fenomeno gay che a partire dalle discoteche newyorkesi si espande in tutto il mondo: l'uso delle divise – preferibilmente quelle da poliziotto, da marine e perfino quelle da aguzzino nazista – come icona bondage e scopertamente sadomaso, nel ribollente calderone che a partire dalla disco music contamina tutto il versante omosessuale della street culture. Smesse dai Clash, dagli Spandau Ballet e dagli Ultravox le uniformi diventano il segno di riconoscimento dei Village People e dei milioni di loro adepti. Mescolate con calzemaglie in lurex, bretelle di lustrini e brillantine profumate, assurgono a gioco preferito in città nel rituale liberatorio del disco-delirio notturno e della relativa, frenetica ronda sessuale. Depotenziata di qualsiasi coefficiente di aggressività sociopolitica, recuperata proprio laddove in teoria appare un'ipotesi-limite invalicabile (mentre i Village People intonano *In the Navy* gli episodi di linciaggio degli omosessuali nelle forze armate Usa si moltiplicano – e pensare che per un momento l'ufficio-arruolamento della Marina prese in considerazione questa marcetta come sigla promozionale, ignorandone la provenienza...), l'uniforme finisce cosí nel dimenticatoio del repertorio giovanile.

L'ultima sacca di utilizzo risiede laddove tutto il patrimonio «teorico» trasgressivo delle «divise fuori ordinanza» viene ignorato e l'uniforme viene reindossata con intenzioni scopertamente autoconsolatorie, ossia sposandone appieno il senso di omologazione, il richiamo all'ordine e alla disciplina, l'ambientazione permeata di machismo. In tempi di slackerismo, di individualismo spinto, di perplessità grunge, di ambientalismo rampante, le uniformi diventano pascolo prediletto di skinhead e teste rasate che le infilano nella speranza di amplificarne, moltiplicarne, esaltarne il significato. Nel lessico skin la divisa (o suoi estremi surrogati, come il bomber) perdono però ogni accezione sovrastrutturale, mortificano ogni voglia estetica e si riducono a mero segno di riconoscimento e di apprezzamento nei confronti degli accessori della forza, sia pure quella controllata di un esercito militare. Per di piú l'utilizzo di elementi militari nel guardaroba delle teste rasate, vista l'economicità di questi capi d'abbigliamento, ben si concilia con la matrice essenzialmente sottoproletaria di questa tribú giovanile, in particolare nella sua versione britannica e tedesca (assai meno in quella statunitense, con l'ultimo tragico esempio della strage di Littleton, Colorado, i cui giovani responsabili appartenevano a famiglie agiate mentre simpatizzavano per le milizie del «potere bianco» e collezionavano armi e uniformi come espressione del proprio razzismo antisemita e anti-gay). Il presente: nell'attuale caos e commistione che Ted Polhemus ha battezzato «supermarket dello stile» ma che noi preferiamo definire «polverizzazione delle sottoculture», un oggetto di riconoscimento primario e di recisa attribuzione di appartenenza come l'uniforme, fatica a ritagliarsi uno spazio stabile d'utilizzo. Forse il suo messaggio è troppo esplicito, il contenuto ironico del suo riuso è consunto, il peso simbolico è eccessivo dopo decenni di stratificazione della protesta contro il suo ruolo repressivo. Certo: rimane il richiamo estetico, il fascino delle forme e dei colori, autorità del suo apparire. Ma appare svuotato il suo utilizzo-limite, grottesco e d'un tratto romantico, scapigliato e provocatorio. Una giacca militare capita di vederla indosso a qualche traveler che vagabonda per una grande metropoli. I pantaloni multitasche sono diventate il piú grossolano degli accessori da trekking. Le magliette mimetiche sono appannaggio dei frequentatori delle palestre. E gli anfibi? In questa stagione capita di vederli ai piedi di ragazzi abbigliati in T-shirt e pantaloncini al ginocchio. Li portano slacciati, cosa da far inorridire un marine. E lucidi-lucidi, ma come li lucida mamma, dopo averli messi in fila coi mocassini di papà. Un tragico attributo da fashion victim.

In tanta svaccata decontestualizzazione non resta che chiudersi in un cinema, esponendosi agli ultimi eroi possibili: quelli fatti di celluloide. E cosí abbracciare con lo sguardo i corpi abbronzati e sudati dei fantaccini della *Sottile linea rossa* o quelli fradici e smunti di *Salvate il soldato Ryan*. Ammettendo che al termine di un percorso di spossessamento, il caos si ricompone. E che nessuno, neppure Johnny Rotten, porta con classe una camicia verde sbottonata come fanno quei soldati d'assalto in cinemascope. Ultimo fascino della divisa. Strettamente versione Hollywood, è naturale.

Ordine e disordine.

Nel 2001, alla Stazione Leopolda di Firenze, insieme a Francesco Bonami e Stefano Tonchi ho curato una mostra dal titolo *Uniforme. Ordine e disordine*, accompagnata da un libro complementare. La prima mostra importante di moda di cui sono stata curatrice. Il tema di quella sorta di esordio può forse spiegare come mai in questa antologia ci sono due testi che affrontano l'uniforme, la divisa.

Non sono un'appassionata collezionista di divise. Subisco però il fascino di quell'abito assoluto, definito da regole precise che ne disciplinano la costruzione, il modo di indossarlo, il significato dei segni addizionali che porta e che indicano la posizione gerarchica di chi lo veste. È evidente la complessa funzione semiotica della divisa, come lo è una sua bellezza capace di mobilitare sentimenti e desideri contrastanti. Indumento la cui forza descrittiva è finalizzata a comunicare il potere militare, ma i cui segni esteriori possono diventare linguaggio estetico. In contrapposizione all'ordine intrinseco della divisa c'è il disordine che questo stesso indumento può provocare se portato fuori dal suo perimetro originario.

Mi ricordo di quando andai dai rappresentanti delle quattro forze armate italiane (Esercito, Marina militare, Aeronautica militare, arma dei Carabinieri) per sondare la possibilità di avere una serie di uniformi maschili e femminili complete di tutti gli accessori per allestire una sorta di guardaroba militare che facesse da preambolo alla mostra del 2001. Le piú grandi perplessità che riscontravo in ogni conversazione con i miei interlocutori erano provocate da quella parola, *disordine*, che nel titolo sembrava mettere in discussione, o negare, le regole e le certezze dell'ordine militare. Alla fine, però, le divise ce le prestarono tutti.

Per noi parlare di disordine voleva dire analizzare il messaggio dell'uniforme una volta isolata dal contesto militare e fagocitata, prima ancora che dai processi creativi della moda, dalla forza immaginativa di molte utopie antagoniste dal dopoguerra alla fine del millennio, o metabolizzata cinicamente dalla pop culture, o ancora utilizzata dall'arte come diserzione per mettere in crisi il linguaggio ordinatore dei segni sociali ed estetici.

L'immagine guida della mostra non a caso era una foto in bianco e nero di Wolfgang Tillmans in cui tre ragazzi e una ragazza dormono abbracciati sulla sabbia, formando una sorta di cerchio in cui gambe, braccia, mani sono intrecciate. I loro indumenti: pantaloni cargo, magliette, anfibi, molti in diverse declinazioni del camouflage... D'altronde Diana Vreeland affermava che le uniformi erano lo sportswear del ventesimo secolo.

Jean Baudrillard ha contrapposto all'uniforme i jeans, indumento universale, transgenerazionale, democratico. Mentre l'uniforme è «il riflesso di una società strutturata e gerarchica», i jeans sono «il riflesso di una società indifferenziata». Eppure entrambi fanno da tempo parte, spesso in coppia, di quel «supermarket dello stile» di cui parla Ted Polhemus, ma che giustamente Stefano Pistolini preferisce sintetizzare in «polverizzazione delle sottoculture».

Leggere oggi il testo di Pistolini, a piú di vent'anni di distanza dalla sua stesura, mi fa un certo effetto. C'è una sorta di romantica nostalgia nel racconto di quei corpi in movimento tra palchi, concerti, raduni musicali, cortei, piazze, strade. Restituisce un affresco esteso a piú generazioni mettendo a fuoco gli stili delle sottoculture, i movimenti, i ribelli di diversa natura che volevano cambiare il mondo, o che da quel mondo volevano fuggire, passando anche attraverso lo smembramento delle divise militari e l'uso di quei pezzi decontestualizzati (si trovavano ai mercati, nei negozi dell'usato, costavano poco, erano resistenti, proteggevano). Frammenti giunti infine ad arricchire le forme della moda, che appropriandosene ne ha definitivamente depotenziato l'impatto.

Bret Easton Ellis

La scala mobile

Sono sul balcone dell'appartamento di Martin a Westwood, con un bicchiere in una mano e una sigaretta nell'altra. Martin viene verso di me, mi si avventa contro e con entrambe le mani mi spinge giú dal balcone. Il suo appartamento a Westwood è solo al secondo piano, ragione per cui la caduta non è molto lunga. Cadendo, spero di svegliarmi prima di giungere a terra. Batto sull'asfalto, con durezza, e me ne resto lí, prona, con il collo completamente girato a trecentosessanta gradi. Alzando gli occhi focalizzo il bel viso di Martin che è intento a guardarmi con un sorriso benigno. È la serenità del suo sorriso – non proprio la caduta né l'immagine onirica del mio corpo infranto, sanguinante – a svegliarmi.

Fisso prima il soffitto, poi la sveglia digitale sul comodino accanto al letto che mi dice che è mezzogiorno. Inutilmente spero di aver letto male l'ora e richiudo gli occhi; quando li riapro l'orologio continua a rivelarmi che è quasi mezzogiorno. Alzo leggermente il capo e guardo i piccoli numeri rossi che scattano sul Betamax; anche loro mi confermano l'ora che segnano le lancette della sveglia color giallo melone: quasi mezzogiorno. Tento di riaddormentarmi ma il Librium che ho inghiottito all'alba ha finito il suo effetto e mi sento la bocca impastata e asciutta; ho sete. Mi alzo lentamente, vado in bagno e, aprendo il rubinetto, mi guardo allo specchio a lungo fino a che sono costretta a notare le nuove rughe che si disegnano attorno agli occhi. Distolgo lo sguardo e lo concentro sull'acqua fredda che scorre dal rubinetto, riempiendo la coppa che ho fatto con le mani.

Apro lo sportello a specchio di un armadietto e ne estraggo un flacone. Ne svito il coperchio: sono rimaste soltanto quattro pastiglie di Librium. Mi verso in mano una pillola verde e nera e la osservo; poi con cura la depongo accanto al lavandino. Chiudo il barattolo, lo rimetto nell'armadietto e tiro fuori un altro flacone; ne tolgo due Valium e li metto sul ripiano accanto alla pastiglia verde e nera. Ripongo il flacone e ne prendo un altro. Lo apro, ne esamino attentamente il contenuto. Noto che non è molta la Thorazine rimasta e, prendendo mentalmente nota di rifare la ricetta di Librium e Valium, inghiotto una pillola di Librium e una delle due di Valium. Apro il rubinetto della doccia.

Salgo sullo spazioso basamento a piastrelle bianche e nere della doccia e resto lí. L'acqua, dapprima fresca poi piú calda, mi frusta il viso; mi fa sentire sempre piú debole e, mentre lentamente mi lascio cadere sulle ginocchia, con la pastiglia nera e verde che mi è rimasta in fondo alla gola, immagino, per un istante, che l'acqua sia fresca acqua marina. Apro quindi le labbra, piegando indietro la testa, e ne inghiotto un po' per mandar giú la pillola. Poi apro gli occhi e comincio a gemere non appena m'avvedo che l'acqua che mi piove addosso, arrossandomi la pelle del petto e del ventre, non è azzurra bensí limpida, leggera e calda.

Dopo essermi vestita, scendo al pianterreno; m'angoscia il pensiero di quanto ci voglia per prepararsi a vivere una giornata: quanti minuti passino mentre languidamente mi aggiro in un vasto ripostiglio, quanto ci impieghi a trovare le scarpe che voglio e che sforzo occorra per togliermi dalla doccia. Riesco a dimenticarmene mentre scendo le scale con prudenza, metodicamente, concentrandomi su ogni gradino. Quando arrivo in fondo alla scala odo voci provenienti dalla cucina e a quella volta decido di avviarmi. Da dove mi trovo posso vedere mio figlio e un altro ragazzo che, in cucina, cercano qualcosa da mangiare. La domestica se ne sta seduta all'ampio tavolo di legno massiccio, guardando le fotografie dell'«Herald-Examiner» di ieri; si è tolta i sandali e ha le unghie verniciate di smalto azzurro. Lo stereo nel retrocucina è acceso e qualcuno, una donna, sta cantando *I Found a Picture of You*. Entro in cucina. Graham solleva lo sguardo dal frigorifero e dice, senza sorridere: – Ti sei alzata presto, eh?

– Perché non sei a scuola? – chiedo, tentando di sembrare interessata, e mi dirigo a mia volta verso il frigorifero per prendere un Tab.

– Quelli dell'ultimo anno il lunedí escono prima.

– Oh –. Gli credo ma non so perché. Apro il flacone del Tab e ne bevo un sorso. Ho l'impressione che la pillola che ho inghiottito prima mi sia rimasta in gola e si stia sciogliendo lí. Bevo un altro sorso di Tab.

Graham va a sua volta al frigorifero e prende un'arancia. L'altro ragazzo, alto e biondo come lui, se ne sta vicino al lavandino e guarda fuori dalla finestra verso la piscina. Graham e il suo amico indossano entrambi le uniformi scolastiche e sembrano molto simili: Graham intento a sbucciare l'arancia, l'altro ragazzo a guardare l'acqua. Mi riesce difficile non trovare irritante il loro atteggiamento, sicché volto loro la schiena, ma la vista della domestica seduta al tavolo, con i sandali accanto ai piedi e l'inconfondibile odore di marijuana che emana dalla sua borsetta e dal suo pullover, chissà perché, mi sembra ancora peggio. Inghiotto un altro sorso di Tab, poi verso il resto nel lavandino. Alla fine decido di uscire dalla cucina.

Graham si rivolge all'amico: – Vuoi vedere Mtv?

– No... non credo, – risponde il ragazzo, guardando la piscina.

Prendo la mia borsetta che sta in una nicchia accanto al frigorifero e mi accerto che dentro ci sia il portafoglio, dato che l'ultima volta che sono stata al Robinson's non ce l'avevo. Sto per uscire. La domestica piega il giornale. Graham si toglie la sua divisa da studente color rosso borgogna. L'altro ragazzo vuol sapere se lui ha la cassetta di *Alien*. Nel retrocucina la donna sta cantando «*Circumstance beyond our control*». Mi sorprendo intenta a fissare mio figlio, biondo, alto e abbronzato con grigi occhi vacui, che apre il frigorifero e prende un'altra arancia. La esamina; quindi, notandomi ferma sulla porta, leva il capo.

– Stai andando da qualche parte? – chiede.

– Sí.

Aspetta un istante e, dato che non aggiungo altro, alza le spalle, si volta e comincia a sbucciare l'arancia. Mentre mi dirigo a Le Dôme, dove ho appuntamento con Martin per pranzo, mi rendo conto che Graham ha solo un anno meno di Martin. Devo parcheggiare la Jaguar lungo un marciapiede sul Sunset, abbassare il volume della radio, aprire un finestrino e poi il tettuccio e lasciare che il calore del sole di oggi riscaldi l'interno dell'auto, mentre osservo un cespuglio di amaranto che il vento sta spingendo lentamente lungo un viale deserto.

Martin è seduto al bancone rotondo di Le Dôme. Indossa un abito con una cravatta e batte impaziente il piede al ritmo della musica trasmessa dalla filodiffusione del ristorante. Mi guarda mentre mi avvicino a lui.

– Sei in ritardo, – mi dice, mostrandomi l'ora su un Rolex d'oro.

– Sí, sono in ritardo, – ammetto, e poi: – Mettiamoci a sedere.

Martin dà un'occhiata all'orologio, poi al suo bicchiere vuoto e quindi ancora a me che mi tengo la borsetta stretta al fianco. Sospira, annuisce. Il maître ci guida a un tavolo e ci sediamo. Martin attacca a raccontare dei suoi corsi all'Ucla, del fatto che i suoi genitori lo irritano, di come sono piombati senza preavviso nel suo appartamento a Westwood, di come il suo patrigno voleva che andasse a una cena che intendeva dare da Chasen's, mentre lui non aveva affatto voglia di andare a un party serale organizzato dal suo patrigno, e di com'erano noiose le parole che si scambiavano.

Osservo fuori da una finestra un cameriere spagnolo che se ne sta di fronte a una Rolls-Royce, fissandola e borbottando. Quando Martin comincia a lamentarsi della sua Bmw e di quanto costi l'assicurazione, lo interrompo.

– Perché hai telefonato a casa?

– Volevo parlarne con te, – risponde. – Stavo per disdire.

– Non chiamare a casa.

– Perché? – chiede. – A chi vuoi che importi?

Accendo una sigaretta.

Martin appoggia la forchetta accanto al piatto e guarda altrove. – Stiamo pranzando a Le Dôme, – dice Martin. – Gesú, non faccio per dire.

– Okay? – chiedo.

– Sí, okay.

Chiedo il conto, pago e accompagno Martin al suo appartamento a Westwood. Facciamo l'amore e regalo a Martin un casco coloniale.

Sono distesa su una sedia a sdraio al lato della piscina. Accanto a me, una pila di numeri di «Vogue» e di «Los Angeles» e l'inserto «Calendar» del «Times», ma non posso leggerli perché il colore della piscina distoglie il mio sguardo dalle parole, obbligandomi a fissare voluttuosa la trasparente acqua azzurro chiaro. Ho voglia di bagnarmi ma il sole ha reso troppo calda l'acqua e il dottor Nova non mi ha nascosto quanto sia pericoloso nuotare prendendo il Librium.

Un bagnino sta pulendo la piscina. È molto giovane, abbronzato, ha i capelli biondi, è a torso nudo e indossa jeans candidi molto aderenti. Quando si china per saggiare la temperatura dell'acqua i muscoli della schiena gli vibrano sotto la liscia, pulita pelle bruna. Ha portato con sé un registratore che sta sul bordo della Jacuzzi e qualcuno sta cantando «*Our love's in Jeopardy*», spero che il fruscio delle fronde di palma smosse dal vento caldo porti la musica nel giardino dei Sutton. Sono incuriosita dall'attenta concentrazione in cui sembra essere immerso il bagnino; osservo come l'acqua si muove dolcemente quando ci passa dentro una reticella, e come la svuota dalle foglie e libellule policrome che sembrano disseminate sulla superficie abbagliante. Apre uno scarico, i muscoli del braccio si flettono, leggermente, solo per un istante. E continuo a guardarlo, incantata, quando affonda il braccio nel foro rotondo cominciando a estrarre qualcosa, con i muscoli che, per un momento, tornano a flettersi. I suoi capelli sono biondi, mossi dal vento e striati dal sole; io agito il mio corpo sulla sedia a sdraio, senza muovere gli occhi.

Il bagnino comincia a levare il braccio dallo scarico e ne toglie due grossi stracci grigi; li butta, sgocciolanti, sul cemento e li sta a guardare. Fissa gli stracci a lungo. Poi viene verso di me. Per un istante sono in preda al panico, e mi sistemo gli occhiali da sole, allungando la mano all'abbronzante. Il bagnino avanza lentamente mentre il sole picchia duro e io distendo le gambe, spargendomi l'abbronzante all'interno delle cosce e poi sulle gambe, le ginocchia, le caviglie. Il bagnino mi sovrasta, il Valium, che ho inghiottito prima, mi rende intontita e mi annebbia la vista. Un'ombra mi copre il volto; decido di alzare lo sguardo verso il bagnino mentre dallo stereo portatile sento ancora cantare «*Our love's in Jeopardy*». Il bagnino apre infine la bocca. Le labbra sono piene, i denti bianchi, puliti e regolari; sento l'irresistibile necessità che mi chieda di entrare nel camioncino candido, parcheggiato in fondo al vialetto d'accesso, e di ordinargli di portarmi nel deserto con lui. Le sue mani, che sanno di cloro, mi spargerebbero olio sulla schiena, sul ventre, sul collo. Mi guarda dall'alto in basso mentre esce dal nastro una musica dura, le palme oscillano nel caldo vento del deserto e la luce del sole si riflette nell'acqua azzurra della piscina. Mi tendo e aspetto che dica qualcosa, una cosa qualsiasi, un sospiro, un gemito. Respiro a fondo, fisso i miei occhi in quelli del bagnino, attraverso gli occhiali da sole, tremando.

– Ci sono due ratti morti nello scarico.

Non dico niente.

– Ratti. Due ratti morti. Sono rimasti intrappolati nello scarico o forse ci sono caduti dentro, chi lo sa –. Mi fissa con sguardo assente.

– Perché... mi dice... questo? – chiedo.

Se ne sta lí, in attesa che io aggiunga qualcos'altro. Abbasso gli occhiali da sole, e volgo lo sguardo al grigio fagotto appoggiato sul bordo della Jacuzzi.

– Li porta... via? – riesco a dire, abbassando lo sguardo.

– Sí, certo, – risponde il bagnino con le mani in tasca. – Non so proprio come ci siano rimasti intrappolati.

L'affermazione, in realtà una domanda, è stata pronunciata con tono cosí languido che, benché esiga una risposta, io gli dico: – Penso che forse... non lo sapremo mai.

Sto guardando la copertina di un numero di «Los Angeles». Un enorme getto d'acqua si leva verso il cielo, una fontana, azzurra e verde e bianca, proiettata all'insú.

– I ratti hanno paura dell'acqua, – sta sentenziando il bagnino.

– Sí, – rispondo. – L'ho sentito dire. Lo so.

Il bagnino torna dai due ratti annegati; li prende per le code che dovrebbero essere rosa, ma perfino dal punto in cui mi trovo posso constatare che sono azzurro pallido; li mette quindi in quello che pensavo fosse la sua cassetta degli attrezzi e poi, per cancellare l'idea del bagnino che si tiene i ratti, apro il «Los Angeles» per cercare l'articolo sulla fontana della copertina.

Sono in un ristorante sulla Melrose con Anne, Eve e Faith. Sto sorseggiando il mio secondo Bloody Mary; Anne ed Eve hanno bevuto troppi kir e Faith credo che stia ordinando il quarto vodka gimlet. Accendo una sigaretta. Faith racconta che a suo figlio, Dirk, è stata tolta la patente perché sorpreso a guidare ubriaco lungo la Pacific Coast Highway. Faith adesso va in giro con la Porsche di Dirk. Mi chiedo se lei sa che il figlio spaccia cocaina ai liceali delle superiori di Beverly Hills. Graham me l'ha detto un pomeriggio della settimana scorsa in cucina, sebbene io non gli abbia chiesto niente sul conto di Dirk. La Audi di Faith è in officina per la terza volta quest'anno. Vuole venderla, ma è incerta sul tipo di macchina da acquistare. Anne le dice che, da quando sulla XJ6 il vecchio motore è stato sostituito con il nuovo, è andata benissimo. Anne si rivolge a me e mi chiede della mia auto, di quella di William. Sull'orlo di una crisi di pianto, le rispondo che non danno problemi.

Eve non parla molto. Sua figlia è in una clinica psichiatrica a Camarillo, poiché ha tentato di suicidarsi con una pistola sparandosi in pancia. Non riesco a capire perché la figlia di Eve non si sia sparata in testa e perché si sia distesa sul pavimento del ripostiglio-guardaroba di sua madre, puntandosi al ventre la pistola del patrigno. Tento di immaginare la sequenza degli eventi che quel pomeriggio hanno portato al colpo di pistola. Ma Faith attacca a raccontare dei progressi della terapia di sua figlia. Sheila è anoressica. Mia figlia l'ha conosciuta e può darsi che anche lei sia anoressica.

Alla fine, un silenzio imbarazzato cala sul tavolo nel ristorante sulla Melrose; guardo Anne che ha dimenticato di coprire le cicatrici del lift facciale che si è fatta fare a Palm Springs tre mesi fa dallo stesso chirurgo che ha eseguito il mio e quello di William. Mi chiedo se è il caso di raccontare loro dei ratti nello scarico o di come il bagnino è entrato ondeggiando nel mio campo visivo prima di andarsene; invece accendo un'altra sigaretta. Il suono della voce di Anne che rompe il silenzio mi fa sobbalzare e mi scotto un dito.

Mercoledí mattina, William si alza dal letto chiedendo dov'è il Valium e scendo barcollando dal letto per prenderlo dalla mia borsa; poi lui mi ricorda che abbiamo prenotato allo Spago per le otto. Sento le ruote della Mercedes stridere sul vialetto d'accesso. Poi Susan mi dice che ha intenzione di andare a Westwood con Alana e Blair dopo scuola e che verrà con noi allo Spago. Ripiombo nel sonno e sogno ratti che annegano, arrampicandosi disperatamente l'uno sopra l'altro in una Jacuzzi fumante, ribollente; decine di bagnini, nudi, protesi sulla piscina, ridono e indicano i ratti che annegano, con le teste che annuiscono all'unisono al ritmo della musica trasmessa dallo stereo portatile che tengono tra le braccia dorate dal sole. Mi sveglio, scendo da basso e prendo un Tab dal frigorifero; trovo venti milligrammi di Valium in una scatoletta portapillole in un'altra borsetta nella nicchia accanto al frigorifero e ne prendo dieci milligrammi. Dal soggiorno viene il rumore della domestica che sta azionando l'aspirapolvere; questo mi induce a vestirmi e ad andare in auto alla farmacia Thrifty a Beverly Hills. Mi dirigo verso il negozio, tenendo stretto nel pugno il flacone vuoto che prima era pieno di pillole nere e verdi. La farmacia ha l'aria condizionata ed è fresca; la luce delle lampade fluorescenti e la musica leggera di sottofondo, che proviene da qualche punto sopra di me, hanno un deciso effetto anestetizzante. Il pugno che stringe il flacone di plastica bruno si allenta, si apre.

Al banco porgo il flacone vuoto al farmacista. Lui si infila gli occhiali e lo esamina. Io mi studio le unghie e inutilmente mi sforzo di ricordare il titolo della canzone emessa dalla filodiffusione del negozio.

– Vuoto? – comincia, goffamente, il farmacista.

– Sí? – mi abbasso gli occhiali da sole.

– Qui dice «non rinnovabile».

– Cosa? – chiedo, sbalordita. – Dove?

Il farmacista indica le due parole battute a macchina in calce all'etichetta del flacone accanto al nome del mio psichiatra e la data, 10/10/83.

– Credo che il dottor Nova abbia fatto un... errore, – dico, parlando lentamente, con voce tremante, tornando a guardare il flacone.

– Be', – sospira il farmacista. – Non posso farci niente.

Torno a guardarmi le unghie e mi sforzo di pensare a qualcosa da dire che, alla fine, è: – Ma io... ho bisogno che sia riempita.

– Spiacente, – replica il farmacista, evidentemente imbarazzato, spostandosi nervosamente da un piede all'altro. Mi restituisce il flacone e quando cerco di ridarglielo alza le spalle.

– Ci sono dei motivi perché il suo medico non vuole che la ricetta venga rinnovata, – spiega, con tono gentile, come se parlasse a una bambina.

Mi sforzo di ridere, mi asciugo il sudore dal viso e dico con tono allegro: – Oh, mi fa sempre certi scherzi.

Ripenso al modo con cui il farmacista mi ha guardato dopo queste mie parole mentre torno a casa. Passo oltre la domestica; l'odore di marijuana mi segue per un istante e, salita di sopra in camera da letto, chiudo la porta a chiave, abbasso le tapparelle, mi spoglio, metto la cassetta di un film sul Betamax e mi caccio sotto le lenzuola lavate di fresco. Piango per un'ora tentando di seguire il film; prendo dell'altro Valium e poi metto a soqquadro il bagno alla ricerca di una vecchia ricetta di Nembutal; quindi riordino le scarpe nel guardaroba e metto un altro film sul Betamax. Apro le finestre e il profumo della buganvillea penetra attraverso le tapparelle parzialmente chiuse; mi fumo una sigaretta e mi lavo la faccia.

Telefono a Martin.

– Pronto? – risponde un altro ragazzo.

– Martin? – chiedo comunque.

– Uh, no.

Una pausa. – C'è Martin?

– Uh, fammi guardare.

Sento il telefono che viene messo giú e mi vien voglia di ridere al pensiero che qualcuno, un ragazzo, probabilmente abbronzato, giovane, biondo come Martin, che sta a casa sua, metta giú il telefono e vada a cercarlo, a cercare chicchessia nell'appartamentino di tre stanze, ma dopo un po' non mi sembra poi cosí divertente. Il ragazzo torna quasi subito al telefono.

– Penso che sia alla, uhm, spiaggia –. Il ragazzo non sembra tanto sicuro.

Non dico niente.

– Vuoi lasciare un messaggio? – chiede, maliziosamente per qualche ragione, e poi, dopo una pausa: – Aspetta un momento, sei Julie? La ragazza che Mike e io abbiamo conosciuto al 385 North? Con il Maggiolino?

Continuo a tacere.

– Voialtre avevate circa tre grammi con voi e una Volkswagen Maggiolino bianca.

Sto sempre zitta.

– Ehi, pronto?

– No.

– Non hai un Maggiolino Volkswagen?

– Richiamerò.

– Come vuoi.

Riattacco, chiedendomi chi sia il ragazzo, se sa di me e di Martin; chissà se Martin è disteso sulla spiaggia, a bere una birra e a fumare una sigaretta drogata sotto un ombrellone a strisce al circolo della spiaggia con occhiali da sole Wayfarers e i capelli lisciati all'indietro, a guardare là dove la terra finisce e si mescola all'acqua, o se invece non è in realtà a letto nella sua stanza sotto un poster delle Go-Go's intento a studiare per un esame di chimica e, allo stesso tempo, a cercare sugli annunci di automobili una nuova Bmw. Dormo finché la cassetta sul Betamax finisce e c'è silenzio.

Sono seduta a un tavolo con i miei due figli in un ristorante sul Sunset. Susan indossa una minigonna che ha acquistato in un negozio che si chiama Flip sul Melrose, non molto lontano dal posto in cui mi sono scottata il dito a pranzo con Eve, Faith e Anne. Porta anche una T-shirt bianca con la scritta LOS ANGELES a grafia manuale in un rosso che sembra sangue non ancora del tutto rappreso, colante, insieme a una vecchia giacca Levi's con un distintivo degli Stray Cats appuntato su uno dei risvolti scoloriti. Indossa pure occhiali da sole Wayfarers. Toglie la fetta di limone dal bicchiere d'acqua e la mastica, mordendo la scorza. Non riesco neppure a ricordare se abbiamo ordinato o meno. Mi chiedo cosa sia uno Stray Cat.

Graham è seduto vicino a Susan, e sono quasi certa che è fatto. Guarda fuori dalle finestre i fari delle auto che passano. William è andato a fare una telefonata allo studio. Sta lavorando molto, e non è male. William non è stato preciso a proposito del film, di chi recita o di chi lo finanzia. Nell'ambiente si vocifera che si tratti del seguito di un altro film di grande successo che è uscito nell'estate dell'anno scorso, il 1982, su un allegro marziano che sembra un grosso, triste chicco d'uva. William è andato a telefonare nel retro del ristorante quattro volte da quando siamo arrivati. Ho l'impressione che si alzi da tavola e se ne stia nel retro del ristorante perché vicino a noi c'è un'attrice in compagnia di un giovanissimo surfista che continua a lanciare occhiate a William quando lui è al tavolo. So che l'attrice è andata a letto con William e lei sa che io ne sono al corrente; quando i nostri sguardi si incrociano per un istante, entrambe distogliamo gli occhi.

Susan comincia a canticchiare tra sé, tamburellando con le dita sul tavolo. Graham accende una sigaretta, senza chiederci il permesso e gli occhi, arrossati e semichiusi, per un istante gli si inumidiscono.

– C'è uno strano rumore nella mia auto, – dice Susan. – Meglio che la faccia vedere –. Passa le dita sull'orlo degli occhiali da sole.

– Se fa uno strano rumore, dovresti senz'altro farla controllare, – commento.

– Be', il fatto è che ne ho bisogno. Venerdí andrò a sentire gli Psychedelic Furs al Civic e devo assolutamente andarci in auto –. Lancia un'occhiata a Graham. – Sempre che lui mi abbia preso i biglietti.

– Sí, ti ho preso i biglietti, – risponde Graham, che sembra fare un grande sforzo a parlare. – E adesso smettila di dire «assolutamente».

– Da chi li hai avuti? – chiede Susan, tamburellando con le dita.

– Julian.

– Non da lui.

– Sí. Perché? – Graham si sforza di avere l'aria seccata ma sembra solo stanco.

– È un tale pasticcione. Probabilmente ha preso posti merdosi. È un tale pasticcione, – ripete Susan. Smette di tamburellare, fissa Graham in faccia. – Proprio come te.

Graham annuisce lentamente e non dice nulla. Prima che riesca a chiedergli di smentire sua sorella, lui ammette: – Già, proprio come me.

– Vende eroina, – butta lí Susan.

Lancia un'occhiata all'attrice che, con la mano, sta stringendo la coscia del surfista mentre questi mangia imperterrito la sua pizza.

– È anche un prostituto, – aggiunge Susan.

Una lunga pausa. – Questa... affermazione riguardava me? – chiedo a mezza voce.

– È una totale menzogna, – riesce a replicare Graham. – Chi te l'ha detto? Quella troia della Valley, Sharon Wheeler?

– Nient'affatto. So che il proprietario del Seven Seas è andato a letto con lui; tant'è che adesso Julian può entrarci liberamente e avere tutta la cocaina che vuole –. Susan sospira con tono stanco e sfottente. – Inoltre, è strano che ambedue abbiano l'herpes.

Questo, per qualche motivo, fa ridere Graham che tira una boccata dalla sigaretta commentando: – Julian non ha l'herpes e non se l'è preso dal proprietario del Seven Seas –. Pausa, manda fuori il fumo, quindi aggiunge: – Si è preso una malattia venerea da Dominique Dentrel.

William torna al tavolo. – Cristo, i miei figli parlano di droghe e di checche, Gesú. Oh, Susan, togliti quei maledetti occhiali da sole. Siamo allo Spago e non al dannato circolo balneare –. William butta giú metà di un bicchiere di vino bianco e soda; un altro gliel'ho visto scolare intero venti minuti prima. Lancia un'occhiata all'attrice, poi mi guarda e dice: – Venerdí sera andiamo al party degli Schrawtze.

Giocherello con il tovagliolo, poi mi accendo una sigaretta. – Non ho voglia di andare al party degli Schrawtze venerdí sera, – dico a mezza voce cacciando fuori il fumo.

William si accende una sigaretta e replica, a voce altrettanto bassa, sempre guardandomi in faccia: – Che cosa vuoi fare invece? Dormire? Startene sdraiata in piscina? Contare le tue scarpe?

Graham abbassa lo sguardo, ridacchiando, e Susan beve la sua acqua, lanciando occhiate al surfista.

Dopo un po' provo a chiedere come va la scuola.

Graham non risponde. Susan invece dice: – Okay. Belinda Laurel ha l'herpes.

Mi chiedo se Belinda Laurel l'ha preso da Julian oppure dal proprietario del Seven Seas. A stento mi impedisco anche di chiedere a Susan che cosa sia uno Stray Cat.

Graham apre bocca per spiegare: – Se l'è preso da Vince Parker, i cui genitori gli hanno comperato una 928 sebbene sappiano che va avanti a tranquillanti.

– Questa è proprio... – Susan tace, cercando la parola giusta.

Chiudo gli occhi e penso al ragazzo che ha risposto al telefono a casa di Martin.

– Una stronzata... – conclude Susan.

Graham le fa eco: – Sí, una vera stronzata.

William lancia un'occhiata all'attrice che sta palpando il surfista e con una smorfia dice: – Cristo, voi ragazzi siete malati. Devo fare un'altra telefonata.

Graham, che ha l'aria guardinga del dopo sbronza, guarda fuori dalle finestre il Tower Records dall'altra parte della strada con una calma che mi sorprende. Chiudo gli occhi e penso al colore dell'acqua, a un limone, a una cicatrice.

Giovedí mattina telefona mia madre. La domestica entra nella mia stanza alle undici e mi sveglia dicendo: – Telefono, *su madre, su madre, señora* –. E io dico: – *No estoy aquí*, Rosa, *no estoy aquí*... – e ripiombo nel sonno. Poi mi sveglio all'una e vado in piscina, a fumare una sigaretta e a bere una Perrier. Il telefono squilla ancora nel capanno della piscina e mi rendo conto che dovrò parlare con mia madre per forza di cose. Il telefono smette di suonare, cosa che mi dà la spinta a rientrare in casa.

– Sí, sono io –. Mia madre si sente sola, irritata. – Eri fuori? Ti ho chiamato prima.

– Sí, – sospiro. – A fare spese.

– Oh –. Pausa. – Per cosa?

– Be', per i cani, – rispondo. – A fare spese, – e poi ripeto: – Per i cani –. E aggiungo: – Come stai?

– Come credi che stia?

Sospiro, mi sdraio sul letto. – Non so. Sempre lo stesso? – E poi, dopo un secondo: – Non piangere, – sto dicendo. – Ti prego. Ti prego, non piangere.

– È tutto cosí inutile. Continuo a vedere il dottor Scott ogni giorno e faccio la terapia; lui continua a dire: «Ce la facciamo, ce la facciamo», e io continuo a chiedere: «Facciamo cosa, facciamo cosa?» e allora... – Mia madre si ferma, senza fiato.

– Continua a farti prendere il Demerol?

– Sí, – sospira. – Continuo col Demerol.

– Be', quello è... buono.

La voce di mia madre torna a spezzarsi. – Non so se posso continuare a prenderlo. La mia pelle è tutta... la mia pelle...

– Ti prego.

– ... è gialla. È tutta gialla.

Accendo una sigaretta.

– Ti prego, – chiudo gli occhi. – Va tutto bene.

– Dove sono Graham e Susan?

– Sono a... scuola, – dico, tentando di non sembrare troppo dubbiosa.

– Mi sarebbe piaciuto parlare con loro, – dice lei. – Sai, a volte mi mancano.

Metto giú la sigaretta. – Sí. Be'. Sai, anche loro... sentono la tua mancanza. Sí...

– Lo so.

Sforzandomi di fare conversazione, chiedo: – E allora, cosa stai facendo di bello?

– Sono appena tornata dalla clinica e sto pulendo la soffitta; ho trovato le fotografie scattate quel Natale che abbiamo passato a New York. Proprio quelle che stavo cercando. Avevi dodici anni e alloggiavamo al Carlyle.

Da due settimane a questa parte, mia madre sembra non far altro che pulire la soffitta e trovare le stesse fotografie di quel Natale a New York. Mi ricordo vagamente di quell'occasione. Le ore che passavano mentre lei cercava un abito per me la vigilia di Natale e mi spazzolava i capelli con lunghi, leggeri colpetti. Uno spettacolo di Natale a Radio City Music Hall e il lecca lecca che mangiavo durante lo spettacolo, che somigliava a un magro Babbo Natale dall'aria spaventata. Era la sera in cui mio padre si era ubriacato al Plaza e i miei genitori avevano litigato in taxi mentre tornavamo al Carlyle. Poi, durante la notte, li avevo uditi discutere, con lo scontato rumore di vetro spezzato nella stanza accanto alla mia. Un pranzo di Natale a La Grenouille dove mio padre aveva tentato di baciare mia madre che però si era scostata. Ma la cosa che ricordo meglio, quella che rammento con una chiarezza tale da farmi rabbrividire, è che in quell'occasione non era stata fatta nessuna fotografia.

– Come sta William? – domanda mia madre, visto che non ottiene da me alcuna risposta a proposito delle foto.

– Cosa? – chiedo, trasalendo, tornando alla conversazione.

– William. Tuo marito –. E poi, con una punta di irritazione. – Il mio genero. William.

– Sta bene. Sí. Sta proprio bene –. L'attrice seduta al tavolo vicino al nostro, ieri sera allo Spago, ha baciato il surfista sulla bocca mentre faceva cadere il caviale dalla pizza e, quando mi sono alzata per andarmene, mi ha sorriso. Mia madre, con la sua pelle gialla, il corpo magro e fragile per mancanza di cibo, sta morendo in una grande casa vuota che si affaccia sulla baia di San Francisco. Il bagnino ha collocato trappole innescate con burro di arachidi sui bordi della piscina. Casualità, resa.

– Questa è una buona notizia.

Non diciamo niente per circa due minuti. Tengo il conto e riesco a udire un orologio che ticchetta e la domestica che canticchia tra sé mentre lava i vetri nella stanza di Susan, in fondo al corridoio; accendo un'altra sigaretta e spero che mia madre riattacchi al piú presto. Finalmente si schiarisce la gola e dice qualcosa.

– Mi stanno cadendo i capelli.

Non posso fare a meno di riagganciare.

Lo psichiatra che mi ha in cura, il dottor Nova, è giovane e abbronzato, guida una Peugeot, indossa abiti di Armani e ha una casa a Malibu. Spesso si lamenta del servizio al Trumps. Ha lo studio dalle parti di Wilshire, in un grande edificio bianco gesso di fronte a Neiman Marcus. I giorni in cui vado da lui, di solito, parcheggio la mia auto davanti a Neiman Marcus, mi aggiro per il negozio finché mi decido a comprare qualcosa e poi attraverso la strada. Oggi, nel suo studio al decimo piano, il dottor Nova mi sta raccontando che a un party al Colony, ieri sera, qualcuno «ha cercato di annegarsi». Gli chiedo se era uno dei suoi pazienti. Il dottor Nova mi dice che era la moglie di un cantante rock che è stato numero due per tre settimane in classifica con il suo ultimo disco. Comincia a elencarmi chi altro era al party, ma a questo punto devo interromperlo.

– Ho bisogno di un'altra ricetta di Librium.

Lui si accende una sottile sigaretta italiana e domanda: – Perché?

– Non mi chieda perché –. Sbadiglio. – Me la faccia, ecco tutto.

Il dottor Nova, dopo aver espirato il fumo, incalza: – Perché non dovrei chiederglielo?

Sto guardando fuori dalla finestra. – Perché le ho domandato di non chiedermelo? – dico a voce bassa. – Perché le verso centotrentacinque dollari all'ora?

Il dottor Nova aspira una boccata di fumo, poi guarda anche lui fuori dalla finestra. Dopo un po' chiede, stancamente: – A cosa sta pensando?

Continuo a guardare fuori dalla finestra, attonita, incantata dalle palme che oscillano al vento caldo stagliandosi contro un cielo color arancione e, sotto, un cartellone che pubblicizza Forest Lawn.

Il dottor Nova si schiarisce la gola.

Un tantino irritata, gli spiego: – Deve solo compilare la ricetta e... – Sospiro. – D'accordo?

– Io bado soltanto ai suoi interessi.

Sorrido grata, incredula. Lui osserva il sorriso, sorpreso e incerto, senza capirne il perché.

Scorgo la piccola, vecchia Porsche di Graham sul Wilshire Boulevard. Lo seguo, sorpresa di come sia un guidatore prudente, di come accenda i fari quando vuole cambiare corsia, rallenti e cominci a frenare quando i semafori sono gialli per fermarsi completamente al rosso, e della prudenza con cui sembri attraversare la strada. Credo che Graham stia andando a casa, ma, quando supera Robertson, continuo a seguirlo.

Graham prosegue lungo il Wilshire Boulevard finché non svolta a destra in una laterale, dopo aver attraversato Santa Monica. Mi fermo a una stazione della Mobil quando lo vedo imboccare il viale d'accesso di un ampio e bianco edificio.

Parcheggia la Porsche dietro una Ferrari rossa, scende e si guarda attorno. Mi infilo gli occhiali da sole e alzo il finestrino. Graham bussa alla porta di uno degli appartamenti che danno sulla strada e il ragazzo che qualche giorno fa era da noi, in cucina, a guardare la piscina, apre, Graham entra e la porta si chiude. Graham esce dalla casa venti minuti dopo con il ragazzo che indossa soltanto un paio di short; si stringono la mano. Graham torna con passo incerto all'auto, lasciando cadere le chiavi. Si china a raccoglierle e dopo tre tentativi finalmente le afferra. Sale sulla Porsche, chiude la portiera e abbassa lo sguardo al proprio grembo. Poi si porta il dito alla bocca e lo assaggia, leggermente. Soddisfatto, torna ad abbassare lo sguardo, mette qualcosa nel cassetto del cruscotto, esce da dietro la Ferrari rossa e torna sul Wilshire.

Sento un improvviso colpetto al finestrino di destra e alzo gli occhi, sorpresa. È un bel addetto alla stazione di servizio che mi chiede di spostare l'auto; mentre metto in moto, un'immagine, che mi riesce difficile credere reale, mi si materializza all'improvviso: Graham al party del suo sesto compleanno, con indosso short grigi, una costosa camicia di seta colorata e mocassini, che spegne soffiando tutte le candele di una torta di compleanno dei Flintstones; William che estrae un triciclo Big Wheel dal bagagliaio di una Cadillac color argento e un fotografo che riprende istantanee di Graham che guida la Big Wheel sul vialetto d'accesso, sul prato e, alla fine, in piscina. Imboccando il Wilshire, il ricordo scompare e quando rincaso l'auto di Graham non c'è.

Sono a letto nell'appartamento di Martin a Westwood. Lui ha acceso il televisore, canticchia e muove le labbra in sincronia con Prince; ha gli occhiali da sole, è nudo e fa finta di suonare la chitarra. Il condizionatore è acceso; focalizzo la mia attenzione sul ronzio mentre tento di ignorare Martin che comincia a ballare davanti al letto, con una sigaretta spenta che gli penzola dal labbro. Mi giro sul fianco. Martin abbassa l'audio del televisore e mette su un vecchio disco dei Beach Boys. Accende la sigaretta. Mi tiro addosso le coperte. Martin salta sul letto, si sdraia accanto a me, nudo, si mette ad alzare e ad abbassare le gambe. Sento che le solleva adagio, quindi le fa scendere, ancora piú lentamente. Smette di farlo e mi guarda. Allunga una mano sotto le coperte e sorride.

– Hai le gambe proprio lisce.

– Mi sono fatta la ceretta.

– Spaventoso.

– Ho dovuto bermi una bottiglietta di Absolut per resistere.

All'improvviso Martin salta su, mi monta a cavalcioni, ruggendo, imitando una tigre, un leone o semplicemente un grossissimo gatto. I Beach Boys stanno cantando *Wouldn't It Be Nice*. Tiro una boccata dalla sua sigaretta e lo guardo: molto abbronzato, forte e giovane, con occhi azzurri cosí vacui che è impossibile non perdercisi dentro. Sullo schermo televisivo c'è un chicco di pop-corn in bianco e nero e sotto le parole: «Molto Importante».

– Sei stato alla spiaggia ieri? – domando.

– No –. Sorride. – Perché? Ti è parso di vedermici?

– No. Cosí, me lo chiedevo.

– Io sono il piú abbronzato della mia famiglia.

Ha una mezza erezione; mi prende la mano e me la mette attorno al cazzo, strizzandomi l'occhio con aria sarcastica. Tolgo la mano e gli passo le dita sul ventre e sul petto; poi gli tocco le labbra facendolo sussultare.

– Mi chiedo cosa penserebbero i tuoi genitori se sapessero che una loro amica va a letto con il loro figlio, – mormoro.

– Non sei amica dei miei genitori, – dice Martin, e il sorriso gli si fa un po' incerto.

– No, però gioco a tennis con tua madre due volte alla settimana.

– Ragazzi, mi piacerebbe proprio sapere chi vince quelle partite –. Fa roteare gli occhi. – Non ho voglia di parlare di mia madre –. Tenta di baciarmi ma lo respingo. Se ne sta disteso, si tocca e borbotta i versi di un'altra canzone dei Beach Boys. Lo interrompo.

– Lo sai che ho un parrucchiere che si chiama Lance ed è omosessuale? Credo anzi che lo si potrebbe definire «un omosessuale totale». Si trucca, porta bigiotteria e ha un modo di parlare bleso, affettato. Non fa che raccontarmi dei suoi amichetti ed è estremamente effemminato. Comunque, sono andata oggi nel suo salone perché questa sera sono invitata al party degli Schrawtze. Sono entrata e ho ricordato a Lillian, la centralinista, che avevo un appuntamento con Lance. Lei allora mi ha detto che Lance aveva dovuto prendersi una settimana di riposo. Io ero molto irritata e ho replicato: «Be', nessuno mi ha avvisato, – e poi: – Dov'è adesso? In crociera da qualche parte?» Lillian mi ha guardato e mi ha risposto: «No, non è affatto in crociera. Suo figlio è morto in un incidente d'auto vicino a Las Vegas la notte scorsa». Cosí ho dovuto rimandare l'appuntamento e sono uscita dal salone –. Do un'occhiata a Martin. – Non ti sembra incredibile?

Martin sta guardando il soffitto e poi mi lancia un'occhiata dicendo: – Già, proprio incredibile –. Si alza dal letto.

– Dove stai andando?

Si infila le mutande. – Ho una lezione alle quattro.

– E ci vai davvero?

Si chiude la lampo di un paio di jeans scoloriti, si infila un pullover Polo e le Top-sider, mentre io me ne sto seduta sull'orlo del letto, spazzolandomi i capelli. Mi si siede accanto e, con un sorriso infantile spalancato in faccia chiede: – Baby, mi potresti prestare sessanta verdoni? Devo pagare un tale per quei biglietti di Billy Idol e ho dimenticato di andare al Bancomat; sono proprio nei guai. La voce gli si spegne.

– Sí –. Frugo nella borsetta e do a Martin quattro banconote da venti dollari; lui mi bacia sul collo e butta lí: – Grazie, baby, te li restituisco.

– Ma sí, me li darai. Ma non chiamarmi baby.

– Lascia pure aperto, – dice uscendo.

La Jaguar si scassa sul Wilshire Boulevard. Sto guidando con il tettuccio aperto e la radio accesa. All'improvviso l'auto sbanda e comincia a spostarsi a destra. Premo sull'acceleratore fino in fondo e l'auto sbanda ancora, continuando a spostarsi verso destra. Parcheggio l'auto, di traverso, lungo il marciapiede, vicino all'angolo tra Wilshire e La Cienega. Dopo che per un paio di minuti ho cercato di rimetterla in moto, tolgo le chiavi dal cruscotto e me ne sto seduta sulla Jaguar ferma sul Wilshire col tettuccio aperto, osservando il traffico che scorre. Alla fine scendo dall'auto e trovo una cabina telefonica alla stazione della Mobil all'angolo di La Cienega. Chiamo Martin, ma un'altra voce, questa volta di una ragazza, risponde dicendomi che Martin è alla spiaggia. Riattacco e chiamo lo studio, ma un'assistente mi annuncia che William è al circolo del polo con il regista del suo prossimo film; anche se conosco il numero del campo di polo, non telefono. Provo a casa ma non ci sono né Graham né Susan; la domestica non sembra neppure riconoscere la mia voce quando le chiedo dove sono e riaggancio prima che Rosa possa replicare. Resto nella cabina telefonica per quasi venti minuti e penso a Martin che mi butta giú dal balcone del suo appartamento a Westwood. Finalmente esco dalla cabina e qualcuno alla stazione di servizio chiama l'Autoclub; gli addetti arrivano e trainano la macchina da un concessionario della Jaguar a Santa Monica dove ho una desolante conversazione con una persiana che si chiama Normandie. Alla fine mi riportano a casa dove mi sdraio sul letto e tento di dormire, ma William rincasa e mi sveglia. Gli racconto quello che è successo e lui borbotta: – Tipico, – aggiungendo che dobbiamo andare a un party e che non ce la faremo mai ad arrivare in tempo se non comincio a prepararmi.

Mi spazzolo i capelli. William si sta rasando sul lavandino. Ha indosso soltanto un paio di calzoni larghi con la lampo aperta. Io sono in gonna e reggiseno; smetto di spazzolarmi i capelli e indosso una camicetta; quindi ricomincio a spazzolarmi i capelli. William si lava il viso, poi se lo asciuga accuratamente.

– Ieri ho ricevuto una telefonata allo studio, – dice. – Una telefonata molto interessante –. Pausa. – Era di tua madre, cosa strana. In primo luogo perché tua madre non ha mai telefonato prima allo studio e in secondo luogo perché lei non mi ha molto in simpatia.

– Non è vero, – dico. Poi mi rendo conto che è meglio far finta di niente.

– Sai cosa mi ha detto?

Non rispondo.

– Oh, forza, cerca di indovinare, – insiste William, sorridendo. – Non riesci a indovinare?

Continuo a tacere.

– Mi ha detto che le hai sbattuto giú il telefono, – William fa una pausa. – Può essere?

– E se anche fosse? – Metto giú la spazzola e cerco di mettermi il rossetto, ma ho le mani che tremano e smetto di provarci; quindi ricomincio a spazzolarmi i capelli. Alla fine, levo lo sguardo su William, che mi sta osservando nello specchio di fronte al mio, e aggiungo, semplicemente: – Sí.

Lui va all'armadio a muro e prende una camicia. – A dire il vero pensavo che tu non l'avessi fatto. Credevo che fosse colpa del Demerol o qualcosa del genere, – commenta, asciutto. Ricomincio a spazzolarmi i capelli con rapidi, brevi colpetti.

– Perché? – chiede William, incuriosito.

– Non lo so, – dico. – Non mi va di parlarne.

– Hai sbattuto giú il telefono alla tua fottuta madre? – Ride.

– Sí –. Poso la spazzola. – Perché te ne preoccupi? – chiedo, all'improvviso sentendomi depressa perché la Jaguar dev'essere in riparazione da quasi una settimana. William continua a starsene lí.

– Non vuoi bene a tua madre? – chiede tirando su la lampo dei pantaloni e allacciandosi poi una cintura di Gucci. – Voglio dire, buon Dio, sta morendo di cancro, per amor del cielo.

– Sono stanca. Per piacere, William. Smettila, – imploro.

– Riguardava me? – chiede.

Torna all'armadio a muro e trova una giacca.

– No. Non credo proprio –. Le parole mi escono chiare di bocca e scrollo le spalle. – Non piú.

– E i tuoi dannati figli? – sospira lui.

– I nostri dannati figli.

– I nostri dannati figli. Va bene, non essere cosí pedante.

– Non credo, – rispondo.

– Perché no? – domanda, sedendosi sul letto, infilandosi dei mocassini.

– Perché io... – Mi giro a guardarlo. – Io non... credo di conoscerli.

– Da brava, baby, questa è una stronzata, – esclama sarcastico. – Se non mi sbaglio eri tu quella che diceva che è facile simpatizzare con gli estranei, no?

– No, – replico. – Eri tu e ti riferivi allo scopare.

– Be', dal momento che sembra che tu non sia affezionata a nessuno con cui non scopi, direi che su questo siamo d'accordo –. Si annoda una cravatta.

– Sto tremando, – dico, sbalordita da quest'ultima uscita di William, chiedendomi se per caso mi è sfuggita una frase o almeno una parte di essa.

– Oh, Cristo, ho bisogno di un'iniezione, – sbotta. – Puoi prendermi la siringa? L'insulina è là –. Indica in fretta, si toglie la giacca, si sbottona la camicia.

Mentre riempio la siringa di insulina, devo combattere l'impulso di riempirla d'aria per piantargliela in una vena e stare a guardare il volto che gli si contorce, il corpo che cade a terra. Finisco di riempire la siringa. William si scopre il braccio. Infilando l'ago, gli dico: – Vaffanculo, – William guarda per terra e commenta: – Non ho piú voglia di parlare –. Finiamo di vestirci in silenzio, poi andiamo al party.

Percorrendo il Sunset Boulevard con William al volante, con un bicchiere di vodka tra le gambe, il tettuccio aperto, il vento caldo che soffia e un sole color arancione che tramonta lontano, gli tocco la mano che tiene sul volante. Lui la sposta per portarsi il bicchiere di vodka alla bocca; distolgo lo sguardo e passiamo per il Westwood. Lassú, in alto, riesco a vedere per un istante l'appartamento di Martin.

Dopo esser saliti sulle colline e aver trovato la casa, William consegna l'auto al domestico. Prima di avviarci all'ingresso, tra una folla di fotografi allineati dietro una corda, William mi intima di sorridere.

– Sorridi, – sibila. – O per lo meno tenta di farlo. Non voglio un'altra fotografia come quell'ultima sull'«Hollywood Reporter» dove te ne stavi a fissare un punto qualsiasi con un'espressione da ebete sulla faccia.

– Sono stanca, William. Sono stufa di te. Sono stanca di questi party. Non ne posso piú.

– Il tono della tua voce avrebbe potuto imbrogliarmi, – sogghigna, afferrandomi bruscamente il braccio. – Sorridi, okay? Finché passiamo davanti ai fotografi, poi non me ne frega un cazzo di quello che fai.

– Tu... sei... spaventoso, – dico.

– Tu non sei molto meglio, – sentenzia lui, trascinandomi.

William parla con un attore che la prossima settimana inizierà un nuovo film. Siamo vicini a una piscina e con l'attore c'è un ragazzo abbronzato giovanissimo che non segue la conversazione. Fissa l'acqua della piscina con le mani in tasca. Anche se un caldo vento nero si leva dai canyon, i capelli del ragazzo biondo restano perfettamente immobili. Dal punto in cui sono, posso scorgere i cartelloni, rettangoli debolmente illuminati, sul Sunset; la luce è quella dei lampioni al neon. Sorseggio il mio drink e mi volto a guardare il ragazzo che continua a fissare l'acqua illuminata. C'è un'orchestra che suona. La sommessa musica cadenzata, la luce che si riflette nella piscina, come se da essa si levassero riccioli di fumo, il bel ragazzo biondo, le tende a righe gialle e bianche sopra un lungo, ampio prato, le calde folate di vento che rinfrescano, le palme, la luna che ne profila le fronde, tutto agisce come un anestetico. William e l'attore stanno parlando della moglie del cantante rock che ha tentato di annegarsi a Malibu, mentre il giovane biondo che sto guardando distoglie gli occhi dalla piscina e, finalmente, comincia ad ascoltare.

Milf.

Subito dopo aver visto *Mulholland Drive* di David Lynch, un film labirintico e misterioso, a tratti incomprensibile, ricordo che avevo avuto un'immagine di me, e di averne anche scritto. Avevo pensato che avrei voluto possedere un registratore portatile a cui affidare i miei pensieri. Avrei voluto fare come si vede spesso in certi film. Stacco. Donna sola in macchina che ogni tanto afferra il piccolo oggetto, quasi sempre buttato sul sedile accanto, e accostandolo alle labbra sussurra quello che le viene in mente. I pensieri, le idee, le riflessioni, i desideri. Dire ogni cosa che ti passa per la testa. Rifletterti solo in te stessa, presa dall'euforia del viaggio, della musica a tutto volume, della solitudine esibita come vessillo di autonomia. Quando leggo e rileggo i libri di Bret Easton Ellis, come la raccolta *Acqua dal sole* da cui proviene *La scala mobile*, dentro di me si crea sempre un cortocircuito visivo con le immagini di *Mulholland Drive*, definito dallo stesso Lynch «una storia d'amore nella città dei sogni» – come se parlandone in questi termini il regista avesse voluto liquidare le infinite interpretazioni di quel film oscuro, a cui invece è necessario soltanto abbandonarsi.

Allo stesso modo, quando si osserva Los Angeles dall'alto di strade famose come quella che dà il titolo al film, l'unico gesto possibile è ancora una volta l'abbandono. La folgorazione di quel panorama incredibile, che dalle colline di Hollywood abbraccia senza darti tregua la distesa della città di quarzo, ha prodotto la costruzione di case iconiche del modernismo architettonico, protese dall'alto su quella vista. La piú celebre, la Case Study House #22, progettata da Pierre Koenig e costruita nel 1960, è diventata non solo set e sfondo ma co-protagonista di libri, di film e di alcune delle piú belle immagini di moda mai prodotte. L'architettura di Koenig è il paradigma perfetto delle ville con piscina che ospitano i party griffatissimi raccontati da Bret Easton Ellis, po-

polati di registi postmodern, ragazze, ragazzi bellissimi e fragili con la sigaretta tra le labbra e il bicchiere sempre in mano, produttori cinematografici ossessionati dal sesso (forse piú per dovere che per piacere) e le loro mogli modellate da diete, massaggi, chirurgia estetica, nei loro perfetti abiti alla moda, molto annoiate, molto infelici. C'è solitudine anche in compagnia, insofferenza alla vita attutita da palliativi di ogni tipo, tutto illuminato però da questo glamour, nella letteratura di Ellis completamente impastata di fashion.

Adesso però immaginate una serie di fotografie. Un gruppo di giovani uomini e donne, in una delle tante giornate assolate californiane, si muove svogliato e indifferente in una di quelle case mozzafiato. Sono ricchi, sono belli, performano nei loro abiti costosi, non sembrano avere altra preoccupazione se non essere lí in quel momento. Steven Meisel, fotografo guru, autore sul «Vogue Italia» diretto da Franca Sozzani di alcuni dei servizi piú efficaci nel ridefinire l'immagine di moda come istitutrice di un *total living* contemporaneo, ha firmato questi scatti che fanno parte della campagna pubblicitaria Valentino per la collezione autunno/inverno 2000-2001.

Con perfezione formale, la fotografia di moda si appropria di quelle atmosfere e ne fa l'emblema di un modo di vivere. E riproduce certi passaggi della produzione cinematografica (location, casting, script), anche smontandone i meccanismi, e costruisce immagini e sequenze capaci di coinvolgere completamente gli spettatori. Una mostra al MoMA di New York del 2004, *Fashioning Fiction in Photography since 1990*, indagò l'effetto narrativo della fotografia di moda di quell'epoca, di cui era il romanzo visuale. Il pianeta della moda entrava nell'immaginario della gente come deragliamento dalla banalità del quotidiano: non solo per chi aveva la possibilità di comprarsi uno di quei fantastici vestiti, ma per le piú diverse categorie sociali, per chi, anche acquistando soltanto una rivista, poteva sentirsi partecipe di un universo totale e totalizzante, benché irraggiungibile.

Ho i miei occhiali da sole Wayfarers, indosso un Rolex d'oro, guido una Jaguar, ho bevuto una Tab prima di uscire di casa e sto andando dal mio psichiatra a farmi rinnovare le ricette per il Valium e il Librium, prima di passare dal mio giovane amante, solo un anno piú di mio figlio, che mi aspetta per fare sesso. Non che ne abbia molta voglia. Poi tornerò a casa, mi trascinerò fino alla piscina e mi sdraierò sul lettino spalmandomi di olio solare, guardando il giovane uomo che sta lavorando davanti a me a torso nudo. Fantasticherò a vuoto sul suo gonfiore evidente sotto i jeans bianchi, abbaglianti.

Vero. Verosimile. Falso. Resoconto. Fantasia. Desiderio. Cosa importa?

Lucio Ridenti

Una selezione dal «Petronio»

La moda maschile non è un capriccio.

Non lo è nemmeno quella femminile, un capriccio, poiché essa poggia su una fiorente e grande industria, ma le donne, portandola alla facile condizione della vanità, la infiorettano o la cincischiano fino a farla sembrare un capriccio. Per gli uomini, no; assolutamente. Come ogni espressione d'arte, anche l'eleganza maschile va considerata nella formazione del costume quale espressione del gusto e della raffinatezza di un'epoca. Storicamente è un fatto di civiltà anche la moda maschile: essa poggia su canoni fondamentali ben precisi che sono dovuti al tempo, alla logica ed all'esperienza. In piú l'abbigliamento va considerato alla maniera di veri e propri compartimenti nei quali stanno, ben ordinati e catalogati e soprattutto codificati, gli indumenti necessari alla «circostanza». Quella circostanza stessa che di volta in volta forma l'ambiente, poiché una riunione di corse in autunno, tutta trasparenze di impermeabili, oppure ovattata di soprabiti a pelo lungo (cammello-loden) crea un ambiente tipicamente sportivo; mentre una serata all'opera, dove sono tutti in abito da sera, evidentemente, diffonde un alone di raffinatezza che si definisce mondana. Cosí per altre innumerevoli circostanze, siano esse – mettiamo – un matrimonio (selezione di tait); un pomeriggio musicale (riunione in abito blu); un vermout (varietà di abiti da passeggio in genere di flanella, o due pezzi, niente affatto sportivi, con calzoni in flanella e giacca pure di flanella magari tono su tono) è sempre la regola, cioè l'abito della circostanza a formare l'ambiente. Dal momento che per «ambiente» si vuole intendere – come ognuno ha già capito – un certo livello sociale dove ogni individuo porta, se non proprio una personalità, quel tanto di indispensabile a formare nell'insieme, una «società» nel senso del costume: educazione, cultura, eleganza. Dalla proprietà individuale nasce e si pone automaticamente sul piano dei valori l'eleganza collettiva. A questo punto si è formato un ambiente; da esso quindi si stacca per pregi intrinseci, la personalità dell'individuo. In fatto di eleganza non è facile: vi concorrono soprattutto doni istintivi incolmabili sia pure con la ricercatezza, la buona volontà e il denaro.

Primo equilibrio il colore: la moda femminile vive in gran parte su tale misura, mentre quella maschile, facendone uso piú discreto, tende alla sobrietà. Il primo inconfondibile segno è nella cravatta, e Claudio Tridenti Pozzi, che è indubbiamente il maggior arbitro professionale di abbigliamento maschile che abbia l'Italia, dice che «a meno che non si tratti di comporre tessuti su fondo di colore e con su disegnati dei pallini, il che è il sillabario del piú discreto artigiano privo di ispirazioni, creare una cravatta è l'espressione piú raffinata del gusto». Allo stesso modo si comporta chi indossa una cravatta: l'individuo privo o mancante di sensibilità estetica si lascia influenzare dal colore, crede ai fabbricanti che per ragioni commerciali creano una falsa moda stagionale ed accoppia al proprio abito una cravatta a sproposito; l'uomo elegante non deroga perché tra abito e cravatta il dialogo si svolge sul fatto complementare: sul grigio, qualsiasi colore; sul marrone, il verde e il viola; sul blu, il rosso scurissimo, il grigio. Il celeste ed il rosa vanno usati col contagocce.

Cosí in fatto di abiti, cioè di stoffe: esiste, immemorabile, la flanella grigia con una riga bianca: «classico» dicono i sarti; ma forse pochi sanno che di quella flanella rigata esistono altre tre «edizioni» molto meno note; anzi riservate a pochissimi raffinati, trattandosi di un tipo di stoffa che non invade il mercato. Su quella flanella grigia si è ottenuto (riga) rosa-rossiccio; azzurro-blu; giallo marrone.

Nell'orgia di colore a poco prezzo in cui viviamo per colpa degli americani che in fatto di moda maschile sono dei veri selvaggi, la discrezione nel colore è il primo indice dell'uomo di gusto. Si è giunti perfino a nasconderlo, il colore, cosí come per raffinatezza si nasconde la pelliccia nell'interno del soprabito. Tra gli indumenti piú facili e comodi abbiamo il soprabito di lana a pelo lungo comunemente chiamato loden: è corto di misura per una sua particolare tradizione, cosí come ha le tasche ampie a toppa ed un bordo largo impunturato che si ripete ai risvolti ed al paramano. Al neutro della tinta unita di questo indumento fa contrasto una fodera di colore, generalmente a quadretti o scozzese dando cosí tutto l'impegno alla fodera stessa, visto che oggi se ne fabbricano di veramente belle.

Indichiamo dei fatti di malcostume che, per quanto estranei all'eleganza, stanno pur sempre nell'eleganza maschile come una deformazione di essa: privarsi della cravatta in estate; non portare il cappello neppure d'inverno. Ed inoltre riflettere sulle scarpe: chi vorrà un giorno scrivere sulla sconcertante trasformazione di esse dovrà fare un volume: in un decennio, abbiamo avuto «carri-armati» e sandali; un tandem di orrori che ha fatto una strada velocissima nella istoria del cattivo gusto. La scarpa, invece, fa il paio con la cravatta nella distinzione della personalità; la linea nelle calzature sta al colore dell'abito, ma la scarpa nera è sempre da preferire.

Parliamo di fazzoletti, che sarebbe come dire l'eleganza in tasca. L'idea di un fazzoletto non si identifica mai col suo vero uso; il fazzoletto è ornamento e diventa un «particolare» (anche femminile) se grandissimo: intorno al collo, al mare; nel giro della vita, in campagna; in testa in montagna. Per gli uomini, il fazzoletto è un segreto di raffinatezza: d'Annunzio scriveva a Pozzi «mandamene dei grandi e sottili come pelle d'ovo perché il mio naso schivo non può sopportare la ruvida tela» e Stendhal, il «milanese», lasciò la città prediletta con una collezione di fazzoletti richiesti in dono alle dame che aveva piú ammirate durante il suo soggiorno. Il romantico Stendhal non aveva forse torto: il ricordo di un fazzoletto è certo piú intenso e duraturo d'un'immagine, poiché il fazzoletto è personalità, ricercatezza, eleganza. Bianchi o disegnati, colorati o rigati, il fazzoletto è, e deve essere, il complemento di tutto l'insieme: l'ultimo tocco alla propria eleganza, l'ultima goccia del buon gusto.

A conclusione di tutto questo, se si dovesse definire «in ciò che consiste un uomo elegante» bisognerebbe rispondere con un paradosso o un non senso: in ciò che non s'avvede.

Mio padre aveva ragione?

Da quando Edoardo VII, in un pomeriggio di pioggia improvvisa all'ippodromo di Ascot, si rimboccò i calzoni e, subito imitato dai «dandy» del suo tempo, creò, inconsapevole, il *risvolto*, alla «Carta della Moda 1959» (indicazione dell'Accademia Nazionale dei Sartori) che quel risvolto ha definitivamente abolito, sono trascorsi cinquant'anni.

Durante mezzo secolo le massaie di tutto il mondo si sono domandate, ripulendo gli abiti dei rispettivi uomini, perché i calzoni avevano quella piega nel fondo che raccattava polvere e sporcizia in tutte le strade dell'universo. Logicamente la stessa domanda sarà ritornata piú volte alla mente dei sarti, ma individualmente nessuno ha mai osato infrangere quella che era ritenuta una «tradizione». Si trattava invece della dimostrazione di quanto sia lenta l'evoluzione della moda maschile, e come risulti, ad ogni indagine, tenacemente conservatrice.

Cinquant'anni bastano a definire un'epoca; per la generazione attuale, alla soglia di una nuova era, lo spazio di tempo indicato è da considerarsi quasi il doppio. Tentiamo di elencare grosso modo tutto ciò che le nuove conquiste hanno lasciato cadere: ad esempio, la barba; il volto rasato fu già di per sé una clamorosa conquista. Chi credette trattarsi di una scía della «moda» ha dovuto ricredersi dell'errore. Subito dopo la barba i baffi. Caddero, in uno spazio di tempo quasi regolare l'uno dall'altro, il gibus e lo stiffelius, il loden ed il cappello duro, il plastron ed il panciotto di seta fantasia, il colletto inamidato alto nove centimetri e la cravatta già annodata trattenuta da un elastico, le mutande lunghe legate alla caviglia da un bindello, i calzoni a tubo di stufa e ricadenti sulle scarpe di vitello opaco con bottoncini rotondi, i polsini inamidati staccabili, le ghette bianche, il monocolo, la paglietta. Con quest'ultima, scuotendola fortemente a braccio levato oltre il capo, festeggiammo la rettorica di Tripoli.

Mio padre, napoletano e consapevole del suo snobismo, come molti altri della stessa generazione, spediva le sue camicie a Londra al proprio camiciaio perché fossero stirate. Mio nonno, come certamente altri nonni, infilava le proprie mani solo in «gants glacés» bianchi, confezionati appositamente a via dei guantai, a Napoli. Non comperava guanti fatti perché – diceva – «c'è il numero; e il numero l'hanno solo i carcerati». Questa la mentalità con la quale ha vissuto la generazione in principio di secolo. Ed erano convinti di avere sdegnosamente «buttato alle spalle» il conformismo ottocentesco. Intanto il «gagà» aveva trovato il suo fustigatore: dalla ribalta del varietà, Ettore Petrolini irrideva lo spirito del tempo con «Gastone dal guanto a penzolone», ripetendo ad ogni strofetta «a me m'ha rovinato la guerra». Per vent'anni, fino al secondo conflitto, l'amido per stirare pettorine di camicie, colletti e polsini, fu venduto a quintali.

Con la bomba di Hiroshima, anche gli uomini italiani che avevano per suprema aspirazione il desiderio di poter imitare quegli americani visti sullo schermo, che stanno seduti poggiando i piedi sulla scrivania, inventarono la «comodità» abolendo il cappello e la cravatta, calzando sandali in città, sostituendo con una maglia la camicia, facendo strage di camiciole con maniche corte, dentro e fuori dei calzoni. Era cosí nato il «fusto» che solo per traslato può essere paragonato all'antico «gagà». A differenza di quest'ultimo, decadente per eccesso di «saper vivere», il novello «uomo atletico» crede di identificarsi con gli eroi delle pellicole «western», con lo «scooter», le sigarette alla melassa, il whisky, il ciuffo sulla fronte alla Marlon Brando, i riccioletti sulla nuca, i peli del petto che occhieggiano dalla camicia aperta ed i calzini corti di nailon. Questo prodotto della attuale società ha il suo maggior rilievo in estate, quando gli è consentito zoccolare sui bordi delle piscine, pago dei suoi bicipiti e del suo torace. Ma è soltanto l'italiano minore (e deteriore).

Abbiamo puntualizzato i caratteri della moda principio di secolo, per meglio poter mettere a fuoco quelli dell'uomo attuale. La maggior parte degli italiani, è risaputo, sono eleganti o desiderano di diventarlo: appena l'anno scorso fu fatto una specie di sondaggio sulle aspirazioni di eleganze maschili, ed il risultato rivelò degli sconcertanti interessi: che su 1500 persone, ad esempio, almeno 200 vorrebbero poter possedere uno smoking. L'italiano medio tiene, dunque, in sommo grado, a quella giacca con risvolti di seta e si affanna per conoscere attraverso la Carta della Moda, se quei risvolti li hanno cambiati o meno, dallo scialle intero alla punta in fuori; se usa un petto o due, due bottoni o quattro. L'aspirazione all'abito da sera non ci sorprende: la generazione attuale, per quanto passata per i bucherelli di quell'enorme scolabrodo che è il livello delle classi, ha ancora un preciso ricordo dei propri padri o nonni, ai cui concetti di ricercatezza s'è già fatto cenno in queste pagine. Come pure s'è detto che la maggior parte degli uomini ritiene l'abbigliamento il «bagaglio» per raggiungere una posizione sicura, o quanto meno l'efficace tentativo per poter cambiare di classe. Un orientamento di ordine sociale, dunque, che dovrebbe a priori scartare la vanità; ma se una statistica fosse già effettuata, avremmo la medesima percentuale di coloro che aspirano a possedere uno smoking.

Su cento italiani (dice Guglielmo Miani, uno dei maggiori esperti e collocatori di stoffe, anche straniere, all'artigianato sartoriale) ottanta di essi si vestono dal sarto preferendo acquistare la stoffa. Il colore, il disegno, la qualità, la fodera, sono tutte piccole tappe di attento studio individuale. E per darci una risposta della prontezza istintiva dell'italiano in fatto di gusto nell'abbigliarsi, espone questo concetto, come risultato – dice – di quella positiva esperienza che viene dal vivere al di là del banco di vendita. «Ammucchiate su un banco stoffe di ogni tinta e cravatte di tutti i colori; fate passare davanti a quel banco uomini di varie nazionalità. Nove volte su dieci avverrà questo: un inglese sceglierà due grigi in vario tono; uno scozzese o tedesco o svizzero, due differenti blu; un americano, tutti i rigati ed ogni quadrettato possibile (ma poi dirà che non c'è una cravatta che vada bene per lui); un francese, un verde o un rosso (e gli si stringerà il cuore per non poter proprio aggiungere un giallo); un italiano, invece, non si accontenterà di accoppiare a colpo sicuro due colori, ma istintivamente farà prova e riprova, disinvoltamente unendo: marrone e verde – marrone e viola – marrone e rosa; grigio e blu-grigio e celeste. Ed al grigio, che pure si concede a tutti i colori, essendo neutro, sottrae il rosso, il giallo ed il viola, che sono i colori da usare col contagocce e riservati ad uomini di estrema raffinatezza nel vestire».

Il sarto Armando Calzoni di Torino, che ha il curioso privilegio di recarsi ancora oggi in qualche località della riviera francese per incontrare Umberto di Savoia, misurargli e consegnargli abiti, ed ha una clientela detta di «classe», afferma che «il signore, oggi, non snobba piú», chiede cioè sempre la stoffa migliore, senza scrutare attentamente la cimosa del tessuto per assicurarsi di un certo nome straniero in voga, che per essere Cooper o Cagners, un tempo non lontano dava soddisfazione piú che garanzia allo snob con monocolo posticcio, la lente cioè di vetro, priva di gradi, per la correzione delle diottrie.

I sarti italiani di particolare rinomanza, avendo formata l'«Accademia Nazionale dei Sartori» che promulga annualmente una «Carta della Moda Maschile», ci dicono come dobbiamo vestire; imposizione che avrebbe fatto inorridire i cento e mille Marcello Origlia, che avanti la prima guerra, da Napoli a Roma, ma soprattutto Napoli, «dettavano legge» in fatto di moda. Si trattava della codificazione di eleganza, che aveva per base l'aristocrazia di Napoli, sorretta dalla istintiva e continua educazione del gusto. Nomi come Origlia, Caracciolo, Visconti, Branca sono ancora segnati nei taccuini dei grandi sarti e camiciai di Londra; gli stessi che, un tempo, avevano l'elenco aggiornato dell'eleganza maschile di tutto il mondo. L'Accademia Nazionale dei Sartori italiana è nata sulla scía della «National Federation of Mercant Tailors» di Londra, che è un Comitato il cui compito consiste nel «dare suggerimenti sulla moda da eseguirsi, basandosi sulle idee emanate dagli uomini meglio vestiti del Regno Unito». Questo, il primo articolo dello statuto che risale ad antica data. Non crediamo che oggi tale compito possa ancora essere espletato alla lettera: anche la National Federation sarà costretta ad inventare – su accordi commerciali con i fabbricanti di tessuti – una moda stagionale ed una «Carta» indicativa come la nostra Accademia Nazionale. I nostri sarti, accomunati in un interesse comune, non dichiarano, con la «Carta» stagionale, un proprio concetto di eleganza, ma cercano di assecondare, quanto piú possibile, il gusto collettivo. Chi si impossessa veramente e con sveltezza della «Carta» sono i fabbricanti di abiti in serie, costretti dalla necessità di «muovere», cioè ornare, abbellire, variare fin dove è possibile, i loro «capi» che necessariamente sono sempre quelli.

Per la clientela di una certa classe sociale, per coloro che si servono dai 250 sarti «extra» – la categoria piú in alto, cioè, delle quattro correnti –, l'aristocrazia dell'artigianato segue l'antico adagio: «non dimenticare che il senso della misura è il filo col quale è cucita, da secoli, la moda maschile».

Se cinquant'anni sono valsi a cambiarle il volto, non vuol dire che, col tempo, lo si debba sfigurare.

Noi vogliamo credere che gli italiani rimarranno gli uomini meglio vestiti del mondo.

Il maschile.

I due testi di Lucio Ridenti inclusi in questa raccolta sono quelli che piú amo del volumetto *Il Petronio. Nuovo saper vivere.* Copertina foderata di raso verde con titolo e autore in oro su rettangolo rosso. Poche foto in bianco e nero con uno *styling* (come diremmo oggi) metafisico. Porzioni del repertorio del vestire di un uomo: mani guantate che estraggono un orologio da tasca o tengono un Borsalino, pantaloni dalla piega perfetta, silhouette riprese di spalle a evidenziare la forma di una giacca o di un impermeabile. Still life di oggetti come la cravatta, i gemelli, il portasigarette. Presenze che abitano il closet maschile, spazio oscuro attiguo alla camera da letto dove si dispone tutto quello che occorre per varcare la soglia della trasformazione, per costruire la propria apparenza, per creare un'immagine (non per dare forma al vero sé, della cui esistenza si può continuare a dubitare). Fuori di quel guardaroba ideale c'è il mondo e il suo disordine.

Ecco allora questo volumetto, di cui in apertura sono esplicitati intento e modus operandi: «In questo libro nessuno troverà di che compiacersi con sé stesso; se però il lettore riconoscesse un suo difetto, troverà anche il correttivo per modificarlo, non per consiglio, ma per ragionamento». In epigrafe al libro, il ritratto dell'*arbiter elegantiarum* eponimo è affidato a un brano di Huysmans. Non è decorazione, ma una precisazione della natura di questo testo, che, se pure è una «guida», come dice il sottotitolo, si identifica nelle posture e nel carattere dell'autore latino: «Petronio Arbitro fu osservatore perspicace, delicato analista, meraviglioso dipintore. Narrò i costumi della sua epoca senza partito preso, senza odi, vivacemente, in piccoli capitoli. Petronio possedeva l'impassibilità e l'eleganza, il gusto tagliente dell'incredibilità signorile, il senso preciso della personalità dell'individuo. Si adoprò per perfezionare il costume, non per deriderlo».

Lucio Ridenti, nato Ernesto Scialpi nel 1895 a Taranto, poi approdato a Torino, è un dandy dai molti talenti, con i quali si muove nelle crepe della modernità. Inizia come attore di teatro, poi prende la direzione della rivista «Il dramma», che tiene dal 1926 al 1968. È fotografo e dagli anni Trenta le sue immagini compaiono su diverse pubblicazioni. È allo stesso tempo voyeur, esibizionista e complice delle immagini che costruisce. La moglie Donata, modista, è modella in molti suoi scatti. Ridenti fotografa la moda, è affascinato dalle celebrità e dal cinema come fabbrica della bellezza. Il rapporto con la moda – moda che «si accetta e si vive» – si istituzionalizza nel 1941, quando contribuisce all'ideazione e alla direzione di «Bellezza», il primo «mensile dell'alta moda e di vita italiana», in dialogo con le riviste regine «Harper's Bazaar» e «Vogue».

Ossessionato dall'«ordine dell'abbigliamento maschile moderno, contro la moda della gioventú bruciata», Ridenti tiene anche una rubrica su un settimanale femminile: «In questa rubrica ogni settimana Lucio Ridenti, l'arbitro dell'eleganza, consiglia alle lettrici, perché poi lo ripetano ai propri mariti, fidanzati, fratelli, come si deve scegliere una cravatta, un vestito, un atteggiamento o un modo di dire». È in questa ossessione per il dettaglio che il dandy scardina la fissità apparente del vestire maschile, ed è a questa figura di dandy all'italiana che credo sia da ricondurre la rivoluzione ormai antica e nata nel nostro paese dell'«uomo-moda». Quella rivoluzione, in cui Giorgio Armani alla fine degli anni Settanta ha un ruolo fondamentale, porta alla messa in discussione dell'uniforme borghese attraverso abiti che, grazie ai morbidi tessuti femminili, si pongono finalmente in dialogo con un corpo da accompagnare nei movimenti e nei desideri. Sono esperienze che cominciano a erodere la fissità del vestire maschile e insieme quella del ruolo maschile.

Richard Martin, curatore del Costume Institute del Metropolitan Museum di New York dal 1993 al 1999, all'inizio degli anni Novanta, scriveva che «gli uomini, piú delle donne, costruiscono la loro identità attraverso il vestiario, sottolineando il genere con la mascolinità e le sue metafore», e che «l'uomo contemporaneo è un atto di immaginazione legato all'abbigliamento». Se ancora sopravvive l'idea tradizionale che il vestire maschile consista in un equilibrio di convenzioni e che la moda per l'uomo, piú legata al concetto di tradizione e resistenza al cambiamento, sia meno volatile ed effimera di quella femminile (come tra l'altro pensava lo stesso

Ridenti), è invece proprio a partire dal territorio dell'abbigliamento maschile che piú radicalmente si è precisata quell'idea di fluidità dei generi che ormai innerva le forme della cultura contemporanea.

La questione cruciale è diventata questa: dare forma poetica a un'unica costellazione in movimento che sgretola maschile e femminile come generi corrispondenti a due fisicità e mentalità diverse, conservandoli come semplici attitudini.

Un'unica costellazione che nella figura del dandy ha un indubbio antecedente.

Pier Vittorio Tondelli

Tie Society

Quando Robert Mapplethorpe fotografò la sua ex fiamma Patti Smith per la copertina dell'album *Horses* (lei, innocente «rovinata» è appoggiata a uno sfondo di luce opaca, regge sulla spalla sinistra una giacca scura, decorata soltanto da un cavalluccio-spilla, porta un paio di jeans come si deve e una camicia candida, ha i capelli ritti e decisi, il viso emaciato e androgino, lo sguardo disperato e fisso e terribilmente frontale) è il 1975. In Italia non è ancora celebrata, come avverrà tre anni piú tardi, come la vestale del rock, l'antidiva dal carattere spigoloso, dalla maledizione facile, dalle impennate superbamente liriche e decadenti. Eppure è già presente in quella fotografia, un dettaglio che aprirà le porte a un nuovo stile, a una nuova musica, a un nuovo modo di progettare la propria immagine: appoggiata al collo della poetessa ecco scendere fino alla vita una sottile, morbida, nera cravatta. Una cravatta non annodata che fa piú pensare senz'altro a un tipo di bretelle, a una sciarpetta o, piú semplicemente, a una striscia di nappa, Ma si tratta di una cravatta, senza l'orgoglio del nodo, d'accordo, ma è pur sempre una cravatta. È merito dunque della new wave e, in particolare, di Patti Smith, di David Byrne e dei Talking Heads, dei B52's, di Brian Eno e, naturalmente, di quel dandy di David Bowie, aver riconciliato una generazione con la cravatta, e tramite questa, con il modo di immaginare il proprio abbigliamento senza nessun complesso di colpa.

Se penso a quanto impegno mettevamo, sottomessi dalla rudezza dei fratelli maggiori della contestazione nel non vestire, nel voler manifestare il disprezzo delle convenzioni, della forma e delle regole attraverso un'immagine non conformista, *délabrée* e vissuta (e avevamo, noi beati, quindici anni), allora, da un lato, provo sentimenti di tenerezza e approvazione, poiché alla base di tutto era la conscia voglia di ricercare un epos nel quotidiano, un'avventura «sulla strada» totalizzante e assolata che ha portato i piú caldi di questa stessa generazione dove sappiamo; dall'altro, un senso di fastidio per molti anni sprecati nel rifiuto, nell'autoemarginazione, nel deridere «le sporche regole del gioco», che in fondo erano solamente le regole della vita e della «crescita» che non riuscivamo, però, assolutamente a comprendere. Per cui, anni dopo, fu veramente seccante accorgersi che a furia di fare sempre i mendicanti e gli straccioni si stavano frequentando, per l'appunto, solo mendicanti e straccioni; che a furia di liberarci il cervello, questo stava sul serio schizzando per i fattacci suoi; che a forza di accusare gli altri e la società di personali e collettive paranoie, altro non si faceva che accelerare un processo autodistruttivo che sfociava solo in tossicodipendenze, pesissime e senza via d'uscita. Ma solamente quindici anni fa erano proprio questioni di stato i matrimoni, i battesimi e le celebrazioni familiari: c'era sempre una mamma isterica per ogni jeans stracciato, comprato magari da Fiorucci a carissimo prezzo; una zia burbera che tirava le orecchie e scuoteva le proprie altere pappagorge con disapprovazione; una zia buona che capiva, ma non condivideva: «Ora che ti guarda dall'alto del cielo, lo zio non sarà per niente contento di come ti presenti al suo funerale»; un cugino che aveva girato il mondo che cercava di mediare. Ma noi, ferrei, non transigevamo: «Fatemi di tutto, ma la cravatta, no!»

Si doveva sempre gridare allo scandalo, si era sempre dalla parte degli oppressi e degli sfruttati, non si facevano vacanze se non nei campi-scuola o in quelli di lavoro.

C'erano sempre gli altri da aiutare. E, in piú, un atteggiamento romantico e sognatore, un sentimento di solidarietà diffusa, una predisposizione attenta alla sostanza delle cose e degli uomini, una volontà di partecipare all'evolversi della situazione sociale, mantenendo con essa un forte contatto emotivo: cose che risultano essere, in fondo, le migliori di tutti quegli stessi anni, tanto piú nel ripensarle ora, in una situazione talmente realista che appiana ogni punta eccessiva e livella ogni contestazione.

Insomma, per farla breve, cosa volete che importasse allora di un farfallino, un papillon, un foulard o una cravatta? Erano soltanto sciocchezze, che non meritavano un attimo del nostro preziosissimo tempo.

Sviluppi successivi, comunque, hanno innescato atteggiamenti assai diversi nei confronti delle piccole e grandi cose che costituiscono il nostro contemporaneo arredo esteriore e mentale. Già nel 1977 ci si congeda da quell'atteggiamento di scontro frontale, e di posizioni contrapposte, riguardo alla realtà: se molti si dileguano per strade violente, moltissimi altri scelgono un modo di vivere laterale, una specie di scrollata di spalle nel tentativo di costruirsi agganci da tribú a tribú e non piú nella massificazione del concetto di «popolo». Molti intraprendono strade creative nella consapevolezza che l'individualità può allargare molto di piú i circuiti di solidarietà e di conoscenza che non l'opposto. In questo senso, la stagione dei grandi e ultimi concerti degli anni Settanta rappresenta un rito di passaggio: c'è ancora la forte tendenza a sentirsi uniti, ma gli eroi che si celebrano sono, come Patti Smith o Bob Marley, eroi solitari. Poetici proprio perché solitari. Da qui un nuovo interesse per l'arte che esploderà nel 1980 con l'entrata sulla scena italiana, in forma massiccia, del fenomeno inglese del new dandy. È ormai avviato il decennio della rinascita rock e dell'immagine. E la nostra cravatta riconquista quello stesso prestigio che, a fasi alterne, ha mantenuto per oltre due secoli.

La cravatta new wave è dunque rigorosamente nera, sottilissima, in seta. Apre la strada a un recupero del *preppy*, adatto ora non solo ai rampolli dei campus americani, ma anche a impiegatini e, soprattutto, ai commessi d'abbigliamento. Il nodo è solitamente strettissimo e a forma di trapezio rovesciato; il nodo triangolare, invece, proprio non va. Recentemente ho visto diversi modi in cui ragazzi delle ultime e postmoderne leve usano indossare una bella cravatta. A Londra, all'Heaven Club, le regimental sono usate come cinture per pantaloni larghissimi e lunghi al polpaccio. Inoltre, cravatte coloratissime anche fra i capelli e attorno alla fronte, in un look demenziale, ma efficace. A Firenze, che come si predica da un po' è la capitale italiana degli anni Ottanta, i piú accorti, tra la fauna d'arte, usano invece indossare la cravatta al disopra del colletto della camicia, non rispettano gli accostamenti classici di colori, prediligendo fantasie cachemire su losanghe, pois su camicie stampate, azzardando addirittura cravatte color salmone su sfondi amaranto, o disegni color lilla sul turchese o sul giallo canarino e fluorescente. Inoltre, i bravi signorini dalle lunghe notti assolutamente astemie e senza sesso, costituite solo di vagabondaggi in auto e lunghe chiacchierate ironiche e pettegole, hanno inventato un nodo che proprio nodo non è. La cravatta è indossata correttamente, ma sostenuta al colletto mediante una sola sovrapposizione, come un *cache-col*.

Per quanto riguarda i materiali è assolutamente bandita la pelle, ma hanno buon accesso al collo della look generation tutti gli altri tessuti e ogni tipo di stoffa: si va allora dalla solita seta al *crêpe*, allo *shantung*, alle sete opache e pesanti, al lino e al cotone, dalla lana alle fibre sintetiche e alla plastica delle cravatte trasparenti che racchiudono, all'interno, piccoli oggetti come ovetti di Pasqua; ci sono cravatte hard core con femmine nude e sconce, vendute soprattutto nei mercati rionali; ci sono anche cravatte in legno, come mi ha detto, affermando di possederne un esemplare, lo stilista Massimo Osti.

Per quanto mi riguarda, posso solo raccontare di come, durante il periodo di leva, la cravatta abbia contribuito a celebrare alcuni momenti di libertà. Non potendo uscire in borghese, la notte, per recarmi a qualche pranzo, ero solito presentarmi in divisa d'ordinanza, resa però sfavillante da una serie di regimental scelte tra le piú vistose, con preferenza a grandi strip gialle e argento, rosso e argento, viola e gialle... Era il mio solo modo per sentirmi in libera uscita e, difatti, quando dovetti congedarmi, celebrai anche quell'evento cambiando la cravatta d'ordinanza e sostituendola con una a losanghe verde e oro.

(E il punk? Perché non se ne è parlato in questa confusa dissertazione? Ma sono loro, diranno i bene informati, che hanno usato le cravattine di cuoio e borchie già nel 1975-1976. Vorrei allora raccontare di come solo lo scorso maggio una rassegna-sfilata sulla moda giovanile a Bologna, *Life During Wartime*, fu mandata al diavolo da una loro contestazione, da me peraltro molto goduta, perché il mio accompagnatore fiorentino, con tutte le sue modelle e parrucchiere e sartine, perse il suo aplomb, cosí anni Ottanta, caricò tutta la compagnia su un furgone e se ne ripartí a gran velocità, apostrofandomi: «Ma cosa ridi! Te e tutti i bolognesi! Sempre cosí anni Settanta, dannazione!» Valga comunque, come epitaffio, la risposta di un viveur alla mia domanda sul punk e la cravatta: «Guavda, cavuccio, con la mia collezione di cvavatte da bambino ho affvontato molto elegantemente tutto il peviodo punk». E giú il telefono).

Della cravatta.

Ho conosciuto Pier Vittorio Tondelli a Firenze, nel momento vitalissimo e morente in cui la città era meta e miraggio di tutta quella «fauna d'arte» che si aggregava nelle discoteche, nei locali, nei negozi di moda e dell'usato (non ancora vintage), nei retrobottega degli antiquari di via Maggio, inventandosi sempre qualcosa per combattere la noia, per fuggire lontano, per essere speciale. Un laboratorio creativo diffuso, capace di tenere insieme la frenesia dell'underground ribelle e scalcinato e la tradizione congelata dentro le antiche mura. Lara Vinca Masina nel 1980 aveva dato il titolo di *Umanesimo disumanesimo* a un progetto che nella quiete di cortili sconosciuti di certi palazzi proponeva performance di artisti come Hermann Nitsch o Rebecca Horn, in grado di corrompere la compattezza di quei muri imbevuti del riverbero della pietra serena.

Per l'osservatore curioso e inquieto che era Tondelli, Firenze era un riferimento: «Ecco Firenze proporsi come un largo e caldo abbraccio di comprensione e affetto», dice in *Biglietti agli amici*, stampato in poche copie e scritto «nella forma evanescente della scrittura amorosa». Ma Firenze era anche una capitale, dunque un riferimento per chi voleva comprendere la contemporaneità. In un'intervista a Stefano Tonchi per «Westuff», rivista fiorentina ma rivolta al mondo, Tondelli spiegava: «Sono stato e sono un osservatore delle mode, quando scrivo per riviste o per quotidiani, quando descrivo la vita e la gente delle capitali giovanili dell'Europa – Londra, Berlino, Firenze, Barcellona...»

Scrive Fulvio Panzeri, il curatore dell'opera di Pier (come lo chiamavano gli amici, ma anche il nome usato nel titolo del racconto *Pier a gennaio*): «Gli anni Ottanta, nelle pagine di Tondelli, trovano una dimensione sí frammentaria, ma proprio per questo globale. La generazionalità "particolare", ristretta a specifiche realtà giovanili, viene superata e allargata. Tondelli presenta modi e mode della fauna giovanile italiana ed europea, definisce stili creativi, traccia linee di interpretazione, spiega i mutamenti [...] Illusioni, speranze, tic, manie, luoghi, depressioni, solitudini, grandi folle, piccoli gruppi, frastuoni, silenzi, locali, toilette, piste da ballo, raggi laser, cimiteri, città».

Tra gli oggetti della sua attenzione, un elemento di stile – ossia di ciò che nell'interpretazione di Roland Barthes rappresenta la dialettica tra permanenza e divenire, tra codice e aberrazione, tra norma e scarto – diventa un volano di rimandi. A partire dalla cravatta nel ritratto di Patti Smith scattato da Robert Mapplethorpe e utilizzato per la copertina del primo disco della musicista, lo scrittore svolge la parabola di rifiuto e riappropriazione di quell'accessorio lungo una manciata di anni che coincidono anche con un tratto della sua stessa vita. La cravatta non è simbolo ma soggetto corporeo di una storia di valori, atteggiamenti, ideologie, culture tra lo strenuo impegno sessantottino al «non vestire» e il decennio della rinascita dell'immagine, che Tondelli sente ormai avviato quando scrive, nel 1984. Nel mezzo sta la cravatta sulla copertina di *Horses*, del 1975: non è proprio la metà aritmetica, ma quello è un segnale emesso dalla lontana avanguardia di New York. A Patti Smith, ad altri musicisti, alla new wave Tondelli riconosce il merito di «aver riconciliato una generazione con la cravatta, e tramite questa, con il modo di immaginare il proprio abbigliamento senza nessun complesso di colpa».

Se la cravatta sembra un elemento di superficie, vale quanto Tondelli ha detto altrove di sé: «Sono il narratore che mette in scena la superficie, consapevole che questa superficie è la nostra crosta, ma la crosta della contemporaneità diventa anche sostanza».

È il caso di ricordare che dieci anni esatti dopo *Tie society*, nel 1994, esce il libro di Gianni Versace intitolato *L'uomo senza cravatta*. Un nuovo salto culturale nella semplice azione di abbandonare la cravatta (dopo essersi sentiti liberi di reindossarla), ma questa volta con lo scopo di erotizzare il collo e il petto maschile aprendo la camicia: il corpo dell'uomo, quale oggetto di desiderio, diventa performativo quanto quello femminile, nella scia della stessa perdita del senso di colpa di cui aveva parlato Tondelli.

Flavia Piccinni

Mondo Pitti

Stiamo accalcate le une sulle altre. Strette fra la balaustra e il muro. Respiriamo il fiato e gli umori della sconosciuta che ci fa da seconda pelle. Restiamo immobili, i faretti traballanti intorno ai piedi.

Sotto di noi la platea è una collezione di tavolini tondi dai colori pastello, sopra cui sono sistemati dei vasetti con popcorn e *marshmallow*. Poco fa una bambina vestita in tuta, avrà avuto dieci anni, forse la figlia di qualcuno del catering, li ha riempiti uno a uno.

A dominare la scena una passerella bianca, dalla curiosa forma a *L*; risplende incorniciata fra palloncini e maghi.

«Attenzione, non vi muovete che, se scoppia un incendio, ci rimaniamo secche». Le parole della donna accanto a me – capelli corti e scuri, total black, una voluminosa collana di perle – risuonano come un presagio. Intorno le altre madri sbuffano, agitano fogli piegati a ventaglio, si lamentano al cellulare. «Condizioni cosí disumane non me le sarei mai immaginate», mormora una. «Sembriamo carne da macello», chiosa l'altra.

Siamo nella piccionaia della piccionaia del Teatro Odeon, pieno centro di Firenze. È la sfilata de *Il Gufo*, uno degli eventi piú importanti di Pitti Bimbo, la manifestazione dedicata alla moda bambino piú autorevole e famosa del mondo.

Restiamo ammassate in uno spazio cui è vietata, come ci spiegherà terrorizzato un tecnico della struttura, la presenza di cosí tante persone. «Questo è il posto degli addetti luci», si è giustificato poco fa l'uomo, imbarazzato, provando a suggerire di andare via. Eppure non ci ha potuto cacciare. I genitori si sono infuriati, e non ci sono altri luoghi, se non questo angusto corridoio a fondo cieco, per ospitare le mamme dei bambini che fra poco sfileranno.

Le uscite di sicurezza piú vicine sono al piano di sotto, dove si trovano dei palchetti per la galleria che sono stati adibiti a magazzino temporaneo: è impossibile passare a causa degli enormi salsicciotti di tela dentro cui sono imprigionati centinaia di palloncini che verranno liberati al termine dell'evento. Poco fa, mentre stavo facendo un video con il telefonino, una ragazza dell'organizzazione si è avvicinata. «Che sta facendo?», mi ha domandato, sprezzante. Ho indicato il cellulare. Lei, con gli occhi fuori dalle orbite, i capelli biondi tutti onde a incorniciarle il viso truccatissimo, mi ha chiesto: «Ma lei è una mamma?» Ho annuito. «Allora le conviene andare», mi ha risposto, minacciosa, avviandosi frettolosamente verso il bagno con un vestito elegante fra le mani.

Non ho avuto tempo di replicare niente. E subito mi è parso chiaro quello che molti genitori mi hanno ripetuto fin dal mio primo Pitti Bimbo, nel 2014: diamo loro i figli, ma in questa manifestazione non contiamo niente.

È quasi sera. La sfilata è in ritardo di venti minuti, gli ospiti – i buyer internazionali, i negozianti e i giornalisti per cui tutto questo è stato allestito – ancora non sono arrivati.

I bambini sono sul set dalle sette di questa mattina, e da due giorni vivono qui dentro: prima hanno fatto i *fitting* degli abiti, dunque estenuanti prove per imparare la coreografia che fra poco andrà in scena. Oggi ai genitori è stato concesso di vederli per pochi minuti. I malumori sono esplosi nel primo pomeriggio, quando dei bimbi hanno raccontato di non aver ricevuto né la merenda né dell'acqua. «Cosa vuol dire che non hanno ricevuto l'acqua?», ho chiesto a Elena Meazza, fondatrice insieme a Laura Antonioli dell'agenzia milanese per baby modelle e baby modelli *Piccolissimo me*. «Vuol dire – mi ha risposto lei – che non gli hanno dato neanche una bottiglietta d'acqua. Letteralmente».

Questa non è una pratica nuova al mondo bimbo. Molto spesso – e sono decine le bambine e le madri che me lo hanno confessato – sui set non viene concesso di bere per evitare di bagnare inavvertitamente i vestiti o di rovinare il trucco, e soprattutto per limitare al minimo le richieste di andare in bagno.

Si tratta di un codice di comportamento frequente, condiviso con il mondo adulto dove le pause sui set sono ridotte al minimo per contenere le distrazioni e gli errori.

«Posso capire – mi ha confidato una mamma con un passato da modella, che ha domandato di restare anonima – che queste pratiche vengano sostenute nell'ambiente dei grandi. Ma parliamo di maggiorenni consenzienti e dunque sono affari loro. Per quanto riguarda il bambino le considero allucinanti. Già perdo la testa quando vedo mia figlia costretta a cinque, sei ore di lavoro senza pause, ma i diritti basilari vanno rispettati! Anche un paio di mesi fa la piccola è tornata a casa da un photoshooting della collezione di un noto brand italiano e mi ha detto che le era stato vietato di bere. Sono andata su tutte le furie. Ne ho parlato con l'agenzia e la risposta mi ha gelato: le cose vanno cosí, o sei dentro o sei fuori. Passerò da rompiscatole? La bimba lavorerà meno? Non importa. Non ci ho pensato due volte e ho cambiato: di agenzie ce ne sono poche, questo è un mondo piccolo dove tutti sanno tutto di tutti, ma non potevo restare con chi ci aveva trattato cosí».

Effettivamente, quello del mondo bimbo in Italia è un universo piccolo che passa attraverso una manciata di società: la *B-Talent Scout* di Milano (che ha come motto:

We recognize biggest talents in our smallest ones); la *Kids* che lavora fra Milano, Roma e Firenze; *Piccolissimo me* sempre a Milano; c'è poi l'agenzia *Baby Fashion* di Bologna, *Hansel&Gretel* a Modena e *Eva&Adamo* a Firenze. A gestirle sono prevalentemente donne, che hanno trascorsi nella moda (personali o, come Elena Meazza, relativi al proprio figlio: baby modello fino ai dodici anni) e si muovono fra casting, selezioni, e sfilate quasi fosse casa loro.

«I giochi di potere delle agenzie – mi ha raccontato un'altra mamma, che mi ha chiesto di non pubblicare il suo nome per parlare liberamente – sono pressoché identici a quelli delle scuderie per adulti. Loro non hanno interesse a spingere un solo bimbo perché, nel caso la mamma decidesse di cambiare rappresentanza, perderebbero tutto; dunque cercano di distribuire i lavori piú importanti fra dieci, quindici piccoli. Alcune fanno una sorta di *pacchetto,* ovvero: vuoi una bambina piú nota? Ti costringo a prenderne anche un'altra. Per Pitti la situazione diventa ancora piú estrema: prendimi trenta bambine, e te ne faccio pagare solo quindici. In questo modo si tagliano fuori alcune agenzie e i relativi clienti, generando un monopolio secondo cui chi è dentro il recinto gareggia, chi è fuori può soltanto restare a guardare. L'equilibrio viziato che ne nasce stabilisce cosí tutte le regole, quelle dei compensi, ma anche quelle relative al trattamento dei piú piccoli. Altre volte invece, e posso dirlo perché mi è capitato, sabotano dei clienti per spingerne altri. Qualche tempo fa ho ritrovato sul set un fotografo con cui io e mia figlia avevamo fatto diversi lavori e mi ha detto di esserci rimasto male perché, la volta prima, gli avevamo dato buca all'ultimo momento. Quando gli ho chiesto spiegazioni, mi ha candidamente raccontato che la settimana precedente, e solo poche ore prima dell'orario dell'appuntamento, l'aveva chiamato la responsabile dell'agenzia per dirgli che la bimba aveva la febbre e che gli mandavano comunque una sostituta della medesima taglia, e altrettanto carina. Con la titolare ho fatto finta di niente, perché affrontare l'argomento sarebbe equivalso a litigare e a rompere i rapporti. Ho semplicemente lasciato il mio numero al fotografo per evitare che cose del genere si ripetessero. Quando dicono che è un mondo dove si gioca sporco hanno ragione. I colpi bassi sono all'ordine del giorno». Colpi bassi come quelli che vanno in scena a Pitti, ed equivalgono a un cachet piú alto per portar via l'ospite di rilievo allo stand vicino o soffiare all'ultimo momento lo spazio migliore per la sfilata al marchio in diretta competizione. Piccole schermaglie, esercizi di potere e di forza in un mondo che solo apparentemente è innocente, e che sottende una partita economica da svariati milioni di euro.

La moda bimbo – che comprende abbigliamento destinato alle fasce d'età tra 0 e 14 anni, intimo e accessori – secondo le stime preliminari del *Centro studi di Sistema moda Italia* (Smi) nel 2016 continua ad avere un trend positivo: il fatturato del 2016 rispetto al 2015 ha registrato un +1,2%, arrivando a superare i 2,7 miliardi di euro con un valore dell'export relativo a quasi il 40%. A farla da padrone sono le grandi catene, che gestiscono una quota pari al 50,9% del mercato e che devono la loro crescita soprattutto al segmento destinato alle bambine e ai neonati.

Pitti con le sue oltre 500 collezioni, di cui quasi la metà proveniente dall'estero, e con i circa 7000 compratori italiani ed esteri che ne affollano le corsie, si configura come l'appuntamento piú importante del mondo. Il cuore pulsante della moda bimbo mondiale per sei giorni l'anno: tre giorni a gennaio, tre giorni a giugno.

«Se hai una bambina che sfila, – conferma Martina Martinez, grafica pubblicitaria e mamma della piccola Zoe, – vuoi che faccia Pitti. Non desideri altro. Pitti è la meta finale. Il posto dove vanno tutti, e dove tutti sognano di essere i protagonisti».

Ho sentito queste frasi decine di volte. Per tutte le mamme che gravitano intorno alla moda bimbo, Pitti è il sogno. Un po' come vedere i figli sul palco la notte degli Oscar.

La quarantenne Martinez non fa eccezione, e dire che sua figlia è una delle baby modelle del momento. Zoe Bertani, che ha sei anni e mezzo e sfila da quando ne ha poco piú di due, infatti è stata protagonista di decine di servizi fotografici, ha un bellissimo occhio azzurro e uno verde, i capelli chiari con la frangetta. È alta poco meno di un metro e venti, ed ha già partecipato a Pitti due volte. «Ogni volta che abbiamo preso parte a Pitti – continua la mamma – Zoe era stata scelta per tre sfilate. Mettere insieme piú lavori è necessario per ammortizzare i costi, visto che non è previsto alcun rimborso spese e Firenze è carissima. Andare per una sfilata soltanto non ha senso. O, meglio, non ha senso per me che non voglio andare in rimessa. Ci sono però tante mamme che vengono anche senza aver nulla da fare, per farsi un giro e proporre le figlie. L'atmosfera di Pitti è magica e sfiancante. Soprattutto quando ti capitano piú passerelle nel medesimo giorno, e allora bisogna correre da una parte all'altra. A volte mi sorprendo per questi bambini robot bravissimi, che non si lamentano, eseguono quello che viene detto loro, che sono super concentrati. Sul set a volte capita che i bimbi si stanchino, che si lamentino, ma a Pitti non ci si possono permettere distrazioni».

Non ci si possono permettere distrazioni perché, pur lavorando con minorenni, gli adulti sono spietati. Immersi nella routine cinica del mondo della moda, che non consente errori, perdite di tempo, alternative alla perfezione.

Intorno alle bambine e ai bambini che fra poco sfileranno nell'attesissimo show de *Il Gufo*, intorno a tutti i bambini che popolano questo ambiente, si raggruma infatti un mondo costruito da stilisti, fotografi, registi, pubblicitari, scenografi, casting director, stylist, parrucchieri e truccatori. Sono tutti adulti che spesso non hanno alcun rapporto nella loro vita quotidiana con minorenni, e ne frequentano le necessità e i bisogni esclusivamente sul set.

«Non ho figli e non ne voglio. Mi bastano i bimbi che vedo per lavoro. Non amo però particolarmente averci a che fare: creano un sacco di problemi, e poi arginare i genitori non è sempre facile. Il settore bimbo, nonostante il crescente interesse degli ultimi dieci anni, resta ancora poco battuto, e permette delle buone occasioni di carriera e di guadagno. Il trucco sta nel non considerare i bambini sul set per quello che sono, ma nel vederli come modelli. Punto e basta. Sono pagati? Bene. Allora devono fare quello che viene richiesto loro», mi spiega con tono intransigente un noto fotografo, sintetizzando il pensiero di molte delle figure che animano il dietro le quinte.

«C'è chi porta il proprio figlio a judo, e chi lo porta a sfilare. Noi – mi racconta una truccatrice nel backstage della sfilata di un famoso brand, celebre per mandare in scena principesse in miniatura – abbiamo a che fare con il secondo tipo di genitori. La maggior parte delle volte, le bimbe sono disponibili, si fanno *aggeggiare*, mettere il mascara, il fard e il gloss. Sono contente, si guardano allo specchio e si sentono grandi. Alcune, quando chiedi loro come va la scuola, ti raccontano dei compiti e delle maestre, altre ti guardano quasi offese. Una volta, una modellina molto ricercata mi ha detto, scandalizzata: *Mica ho tempo per la scuola! Sai quanto lavoro io?*»

Il confine fra il lavoro e il gioco si presenta cosí sottilissimo. La percezione che per i piccoli sia tutto un passatempo, come ripetono quasi ossessivamente i genitori, trova contraddizione nella voce in anonimato degli addetti ai lavori, intimoriti dall'essere scoperti e dunque messi alla berlina da un sistema che non gradisce dissonanze.

«Il mio compito – svela S., cinquantenne dai capelli lunghi e una cascata di collanine – è di curare la regia per quelli che vengono definiti eventi speciali, e dunque anche per le sfilate di moda. Lavorare con i bambini è diverso da quello che è la moda in generale. Ci vuole cautela, ci vuole rispetto, deve essere per loro un gioco, non un impiego. I piccoli devono entrare in un mondo di svago e uscirne felici. Purtroppo non succede quasi mai. A volte lo stress di certe produzioni carica le bimbe di troppe aspettative, e cosí loro non interpretano piú quello che accade in maniera gioiosa, ma lo considerano come un vero e proprio mestiere. E non è giusto che a quell'età pensino a lavorare. A volte sono anche le aspettative delle famiglie, dei genitori. Ci sono mamme che a Pitti costringono le figlie a fare anche quattro, cinque sfilate al giorno. Una volta delle bimbe arrivarono con mezz'ora di ritardo alla presentazione di una collezione perché quella precedente era finita tardi. Erano trafelate, stanche, con le occhiaie. Bambine di sei anni con le occhiaie, incredibile! Mi rifiutai di farle salire. Le madri persero la testa fino a quando non intervenne uno degli organizzatori e le bimbe vennero vestite per andare in scena». Le parole di S. trovano conferma in ciò che mi racconta una stagista, Erika, impiegata nel backstage di una sfilata per aiutare i bambini a cambiarsi. «Lo faccio gratis – mi spiega – per mettere un piccolo piede in questo mondo. Ho un compito semplice: devo aiutare i bambini a vestirsi seguendo le indicazioni delle polaroid attaccate sulle grucce, che mostrano il risultato finale dell'outfit. Prima di venire qui, pensavo che sarebbe stato difficilissimo. Ho una cugina e quando, a volte, mi tocca vestirla è una tragedia. Queste bambine invece sono eccezionali. Si fanno fare di tutto, non si lamentano, e poi vanno allo specchio e si sistemano da sole. Non fanno neanche confusione. Sembrano degli automi». E degli automi sono anche quando le sfilate finiscono, e si siedono per terra come spente, fanno merenda e aspettano le madri per venire cambiate, magari guardando sul tablet un cartone su *youtube* o giocando con lo smartphone. «Fortunatamente – mi racconta T., parrucchiera emiliana, che da dieci anni lavora a Milano nel mondo della moda – adesso le madri possono entrare solo alla fine dello show. Fino a poco tempo fa era invece permesso loro di accedere quasi ovunque ai backstage. Era una tragedia. Arrivavano inviperite e cominciavano a fare obiezioni. Sarebbe meglio che i capelli a mia figlia stessero cosí, sarebbe meglio... Un cumulo di osservazioni che diventavano solo critiche e contestazioni, e si traducevano in un'incredibile perdita di tempo. A quel punto alzavo sempre le mani, in segno di resa: noi facciamo quello che ci dicono gli organizzatori, mica possiamo scegliere o far comandare i genitori!»

Genitori che pretendono di stabilire il look delle figlie in passerella, e allo stesso tempo non sono in grado di assicurarsi che venga loro data dell'acqua durante le prove e gli show. Due estremi in cui è difficile cogliere qualcosa che non sia il semplice paradosso.

Intanto, al Teatro Odeon parte una musica di magia. I tavolini intorno alla passerella sono ormai tutti affollati. Sul palco svolazza un palloncino bianco.

In galleria, messa in un angolo vicino alla regia, c'è una donna che sbraita in un microfono a cuffietta. Ha i capelli scuri, è vestita tutta di nero. Si chiama Maria Laura de Franceschi ed è una fashion show director. La piú temuta del mondo bimbo. Leggo sul suo sito che «dopo essersi diplomata giovanissima in scenografia e costume all'Accademia di Belle Arti di Roma, comincia a lavorare come Top Model alla corte di firme del calibro di Giorgio Armani, Gianfranco Ferrè, Gianni Versace e Valentino. Nel frattempo, lavora in teatro con i maestri Pietro Garinei e Sandro Giovannini. È proprio da loro, probabilmente, che la giovane De Franceschi attinge l'arte di fare spettacolo per applicarla al mondo della moda. Dalla metà degli anni Ottanta, infatti, riparte come regista di moda e in poco tempo si ritrova a lavorare per le griffe piú grandi: Christian Dior ed Hermès a Parigi, Trussardi, Moschino, Mila Schön e Alberta Ferretti, solo per citarne alcune.

Organizza eventi a Tokyo per la Yomiuri Television, a New York per il Fashion Institute of Technology, a Washington per la Kennedy Foundation. Uno dei suoi fiori all'occhiello? I primi 10 anni di ascesa dello stilista sardo Antonio Marras. Oggi ha nella figlia Alexandra, che è stata allattata nei backstage, la sua piú valida collaboratrice».

Nel mondo del bambino – dove viene considerata insieme a Meri Marabini e a Nadia Aragona come una sorta di mito vivente, e dove le malelingue ne sottolineano invece comportamenti alla Anna Wintour ne *Il diavolo veste Prada* –, De Franceschi lavora per un'infinita sequenza di brand, fra cui Armani Junior, Barbie, Brummel, Desigual, Diesel, Dimensione Danza, Elsy, Frankie Morello, Fracomina, Il Gufo, Kenzo, Miss Blumarine, Original Marines, Prenatal, Simonetta, Timberland, Winx.

Io l'ho conosciuta anni fa, sempre in un backstage de *Il Gufo*, e in quell'occasione la intervistai. Rimasi inquietata dalla sua lucidità, che traduceva nel mio microfono tutto, dunque anche i bambini, a servizio del suo fine: l'interpretazione dello stile e della messa in vita pubblicitaria del brand commissionante.

«Che collezione disegni? Come la disegni? Che mood hai? Che storia vuoi raccontare? Che scenografia vogliamo usare? Che sensazione vogliamo dare? Che bambini vogliamo prendere? Belli? Brutti? Buffi? Fighi? Normali? Dolci? Ci sono gli *scarrafoni*, lo sai? Chi dice che tutti i bambini sono belli è un beato innocente. Ci sono bambini non belli, ci sono quelli con la faccia storta, ci sono quelli strabici, e le madri imperterrite li portano ai casting convinte che siano bellissimi», mi disse in un frammento di chiacchierata, prima di scomparire – esattamente come accadrà anche questa volta – trascinata dagli obblighi, dalle mani da stringere, dagli imprevisti.

Adesso è lí, Maria Laura de Franceschi, con le gambe messe contro la sedia davanti, l'aria contrariata, la cuffietta che le circonda il viso, la voce che sbuffa, che parla, che si ferma: dà indicazioni, ordina cosa fare.

«Mago, mago avanti», mi pare che mormori, mentre le luci perdono intensità fino a scomparire, e un uomo travestito, con il viso pitturato e il cilindro, avanza sul palco seguito da una lunga sequenza di piccole, bellissime, bambine. Sembrano marionette pilotate secondo il desiderio degli adulti, forse lo sono per davvero.

Volto la testa a destra, e a sinistra. Devo sembrare smarrita perché una mamma graziosa – Liya Dai, trentenne commessa di origine cinese che vive con il marito calabrese vicino Prato – mi domanda se è la prima volta che vedo mia figlia sfilare. «Sí», rispondo, e lei mi sorride complice: «Non ti preoccupare. Non ci si fa mai l'abitudine».

La musica vibra nella grande sala.
Un fascio di luce bianca inquadra il mago.
Le mamme tirano rapidamente fuori lo smartphone.
Inquadrano la passerella.
Sono tutte in diretta su facebook.

E sono tutte vestite elegantissime, come se dovessero essere loro a sfilare. È evidente che ci tengano a fare bella figura; nessuna doveva immaginare che sarebbe finita stipata nel sottotetto del Teatro Odeon, al buio, in piedi, in un'afa da estate indiana.

Da qui, il luccichio dei brillantini sul viso delle bimbe si intravede appena.

Accanto a me una ragazza non riesce a trovare pace. Si chiama Giovanna, ha 29 anni, viene da Napoli, fa la segretaria. Indossa un tubino nero che le fascia la pancia, ciglia posticce e unghie chilometriche. Mi spiega che è in ansia: «C'è mio marito fuori che aspetta con la bambina piú piccola perché non li hanno fatti entrare, hanno detto che l'ingresso era solo un genitore per bambino. Alle sette e cinquanta abbiamo il treno, speriamo che lo acchiappiamo». Identica la situazione delle altre mamme, che a causa del ritardo dello spettacolo rischiano di perdere l'ultimo viaggio per tornare a casa; sono ancora piú nervose perché nessuno dell'organizzazione le ha informate rispetto al termine dell'evento e alla riconsegna dei piccoli. «Speriamo di riuscire – conclude amareggiata Giovanna – perché un'altra notte in hotel a Firenze non ce la possiamo permettere».

Le bambine cominciano a sfilare. Sono truccate in modo naturale. Bambini che sembrano bambini. L'illusione è che siano creature qualsiasi, e non frutto di una ricerca che ne vampirizza l'infanzia. Si notano bene solo i capelli: scarmigliati, ricci, piastrati. Una bambina avanza disorientata, il suo procedere dubbioso suggerisce un microcosmo. Ci sono tanti piccolissimi perché, come mi ha spiegato una stylist: «Garantiscono maggiori sorrisi».

Improvvisamente, tutte le mamme diventano un'unica donna. Una sola donna che con occhio vigile segue la passerella per studiare i profili delle baby modelle in ideale competizione con le proprie figlie. I vestiti passano in secondo piano. Le donne mostrano eccitate i rispettivi pargoli puntando indici nel vuoto, e si concentrano su questi adulti in miniatura, su queste piccole donne che provano ad acchiappare le bolle di sapone create dal mago, che si mettono in fila, che fanno un cerchio con i volti luminosi che paiono estranei al mondo, i capelli perfettamente pettinati, e sono minuscole eppure gigantesche, con le loro movenze da grandi, l'aria incerta e ugualmente strafottente di chi è il protagonista; si presentano con disinvoltura davanti agli sguardi dei buyer e dei giornalisti, si fermano in fondo alla passerella in prossimità dei fotografi e sorridono spigliate. Potrebbe sembrare una recita di fine anno, ma c'è qualcosa nell'aria che stona. I passi sono titubanti, lo sguardo rivolto sempre dietro le quinte, verso chi deve confermare o smentire ciò che si sta facendo. Ad ammantare ogni passo c'è una travolgente ansia da prestazione, c'è paura, c'è orrore di commettere qualcosa in grado di rovinare tutto.

Giovanna tiene l'inquadratura fissa sulla passerella. Esamina il numero di visualizzazioni che il suo profilo sta raccogliendo; quando la figlia spunta in passerella – una bambina con i capelli scuri e lunghi, addosso un grazioso abito color nocciola e un bel berretto – muove un po' la mano, «è lei, è lei» sussurra al microfono del telefonino. Intanto le piccole sono accalcate intorno a una specie di buco da cui fuoriescono i palloncini. Li prendono e li lanciano fra esaltazione e smania. Poi seguono il mago in platea: una meravigliosa bambina bionda, gli occhi trasparenti, la pelle sottile e bianchissima, si fa largo fra i tavolini indossando un meraviglioso abito e un vezzoso cappello; incanta il pubblico.

Le innumerevoli polemiche – la mancanza dell'acqua e di pause, l'impossibilità di vedere i propri figli, il budget, gli ingressi limitati che hanno sfaldato la famiglia, consentendo a un solo genitore di assistere al trionfo della propria progenie – non contano piú niente. Siamo tutte immerse – mentre i bambini si tengono per mano, sorridono, inclinano da una parte e dall'altra la testa, si rincorrono, fingono di inciampare, si rialzano e sorridono ancora, si lanciano grandi palloni – nell'illusione del divertimento. L'arte della gioia. La retorica dell'infanzia. L'artefatta, banale, magia di uno show che propone *mondi sognanti e realtà fantastiche*. «Bambini vestiti da bambini» recita lo slogan de *Il Gufo*, e non riesco a togliermi dalla testa queste parole, che però evaporano davanti allo sfogo di una madre affranta: «L'hanno tenuta per tre giorni, e ha fatto solo un'uscita in passerella. Per tre giorni a Firenze avrò speso quattrocento euro. E per tre giorni di lavoro ne ho guadagnati solo sessanta. Netti. Non uno di piú, non uno di meno».

All'improvviso, Pitti mi esplode davanti – come accadrà nelle altre sfilate cui assisterò, e come sempre è accaduto durante le mie partecipazioni negli anni – fra la frenetica agitazione dei bambini, e i disturbanti comportamenti delle figure che ruotano intorno agli eventi. Penso alle paghe irrisorie, quando previste. Per due giorni di lavoro vengono proposti 130 euro, che con il costo dell'agenzia e le tasse diventano 66 euro netti. Per tre giorni invece il brand che paga di piú ne propone 300 lordi, e in tasca alle famiglie ne vanno poco meno di 150 netti. Impossibile coprire le spese dei tre o quattro giorni richiesti per la trasferta fiorentina fra viaggio, notti in hotel, colazioni, pranzi e cene.

La maggior parte dei marchi ormai se la cava evitando del tutto i pagamenti, e omaggiando i partecipanti con una *bag*, nella quale solitamente sono presenti un paio di leggins e una t-shirt. Se Pitti un tempo aveva un valore anche economico, ormai quello è il passato. Adesso la manifestazione si presenta come un mero esercizio di parole e di suggestioni: la summa delle ambizioni aziendali che da una decina di anni paiono aver identificato nella moda bambino una straordinaria possibilità di aumentare i propri utili. I marchi in esposizione viaggiano a doppia velocità. Sono dotati di una cipolla di sentimenti. Da una parte la gentilezza leziosa riservata ai buyer internazionali, soprattutto a quelli statunitensi e orientali, dall'altra la rudezza destinata ai genitori, ai loro figli, talune volte anche alle agenzie, vere e proprie procacciatrici dei piccoli corpicini-mannequin.

Un esempio è quello svelato dagli inviti ai casting destinati alle scuderie. Rispetto a Pitti viene sempre specificato che l'ingresso è limitato. «Per evitare disagi, malumori e problemi – ho letto in una nota riservata – si ricorda che alle manifestazioni è sempre consentito l'ingresso di un solo adulto e del bambino oggetto della sfilata. I fratellini, gli amici, le carrozzine, il secondo genitore, ma anche fratelli, sorelle, zie, nonne, nonni, cugini e varie possono attendere al bar vicino o in macchina perché non avranno in alcun modo ingresso allo spazio». La gentilezza è di casa, non c'è che dire. Una gentilezza che viene riservata alle mamme anche all'uscita della sfilata de *Il Gufo*, quando il passo viene consentito solo dopo l'uscita dei vip. Ed è cosí che una volta in Piazza degli Strozzi, mentre gli ospiti si affollano nel vicino bar discutendo di quello che hanno appena visto, e le mamme provano disastrosamente a recuperare le bambine e si lamentano con la certezza di aver perduto il treno, finalmente sfoglio il catalogo della manifestazione. Decine e decine di brand lo alimentano. Sono un rosario di nomi impronunciabili, di suggestioni glamour e di richiami fashion. Sono tutti i marchi che gremiscono la Fortezza da Basso, popolata in questi giorni dalla fauna della moda e soprattutto da bambine sensuali, che cinguettano da uno stand all'altro in compagnia di madri curatissime, che le esibiscono come piccoli trofei.

Questa mattina ho visto una donna che, con in braccio la piccola di tre anni, parlava con un uomo in giacca e cravatta. «Lei ha fatto già dei cataloghi, ma se siete interessati possiamo venire. Sí, abbiamo un'agenzia, ma siccome a lei piacciono le foto e non ci chiamano tanto spesso possiamo partecipare anche gratis», aveva mormorato la donna. L'uomo allora aveva annuito, si era sistemato la cravatta sottile, blu elettrica, porgendo poi alla mamma che famelica lo aveva afferrato, per custodirlo rapidamente nella borsetta, il biglietto da visita. Non era la prima volta che una scena del genere mi si presentava davanti agli occhi. E, lo so, non sarebbe stata neanche l'ultima.

A Pitti si trova di tutto: aziende d'abbigliamento per l'infanzia che arrivano dal Giappone, case editrici che propongono libri di qualità per punti vendita che, oltre gli abiti, vogliono provare a costruire un *mondo bambino* dove il bimbo, o piú correttamente i suoi genitori, possano trovare tutto ciò che ruota intorno agli interessi (veri o presunti) dei piú piccoli. Naturalmente solo oggetti di grandi brand e designer. Naturalmente solo cose costosissime. I singoli capi vanno dai 200 euro di un paio di jeans ai 3000 euro per un abito elegante. Una follia? Non proprio.

Il catalogo è comunque una miniera preziosa. Esprime l'arte e la sublimazione dei brand destinati ai bambini. È tempestato da citazioni liriche e allo stesso tempo adulte. Suggerisce un'ideale mappa per non perdersi neanche un evento perché, se un tempo gli appuntamenti erano tutti racchiusi nella Fortezza, adesso a causa dei prezzi esorbitanti – da diecimila euro per il noleggio di una sala, a trentamila per l'affitto dello spazio piú prestigioso – molti marchi hanno spostato le presentazioni delle collezioni nel centro di Firenze. Il risultato è un tragicomico ritardo a catena nell'intero programma, ma anche un simpatico via vai di bambine, mamme, compratori e giornalisti fra il cuore della città e l'esposizione.

Sfoglio il catalogo.

Prendo un marchio a caso:

Il brand Quis Quis per quest'edizione esporrà la propria collezione in una location d'eccezione, l'Exclusive Privé al primo piano delle Costruzioni Lorenesi, proporrà a stampa e buyer un evento unico nel suo genere durante il primo giorno di Pitti Bimbo 84, il 19 gennaio alle 15:30. La performance avrà l'obiettivo di far risaltare la preziosità dei capi attraverso alcune bambine, piccole principesse che indossano abiti preziosi, congelate nella loro eterna gioventú, preziose come il tempo, che non potranno mai avere piú indietro. Il Fashion Challenge Mannequin sarà a cura di Sara Scamarcia che offre lo spunto per una riflessione, il tempo che scorre, invitando le persone a fermarsi un attimo e a riflettere sul valore di un semplice minuto, ma anche di un istante. Congelato in una foto, ma che è in realtà un video STORYTELLING. *L'evento inoltre verrà trasmesso in diretta sulla pagina Facebook* QUIS QUIS *- Stefano Cavalleri, dando la possibilità di visione anche a chi non è presente fisicamente alla performance.*

Piccole principesse. Abiti preziosi. Eterna gioventú. Tempo, che non potranno mai avere piú indietro. Concetti limpidi espressi in una lingua traballante. Concetti limpidi che suggeriscono idee di incanto e di debolezza, di lusso e di immediatezza. La fugacità della vita: le bambine per *far risaltare la preziosità dei capi.* Il momento per comprare è adesso. Le bambine come mezzo. L'istante per fare tua figlia piú bella è quello che stai vivendo. Lei non sarà una bambina per sempre. La fragilità che adesso vibra dentro di lei non continuerà all'infinito. E dunque, cara mamma, neanche la tua.

La perfetta sintesi delle parole e dei concetti a essi collegati che i marchi utilizzano in modo piú ricorrente, definendo in modo altalenante la loro posizione nei confronti dei bambini, creature a tempo limitato per collezioni che durano come le stagioni.

«Una mia amica dice che non chiamerà mai la figlia *principessa*. La gente usa quel termine in buona fede, ma *principessa* è una parola carica di implicazioni, sulla sua delicatezza, sul principe che arriverà per salvarla, ecc.». Chissà che cosa avrebbe da dire sul catalogo di Pitti l'autrice di queste parole, Chimamanda Ngozi Adichie. E chissà cosa avrebbe da dire sull'evoluzione di Pitti che è congelato da dieci anni, come mi ricorda Chiara Brambilla, che con il lungometraggio *Divine* ha indagato nel 2010 il mondo delle piccole modelle e delle loro madri portando in scena tre storie fra loro molto diverse.

«A sfilare a Pitti continuano a essere bambini oggettivamente considerati belli. Biondi e con gli occhi azzurri, mori con i capelli ricci e un po' afro. Bionde con gli occhi azzurri, castane con gli occhi verdi. Belli con volti regolari e sorrisi dolci. Come è sempre stato nel mondo dell'abbigliamento per piccoli. Negli anni Ottanta era egemone il modello ariano, e i protagonisti erano perlopiú figli di aristocratici che vedevano nelle pubblicità un divertimento. Poi hanno cominciato a svilupparsi modelli estetici diversi, anche con richiami esotici. Oggi non esiste piú un'unica regola: ogni marchio desidera raccontare con il bambino qualcosa di diverso. Si viene cosí a costruire una narrazione sul corpo dei piú piccoli. Spesso però ci si dimentica che si ha a che fare con l'infanzia. Il bambino diventa una sorta di prodotto nei discorsi degli addetti, e con il tempo uno ci fa l'abitudine. Capisci che queste sono le regole del mondo, che funziona cosí». Attraverso le storie delle tre baby modelle Lucrezia, Emily e Rebecca e dei loro genitori, che le seguono e le accompagnano alle sfilate e ai provini, Brambilla ha provato a esplorare il sottile confine fra dramma e successo insito nella moda. «A volte – racconta – le bambine riescono a trasformarlo in gioco, a volte no. Quando ho girato il documentario ero rimasta stregata dal mondo dei casting e di Pitti, e ho trascorso piú di un anno con le mie piccole protagoniste decenni cercando di raccontare questo universo claustrofobico. Mi sono immersa nell'immaginario dei bambini, che come viene fuori limpidamente durante le giornate fiorentine è legatissimo alla bellezza. Da un lato i bambini si convincono di quello che dicono loro le mamme e i papà, si abbuffano dei complimenti dei casting director, dei buyer, delle stylist e dall'altro si tuffano in quello che vedono su internet e nei casting. Le due cose nelle protagoniste di *Divine* si mescolavano: gli stimoli dall'esterno, si sommavano a quelle del nucleo della famiglia, che per il bambino continua a essere fondativo». Brambilla mi racconta che, per quanto rispetto alle modelle adulte le bambine abbiano minore consapevolezza della loro bellezza, il punto di partenza è lo stesso. «Si tratta dell'apparenza nelle sue molteplici sfumature. Ho avuto a che fare con diverse modelle adulte e le piccole, pur essendo meno estremizzate, hanno il medesimo miraggio».

Nel corso degli anni, Brambilla ha continuato a seguire due delle sue protagoniste. Nessuna ha proseguito la carriera nella moda. Emily, sudamericana che veniva presa in giro dai compagni di classe per la pelle scura e che aveva dei canoni estetici poco riconosciuti, ha studiato fotografia e adesso insegna ginnastica attiva e danza. Rebecca, cresciuta con due genitori impiegati, invece ha lasciato gli studi per diventare estetista. «Non mi sono stupita. Molto spesso le famiglie che partecipano a questo mondo affondano le loro radici nel disagio sociale, e nella necessità di rivalsa. Quando però le bambine crescono, difficilmente riescono a entrare nella moda per i grandi. La cosa che non riuscirò mai a dimenticare è il tentativo di queste bambine di trarre vantaggio dalle situazioni che vivono, la loro altalenante capacità di difendersi da un sistema di adulti. È facile, ma decisamente sbagliato, scordare quanto sia faticoso sostenere il giudizio degli altri da piccoli. Spesso le bimbe non capivano perché non erano andate bene. Facevano un casting e non sentivano piú nessuno. Loro avrebbero anche voluto fare finta di niente, ma i genitori insistevano, facevano domande alle agenzie, le informavano. Penso che sia molto complesso imparare a scindere, anche da adulti, l'aver fatto una prestazione che non ha funzionato dal non aver funzionato come persona. Figuriamoci a dieci anni. Quando sei convinta, soprattutto in un mondo che si basa sull'esteriorità, che a venire giudicata sia la tua persona. Sia tu».

Come spiegare (per farsi capire) a una bambina di cinque, sei, sette anni che i meccanismi in gioco sono molteplici, e che l'aspetto fisico è forse quello di minore importanza? E come riuscire a tutelare la psicologia dei piú piccoli, assicurandosi che quello che la legge prescrive in fatto di sicurezza rispetto al lavoro minorile sia rispettato?

Tutti i bambini che partecipano a Pitti – esattamente come i piccoli che prendono parte a spot e a comparsate televisive, o diventano attori sul set – devono consegnare svariati moduli che poi verranno depositati presso la Direzione territoriale del lavoro, che nel caso di Pitti si trova a Firenze. Il primo modulo è un'autorizzazione da parte della direzione didattica che attesta come il periodo d'assenza richiesto «unito alle assenze che il minore ha accumulato alla data odierna, non ne pregiudica la frequenza ai fini dell'assolvimento dell'obbligo scolastico». Serve poi la dichiarazione d'assenso in cui il genitore conferma di acconsentire «che ai sensi del DPR 365/1994, il proprio figlio venga impiegato, per motivi di lavoro, nel ruolo di... di cui hanno constatato la non pericolosità fisica per la salute fisica e morale dello stesso, nello spettacolo... che si svolgerà a...» A completare c'è la circolare n. 67 del 6 luglio 1989 promossa dal Ministero del lavoro e della Previdenza sociale, che suddivide le varie prescrizioni relative alle diverse età e che entrambi i genitori firmano per presa visione. Se per un bambino fino a tre anni «deve essere posto a disposizione dei genitori o del tutore un locale idoneo atto a garantire il soddisfacimento delle principali esigenze fisiologiche del bambino» e «l'impegno lavorativo non potrà in alcun caso superare le tre ore giornaliere e deve avvenire in presenza del genitore o del tutore o di persona da questi espressamente delegata», i bambini fino a quattro anni non potranno essere impegnati – sempre sotto l'occhio vigile del genitore – oltre le quattro ore giornaliere e «per la truccatura non dovranno essere usate sostanze nocive o comunque note quali potenziali allergizzanti». Diverso il discorso per i bambini da sei a quindici anni – come se si potessero equiparare capacità mentali e fisiche legate a età cosí diverse – per i quali «il periodo di tempo impiegato nella frequenza della scuola e le ore lavorative non devono superare complessivamente le 7 ore giornaliere e le 35 ore settimanali». Superfluo dire che le testimonianze raccolte attestino come puntualmente le tempistiche non vengano rispettate, e spesso anche la presenza dei genitori sia difettante.

«A tutelare i bambini – mi ha spiegato un insider – non c'è nessuno. Tutto dovrebbe essere affidato al buon senso, che ultimamente latita. Un altro problema sono poi le baby modelle che arrivano dall'estero, prevalentemente da Spagna e Russia. Oltre a far parte di agenzie con tassazioni diverse dalle nostre, difficilmente presentano i moduli da parte delle scuole: in questo caso come si dovrebbe comportare la Direzione territoriale del lavoro?»

Il problema è complesso e in divenire, si risolve fra questioni economiche e di benessere minimo; resta solo come l'ultima puntata di una polemica che si gioca sulla pelle dei piú piccoli.

La questione cruciale della mancanza d'acqua ha comunque avuto delle conseguenze. Per quanto sia stata ampiamente ignorata dai giornali e dalla stampa, e non abbia portato alle necessarie conseguenze per chi non era stato in grado di tutelare i minori coinvolti, l'agenzia *Piccolissimo me* ha deciso di raccontare l'accaduto, di boicottare i casting e la partecipazione a Pitti. L'ha fatto attraverso la sua pagina pubblica, e dunque aperta a tutti, di facebook pubblicando il 20 gennaio 2017 un post che ha raggiunto centinaia di persone, e collezionato altrettanti commenti.

84 PITTI BIMBO: LE NOSTRE CONSIDERAZIONI E LE NOSTRE DECISIONI

Il nostro unico vero grazie va alle famiglie e naturalmente ai bambini.

Abbiamo deciso di non prestarci piú a questo gioco, perché ha perso ogni poesia e quel poco valore, non certo economico, che poteva avere. Per noi rappresentare i no-

stri bimbi al Pitti significa garantire una vetrina di pregio, con tutte le attenzioni necessarie, soprattutto se si tratta di beni di prima necessità: una bottiglietta d'acqua se la può permettere chiunque.

Riteniamo che al momento non sia piú una vetrina di cui andare fieri: bambini pagati in modo inadeguato o non pagati affatto. Famiglie che hanno affrontato un viaggio per partecipare alle selezioni e che poi hanno visto confermare altri bambini che le selezioni non le hanno proprio fatte. Bambini cancellati all'ultimo minuto con treno e albergo già acquistati o bambini confermati il giorno prima della sfilata/evento.

Ieri ci siamo sentite dire da una mamma di un'altra agenzia che «Il Pitti è una prerogativa di una sola agenzia»; bene, fino a ieri non era la verità perché ci siamo battute per conquistarci un posto in questa kermesse chiusa e elitaria, ma dalla prossima edizione, se le condizioni per i nostri bambini non cambieranno, sarà la verità, perché abbiamo deciso a malincuore di non farne piú parte. Almeno fino a che la gestione non ritorni ad essere rispettosa e meno obsoleta. Probabilmente questa decisione impopolare ci farà perdere qualche iscrizione o ci farà ricevere qualche disdetta, perché le sfilate sono sempre un attraente specchietto per le allodole, ma non sono piú una possibilità concreta. Non ce la sentiamo piú di appoggiare e supportare questo evento regalando il tempo e il denaro dei nostri iscritti. E il nostro.

Torneremo a considerarlo solo se cambieranno le condizioni per i bambini coinvolti e per noi, che siamo trattate con sufficienza da chi segue questo progetto con falso amore.

Lasciamo volentieri il campo alla concorrenza che accetta queste condizioni per i propri bambini rappresentati e per sé.

Le nozze con i fichi secchi (gratis) le lasciamo celebrare a qualcun altro.

Lo Staff di Piccolissimo me

I commenti offrono un sincero spaccato della percezione dei genitori e delle persone che gravitano intorno all'ambiente. Sono istantanee di rabbia, fastidio, delusione. Sono testimonianze prive di sovrastrutture, dettate dall'enfasi del momento, su quello che accade. Ci sono le mamme che si complimentano e la cui sintesi è: «Giusta considerazione. Appoggio in pieno la vostra decisione». Altre che raccontano la loro esperienza come Zohar: «Per noi genitori è un orgoglio vedere la propria figlia sfilare per grandi marchi in un evento simile, ma penso che la dignità di ognuno di noi vada oltre, e ripeto, da mamma continuerò a salvaguardare mia figlia», e Mariapia: «Bene, sono contenta che ve ne siete accorti anche voi e non solo noi mamme», o Maria: «Lo diciamo già da un po' anche noi mamme... non siamo tutte con le fette di salame sugli occhi». Altre ancora si sfogano, ed è il caso di Alessia: «La sottoscritta ha dato direttamente della mafiosa alla persona che ovviamente rappresenta l'unica agenzia che viene considerata e per questo mi sono giocata non solo alcuni Pitti per mia figlia, ma anche tanti altri lavori, ma vado fiera di quanto detto perché è la pura e semplice verità. In secondo luogo vorrei fare un appunto a tutte quelle mamme che pur di vedere le figlie, i figli, su una rivista o a una sfilata hanno accettato di muoversi anche gratis e le ditte ne hanno approfittato facendo in modo di pagare sempre meno i bimbi che lavorano. Complimenti davvero a queste che hanno rovinato questo mondo!» Altre, come Ilary, recriminano scrivendo: «Concordo pienamente con voi... Io sono stata convocata ma ho rifiutato perché la scorsa edizione abbiamo avuto un'esperienza molto negativa... Vedo sempre gli stessi bambini... Sempre delle stesse agenzie... Questa è camorra o mafia, come dir si voglia, di certo non è Pitti!!! Concludo dicendo che io, a distanza di un anno, non sono ancora stata pagata... Un vero schifo!»

E poi, a sorpresa, arriva anche il commento di Bene La-Bene. «Mi presento. Mi chiamo Benedetta e ho un'agenzia, la *B-Talent Scout*. Negli anni e sono ormai dieci, ne ho viste di tutti i colori, e parlo in generale... Sono anni che cerchiamo di dare un senso positivo a questo lavoro... Ma ormai sto perdendo le speranze. Mi sento chiamata in causa perché per molti ho il monopolio di questo lavoro... Pensando a questo alzo gli occhi al cielo e sorrido. Su di noi se ne sono sentite e dette tante, ma poche vere. Ho passato anni tremendi, anni moralmente difficili, dove il peso delle parole dette sembravano macigni, ma ora ho imparato a farmi scivolare tutto addosso, perché so quello che valgo e so che ho fatto tutto senza mai rubare nulla a nessuno... Il Pitti non è per una sola agenzia, e mi stupisco che diate retta al vociferare di mamme. Di voi mi hanno perfino detto che facevate magia nera... Secondo voi gli ho dato retta? Anche per noi come ogni Pitti ci sono clienti che non ci chiamano, e saltiamo degli eventi che fanno gli altri, mi viene in mente *Quis Quis* oppure *YClu*. Ma ce ne sono altri... Non sbatto i piedi per terra e neppure chiamo il cliente dicendo che non è giusto, che io non partecipi a queste sfilate, la tua regia non mi chiama, favorisce altri e non me... Mai fatto. Anzi, quest'anno ho saputo di piú bambine che sono state chiamate fuori agenzia, da queste regie, hanno preso i miei bambini senza avvisarmi, non vogliono chiamare me, ma i miei bimbi su FB li contattano. Non ho alzato il telefono, non ho fatto nulla, ormai sono stanca. E tanto non cambia mai niente, se non io... che alzo la voce, mi innervosisco e mi faccio il sangue amaro. Non voglio piú partecipare a questo circo. Ognuno si comporti come vuole, ciò che semini raccogli. Non solo, quest'anno abbiamo deciso di presentare il casting del Pitti senza mettere il nome delle agenzie, eravamo tutti stufi di sentire agevoli la Benedetta e non noi... Risultato senza nome delle agenzie ci hanno preso ancora piú bambini dell'anno scorso, questo vi fa capire che i clienti una mano ve la davano, prendendo piú bambini per varie agenzie... Non è stato solo il Pitti a fare senza nome dell'agenzia, ma non sto qui a dilungarmi oltre... Quello che mi fa piú tristezza è il nocciolo centrale del problema, tutti contro tutti, noi dovremmo essere unite per armonizzare un mercato che ormai non ha piú nulla di bello. Noi abbiamo la forza di poter cambiare le cose, se non lo facciamo noi chi lo può fare? E allora uniamoci tutti e basta far la lotta tra di noi, basta dire cattiverie inutili, non fruttano a nulla... Alziamo il telefono per un cammino comune».

Segue la risposta di *Piccolissimo me*: «Bene, lo sai che sfondi una porta aperta. Ci stiamo provando e lo sai che abbiamo da sempre voluto cambiare anche insieme a te. Conosciamo molto bene i buchi del sistema. La nostra colpa come agenzie è di accettare e di adeguarci a condizioni che non sono piú accettabili. Non siamo contro di voi, ma contro un sistema decotto. E ci siamo tirate fuori. Poi i commenti delle mamme sul monopolio sappiamo che non sono veri. Adesso possiamo cambiare le cose, è il momento. Per rendere tutto di nuovo bello e emozionante. Grazie del commento».

La cosa è finita lí. Qualche mese dopo ho parlato con Elena Meazza di *Piccolissimo me*. «Nessun altra agenzia – mi ha raccontato – ha seguito la nostra strada. Alcune mamme mi hanno scritto per dirmi che era una scelta giusta, che apprezzavano la decisione di tutelare i bambini. Altre invece hanno cambiato scuderia perché vedono Pitti come la cosa piú importante al mondo, e la nostra decisione come una penalizzazione insostenibile. Nonostante tutto, noi non cambiamo opinione».

Ci sono però anche mamme, come Patrizia che lavora nel mondo del marketing e ha due bambini, che hanno deciso autonomamente di boicottare la manifestazione infischiandosene delle direttive dell'agenzia. «Quella de gennaio 2017 – mi racconta – è stata la nostra prima esperienza a Pitti, e sarà anche l'ultima. Le condizioni con cui trattano i bambini a mio avviso non sono adeguate. Ho dovuto insistere per dare a mio figlio una medicina: non mi volevano far accedere alla scena. Allora mi sono dovuta imporre. Ho detto agli organizzatori che, se non mi avessero fatto entrare, li avrei denunciati. Solo cosí sono riuscita a vedere mio figlio piú piccolo». Anche solo a ripensarci, Patrizia si innervosisce. La voce vibra e gli occhi si fanno piccoli. Ha una graziosa frangetta che le incornicia il viso magro, le mani si muovono nell'aria. «Sono rimasta – prosegue – senza parole. Per me, nel lavoro e nella vita, l'umanità e il rispetto vengono prima di tutto. Gli dài la materia prima con cui stanno facendo la sfilata, i tuoi figli, e francamente un comportamento del genere mi è sembrato folle e inqualificabile. Devo però ammettere che non è la prima volta che mi capita una cosa del genere. Di recente su un set fotografico per una nota casa di moda italiana si è riproposto uno scenario simile. I bambini venivano trattati con arroganza, non prevedevano break, non c'era niente né da bere né da mangiare. Non credo che sia una questione economica, quanto vuoi che costi un panino e una bottiglietta d'acqua?, ma che si tratti proprio di disorganizzazione, di incapacità di trattarli per quello che sono, di difficoltà a relazionarsi con loro. A volte i brand non capiscono che hanno a che fare con i bambini. E che i bimbi si stancano, che hanno bisogno di pause, di attenzioni, di gentilezza. In quella specifica occasione mi lamentai molto con l'agenzia. Lo staff aveva degli atteggiamenti aggressivi: *vestitevi rapidi, forza, forza* era la parola d'ordine. Ho trovato molto triste dovermi assoggettare a queste condizioni, e non sono andata via solo per non creare problemi. Eppure la maggior parte dei genitori non ha battuto ciglio. Ci sono delle mamme che, pur di vedere i loro bambini su una rivista o un catalogo, li darebbero via gratis o per degli scambi merce: io ti faccio fotografare mio figlio, tu mi regali una maglietta e un paio di jeans. Questo però rovina il mercato. In quel momento il bambino sta prestando la sua immagine per un fine pubblicitario, per quale motivo deve essere svenduto?» Patrizia prende fiato. Si vede che l'argomento l'appassiona, e che occupa prepotentemente le sue giornate fra casting, contatti con i brand e lavori. «A volte – ricomincia – capita poi che i genitori non possano stare con i figli. Succede perlopiú quando i bambini sono usati per provare i prototipi. Capisco i segreti della collezione, e la paura che venga diffusa in anteprima, ma francamente non lascerei mai i miei figli da soli. Quando ho iniziato era un gioco: i miei figli erano molto fotogenici e allora ho cercato un'agenzia. All'inizio ero meno disillusa, adesso mi rendo conto che passare da un rapporto sano a uno insano è semplicissimo. Questo è un mondo molto particolare. Le agenzie che usano i bambini spesso non sono eticamente corrette rispetto al loro impiego, e le condizioni non sono quelle adeguate per l'età. Noi genitori dovremmo tutelarli di piú, i nostri figli, soprattutto quando le condizioni non sono decenti. Mio figlio non si lamenta mai. Solo una volta mi ha detto che desiderava andare via. Aveva bisogno di andare in bagno, ma non glielo permettevano perché era su un set fotografico. Allora andai a parlare con la direzione. Ma, mi chiedo, come puoi pretendere che un bambino tenuto sul set senza pause per quattro o cinque ore non possa andare in bagno? Il fatto è che se mi tratti come una persona va bene, ma se mi devi trattare male ho tutto il diritto di prendere i miei figli e andarmene. Ormai l'agenzia ci vede come un prodotto in vendita, e non ci tutela. Ma questo io non lo accetto, e quando non ci sono le condizioni non mi presto. Altre madri cedono passivamente a dei parametri che mi paiono insostenibili, come il divieto di fare pause o il consiglio di andare al bagno il meno possibile. Forse ci si dimentica che siamo noi, i genitori, i tutori legali dei bambini, e che il nostro compito è proteggerli. Ogni genitore dovrebbe tenere piú al proprio bambino che alla parvenza, ma sto iniziando a capire che questa è una cosa personale, una cosa che dovrebbe prendere forma in un mondo utopistico, dove forse non ci sono contratti che definiscono i bambini come materiale da lavoro». Le domando se, qualora avesse avuto delle bimbe invece che una coppia di maschi, si sarebbe ugualmente avvicinata a questo mondo. Lei non ha dubbi: «No, mi dispiace. Le bambine lavorano molto di piú, spesso ti chiedono di lasciarle da sole in ambienti che non vedi, e non mi fiderei. E poi spesso le truccano e le sistemano *a donne*, e crescerebbero con una percezione di sé distorta, non infantili e innocenti come dovrebbero essere. Quando vado sul set, le guardo sempre. Troppo spesso si cade nell'eccesso, si costruisce su di loro un'immagine non pulita».

Quando Fëdor Dostoevskij ha scritto *La bellezza salverà il mondo*, non doveva aver considerato quella delle bambine che sfilano a Pitti. Certo, non sono vittime, ma sono pur sempre bambine. A parlare nei corridoi di Pitti con le mamme e con i loro figli, ad ascoltare quello che i papà credono e quello che invece i loro bimbi sentono, ci si scopre al centro fra due storie uguali, ma lette con prospettive diverse: da una parte quello che i genitori dicono che i loro figli stanno provando, da una parte quello che i bambini ammettono di sentire. In mezzo, fra queste due verità, una differenza netta.

Appena lascio Pitti – dopo tre giorni densi di incontri, sguardi, appunti e riflessioni – ho netta la certezza che per i bambini la passerella non sia un gioco. Per loro partecipare ai casting non sia un gioco. Per loro fare i book fotografici non sia un gioco. Sentono che tutti stanno lavorando, o meglio si sentono sotto pressione. Sanno che quello che viene detto loro deve essere eseguito con attenzione, che stiamo parlando di abiti sí, ma soprattutto di commercio: alle sfilate ci sono i fotografi. Scatteranno fotografie che verranno pubblicate su importanti riviste, e delle mamme come la loro le guarderanno e decideranno o meno se acquistare quel capo. Quando verranno chiamati per le pubblicità diventeranno per qualche giornata il brand in persona. «Fra poco diventiamo l'immagine dei vestiti, esiste qualcosa di piú importante?», mi ha domandato una bambina, di neanche otto anni, nel backstage di una sfilata. Mi guardava con i suoi occhi grandi, sorridendo beata. *Diventiamo. L'immagine. Dei. Vestiti.* La sintesi perfetta di quello che ciascun direttore marketing vorrebbe sentirsi dire.

Ho risposto: «Esiste la scuola, gli amici, lo sport, la musica». E lei allora ha scosso la sua testolina bionda, con i capelli lisci e fini: «Ma qui siamo a Pitti! Lí, dove dici tu, mica si fanno le foto. Lo sai?»

Bambole e manichini.

C'è un film di Luchino Visconti del 1951, *Bellissima*, che fissa Anna Magnani in una delle sue parti piú intense: una madre che vuole a ogni costo la figlia, ancora bambina, protagonista di un film a Cinecittà. Un modo, in quell'Italia in bianco e nero del neorealismo, per riscattarsi e per coltivare l'illusione di una vita diversa. Per lasciarsi alle spalle le rovine della guerra e le miserie del dopoguerra. In vista del casting la bambina viene pettinata, truccata, vestita, sperperando cosí i pochi soldi della famiglia, secondo un'ingenua idea di bellezza della madre che riassume i modelli proposti dalle riviste e dai film di quel periodo.

«Da piccola mi sentivo brutta, e questo mi ha salvato». È la frase con cui Flavia Piccinni apre il testo introduttivo alla serie di racconti-reportage che compongono *Bellissime. Baby miss, giovani modelli e aspiranti lolite*, da cui è tratto *Mondo Pitti*, che avete appena letto. Da adulta spesso ho pensato che non considerarmi bella – percezione che si univa all'incazzatura di non essere un maschio – mi aveva risparmiato una serie di problemi. Ho sempre amato i vestiti, ma non ho mai voluto sembrare una principessa.

«Una mia amica dice che non chiamerà mai la figlia *principessa*. La gente usa quel termine in buona fede, ma *principessa* è una parola carica di implicazioni, sulla sua delicatezza, sul principe che arriverà per salvarla». Sono parole di Chimamanda Ngozi Adichie che Piccinni cita nel suo testo per svelare uno dei modelli femminili che hanno formato i comportamenti di tante bambine, influenzandone la vita adulta.

Nell'inquietante racconto di Piccinni, costellato da molte testimonianze rimaste anonime per evitare le ritorsioni in un sistema innocente solo all'apparenza, il mondo chiaroscurato delle sfilate dedicate alla moda bimbo è rappresentato attraverso mamme che sono una versione contemporanea della Magnani di *Bellissima*, disposte a tutto pur di vedere sfilare le loro bambine, a volte davvero molto piccole; compare ovviamente tutto il circo che gira intorno a quelle manifestazioni, dalle poche agenzie che in Italia si dividono il mercato dei piccoli modelli e modelle (per le sfilate ma non solo: cataloghi, servizi pubblicitari e cosí via) agli stylist che, come riferimento, hanno gli show delle fashion week; e poi ci sono loro, le bambine, che a differenza della piccola Maria del film di Visconti sono perfettamente calate nella parte. Piccole donne che all'accendersi delle luci sulla passerella si animano e da vere professioniste fanno quello che viene loro chiesto, per poi spegnersi quando tutto è finito e tornare bambine.

Prendo in prestito le parole di Claudio Calò in *La sfilata di moda come opera d'arte*: «La sfilata è una capsula dove il tempo è distorto, dove passato, presente e futuro convivono e si sconfiggono a vicenda». La sfilata è il luogo per eccellenza dell'accadere della moda, della sua attualità e insieme della sovrapposizione delle sue temporalità, il teatro del suo presente fatto di passato e futuro, di un cortocircuito tanto piú profondamente sviscerato nell'epoca dell'immediatezza e della moltiplicazione delle immagini. Della sfilata Calò disvela la fascinazione: la possibilità, per chi riesce ad arrivare lí, di vivere un tempo altro, quello appunto della moda.

A proposito di *Mondo Pitti*, a me interessa ragionare su quella capsula di distorsione del tempo citata da Calò, perché nell'impiego dei bambini e in particolare delle bambine non è importante solo il fatto che la moda venga vissuta dalle madri come riscatto, come mezzo di affermazione e di visibilità narcisistica attraverso le figlie, ma anche perché al centro di tutto c'è quell'«aggeggiare» (è il verbo che usa una truccatrice) sul corpo delle bambine per farne delle bambole adulte, in contrasto con il loro incedere infantile che fa tanta tenerezza.

Il risultato è la negazione del tempo dell'infanzia, influenzare lo sviluppo delle bambine attraverso abiti e make-up che ammiccano a un desiderio plasmato dai grandi (c'è il fenomeno delle Sephora Kids, bambine anche di otto anni ossessionate dai prodotti di bellezza). Piccinni mi ha raccontato che all'epoca il suo reportage aveva creato molto scompiglio, sia in alcune agenzie di modelline che dentro Pitti, ma che alla fine non c'erano state conseguenze. Nonostante abbia vissuto a Firenze molti anni e collaborato con Pitti Immagine, non sono mai andata a vedere le sfilate di Pitti Bimbo.

«Quindi per guadagnarmi da vivere faccio il manichino». Il termine francese *mannequin* significa anche «modella», e cosí Emily Ratajkowski spiega agli amici che fa questo mestiere. Lo racconta nel libro *Sul mio corpo* (uscito anche in Italia nel 2021): una sorta di confessione, da condividere con le altre donne, di come avesse lasciato che altri usassero il suo corpo – ha cominciato giovanissima a fare la modella, a quattordici anni – ma anche di come, attraverso una presa di coscienza, sia poi riuscita a riconquistarne il possesso.

Joyce Carol Oates

Dove vai, dove sei stata

Si chiamava Connie. Aveva quindici anni e il vezzo di allungare il collo svelta e nervosa, con una risatina, per guardarsi allo specchio o per osservare la faccia degli altri e avere cosí conferma che la sua fosse a posto. Sua madre, che notava tutto, sapeva tutto e non aveva piú grandi motivi per guardare la propria di faccia, la rimbrottava sempre per quell'abitudine. – Piantala di guardarti con quell'aria ebete. Ma chi ti credi di essere? Pensi di essere cosí carina? – diceva. A quelle lamentele ormai trite e ritrite Connie sollevava le sopracciglia e fissava lo sguardo oltre la madre, su un'indistinta visione di sé in quel preciso momento: sapeva di essere carina e solo quello contava. Anche sua madre una volta era stata carina, per lo meno a voler dar credito a quelle vecchie istantanee nell'album, ma ora la bellezza se n'era andata ed era per questo che dava continuamente addosso a Connie.

– Perché non tieni in ordine la camera come fa tua sorella? Ma come ti sei conciata i capelli... e cos'è questa puzza? Lacca? Tua sorella non usa queste schifezze.

Sua sorella June aveva ventiquattro anni e viveva ancora in casa. Faceva la segretaria nel liceo di Connie, e come se averla nello stesso edificio non fosse già abbastanza, era talmente insignificante, tarchiata e giudiziosa che a Connie toccava sentire in continuazione madre e zie cantarne le lodi. E June ha fatto questo, e June ha fatto quest'altro; June metteva da parte i soldi e aiutava a pulire la casa e a cucinare mentre Connie non sapeva fare niente, la testa persa dietro inutili sogni a occhi aperti. Il padre era quasi sempre fuori per lavoro e quando tornava a casa voleva cenare e durante la cena leggeva il giornale e dopo cena andava a letto. Non si dava la pena di parlare con loro, ma al di sopra della sua testa china la moglie continuava a punzecchiare Connie al punto che la ragazza desiderava vederla morta e morire lei stessa e che tutto fosse finito. – A volte mi fa venire voglia di vomitare, – si lamentava Connie con le amiche. Aveva un tono di voce alto, trepido e divertito che faceva sembrare leggermente forzato quel che diceva, che fosse sincero o no.

Un lato buono c'era: June andava in giro con le sue amiche, ragazze insignificanti e giudiziose quanto lei, e quando Connie voleva fare lo stesso la madre non aveva obiezioni. Il padre della migliore amica di Connie accompagnava le ragazze fino in città, a cinque chilometri di distanza, e le lasciava in un centro commerciale dove potevano girare per negozi o andare al cinema, e quando tornava a prenderle alle undici non si curava di chiedere cosa avessero fatto.

Dovevano essere uno spettacolo abituale, quelle ragazzine in shorts a passeggio nel centro commerciale, le ballerine strascicate sul marciapiede e i braccialetti pieni di ciondoli che tintinnavano ai polsi sottili. Si appoggiavano l'una all'altra sussurrando e ridendo di nascosto se passava qualcuno che suscitava il loro interesse o le divertiva. Connie aveva lunghi capelli biondo scuro che attiravano l'attenzione e che portava in parte raccolti e cotonati sul davanti, e per il resto sciolti sulle spalle. Indossava una giacchetta di jersey attillata che a casa appariva in un modo e fuori in un altro. Tutto di lei aveva due aspetti, uno per casa e uno per gli altri posti che non erano casa: il modo di camminare, che poteva essere infantile e molleggiato, o abbastanza languido da far pensare che stesse ascoltando una musica nella sua testa; la bocca, quasi sempre pallida e con un sorriso affettato, ma vivace e rosea durante le serate fuori; la risata, cinica e strascicata a casa («Ah, ah, ah, molto divertente»), ma acuta e nervosa in qualunque altro posto, come il tintinnio dei ciondoli sul suo braccialetto.

A volte Connie e l'amica andavano davvero a fare shopping o al cinema, ma altre volte attraversavano la superstrada, superando svelte le corsie trafficate, fino a un drive-in dove si ritrovavano i ragazzi piú grandi. Il ristorante aveva la forma di una grossa bottiglia, ma piú tozza di una bottiglia vera, e sul tappo c'era la sagoma roteante di un ragazzo che stringeva trionfante un hamburger. Una sera di mezza estate attraversarono, senza fiato per il rischio corso, e quasi subito qualcuno si sporse dal finestrino e le invitò, ma era solo un ragazzo della scuola che a loro non piaceva. Riuscirono a ignorarlo e la cosa le fece sentire bene. Proseguirono nel dedalo di macchine parcheggiate e di passaggio fino a raggiungere il ristorante illuminato e infestato di mosche, con un'espressione compiaciuta e trepidante sul viso come se stessero per entrare in un edificio sacro apparso all'improvviso nella notte per offrire loro il rifugio e le benedizioni a cui anelavano. Si sedettero al bancone con le caviglie incrociate, le spalle sottili tese per l'eccitazione, ad ascoltare la musica che rendeva tutto cosí bello: c'era sempre musica in sottofondo, come durante la funzione in chiesa; era qualcosa su cui si poteva contare.

Un ragazzo di nome Eddie entrò e attaccò discorso con loro. Si era seduto con le spalle al bancone e continuava a fare mezzi giri con lo sgabello, a scatti, fermandosi e poi riprendendo a girare; dopo un po' chiese a Connie se voleva mangiare qualcosa. Lei acconsentí e diede una pacca sul braccio dell'amica mentre usciva; l'amica fece una faccia coraggiosa e buffa insieme, e Connie disse che si sarebbero riviste alle undici, dall'altra parte della strada. – È che mi scoccia mollarla cosí, – disse Connie sincera, ma il ragazzo disse che non sarebbe rimasta sola a lungo. Cosí uscirono per andare alla macchina di lui e nel tragitto Connie non poté fare a meno di gettare lo sguardo ai parabrezza e ai volti che la circondavano, il viso rilucente di una gioia che non aveva nulla a che fare con Eddie né con quel posto; forse era la musica. Raddrizzò le spalle e inspirò per il puro piacere di essere viva e proprio in quel momento posò per caso gli occhi su un volto a pochi metri di distanza da lei. Era un ragazzo dai capelli neri, arruffati, su una decappottabile sgangherata verniciata in color oro. Lui la fissò e le labbra si aprirono in un sorriso. Connie socchiuse gli occhi e si girò, ma poi non poté fare a meno di guardarsi indietro, e lui era lí, che continuava a fissarla. Agitò un dito e disse ridendo: – Non mi scappi, piccola, – e Connie si girò di nuovo senza che Eddie si fosse accorto di nulla.

Passò tre ore con lui, prima al ristorante dove mangiarono hamburger e bevvero Coca-Cola in bicchieri di polistirolo umidi di condensa, poi in una stradina a un paio di chilometri di distanza e alle undici meno cinque, quando lui la lasciò al centro commerciale, solo il cinema era ancora aperto. L'amica era là, che parlava con un ragazzo. Quando Connie tornò le due amiche si sorrisero e Connie chiese: – Com'era il film? – e l'altra disse: – Dimmelo tu –. Se ne andarono con il padre della ragazza, assonnate e soddisfatte e Connie non poté evitare di voltarsi a guardare il centro commerciale buio con il parcheggio vuoto e le insegne incolori e spettrali e poi il drive-in dove le macchine continuavano a girare in tondo senza sosta. Da quella distanza non sentiva la musica.

La mattina seguente June le chiese com'era il film e lei rispose: – Cosí cosí.

Connie usciva con la sua amica, e talvolta con una terza ragazza, piú volte la settimana. Erano le vacanze estive e il resto del tempo lo passava a casa, a infastidire sua madre e a pensare e fantasticare sui ragazzi che aveva conosciuto. Ma tutti quei ragazzi scomparivano e si confondevano in un unico viso, che non era neppure un viso ma un'idea, una sensazione mescolata al martellio insistente e pressante della musica e all'aria umida delle notti di luglio.

La madre la riportava coi piedi per terra trovando cose da farle fare o dicendo all'improvviso:

– Com'è la storia della figlia dei Pettinger?

E Connie diceva nervosa: – Oh, quella. Una vera scema –. Connie tracciava confini chiari e netti tra sé e quel genere di ragazze, e la madre era ingenua e abbastanza gentile da crederci. Talmente ingenua, pensava Connie, che era crudele prenderla in giro a quel modo. Si trascinava per casa in un paio di vecchie ciabatte e al telefono con una delle due sorelle si lamentava dell'altra; poi quest'altra la chiamava e insieme si lamentavano della terza. Se veniva fatto il nome di June dalla voce della madre traspariva approvazione, mentre se nominavano Connie il tono era di rimprovero. Ciò non significava che Connie non le piacesse; anzi Connie pensava che la madre preferisse lei a June perché era piú carina, ma tutte e due esibivano una maschera di esasperazione, come se si accanissero a combattere per qualcosa che per entrambe aveva scarso valore. A volte, davanti a una tazza di caffè, erano quasi amiche, ma poi saltava fuori qualcosa: un malumore simile a una mosca che all'improvviso ronzava sulle loro teste, e le facce si indurivano per il disprezzo.

Una domenica Connie si alzò alle undici – nessuno di loro ci teneva particolarmente ad andare in chiesa – e si lavò i capelli di modo che asciugassero al sole durante la giornata. I genitori e la sorella stavano andando a un barbecue a casa di una zia e Connie disse di no, che non le interessava, alzando gli occhi al cielo per far capire alla madre cosa ne pensasse. – E allora sta' a casa da sola, – disse l'altra in tono secco. Connie si piazzò su una sedia in giardino e li guardò andare via, il padre silenzioso e pelato, che si girava per fare retromarcia, la madre con lo sguardo ancora iroso e per nulla addolcito dietro il parabrezza, e sul sedile posteriore quella poveraccia di June, tutta in ghingheri come se non sapesse cos'era un barbecue, con i bambini urlanti che corrono dappertutto e le mosche. Seduta al sole con gli occhi chiusi, sognante e intorpidita dalla calura che la avviluppava come una carezza affettuosa, come una specie d'amore, Connie tornò col pensiero al ragazzo con cui era stata la sera precedente e a quanto era stato carino, dolce come sempre, non nel modo che poteva immaginarsi una come June, ma dolce e delicato come nei film e come promettevano le canzoni... e quando riaprí gli occhi quasi non sapeva dove si trovava; il giardino finiva nelle erbacce e in una fila di alberi simile a uno steccato, dietro alla quale il cielo era perfettamente azzurro e immoto. Rimase sconcertata alla vista della casa a un solo piano, rivestita d'amianto, che aveva ormai tre anni: sembrava piccola. Scosse la testa come per svegliarsi.

Faceva troppo caldo. Connie entrò in casa e accese la radio per attutire il silenzio. Si sedette sul bordo del letto, scalza, e per un'ora e mezza ascoltò la *Sarabanda domenicale*, disco dopo disco, una serie di canzoni dure, veloci, urlate che anche lei cantava insieme alla radio, inframmezzate dai commenti di «Bobby King»: – Ed ecco qui, per le ragazze del Napoleon... Son e Charley vogliono che ascoltiate con attenzione il prossimo pezzo!

E Connie ascoltava con attenzione, immersa nel calore di una gioia che pulsava lenta, e sembrava nascere misteriosamente dalla musica stessa, e si appoggiava languida nella stanzetta dall'aria viziata, inspirava ed espirava a ogni palpito del petto.

Dopo un po' sentí un'auto entrare nel vialetto. Si tirò su di colpo, allarmata, perché non poteva essere suo padre cosí presto. La ghiaia continuava a scricchiolare: il vialetto d'ingresso era piuttosto lungo. Connie corse alla finestra. Era un'automobile che non conosceva, una decappottabile scassata e verniciata di un oro acceso che restava opaco ai raggi del sole. Il cuore prese a batterle forte mentre le dita volavano tra i capelli, per sistemarli, e lei sussurrò: – Cristo, Cristo, – preoccupata di essere in disordine. La macchina si fermò vicino alla porta laterale con quattro brevi colpi di clacson, come se si trattasse di un segnale che Connie doveva conoscere.

Lei entrò in cucina e si avvicinò lentamente alla porta, poi si affacciò dalla zanzariera, le dita dei piedi nudi serrate sul bordo del gradino. Sulla macchina c'erano due ragazzi e Connie riconobbe quello alla guida: aveva una chioma strampalata di capelli neri arruffati che sembrava una parrucca, e un ampio sorriso.

– Non sono mica in ritardo, vero? – disse lui.

– Chi cavolo ti credi di essere? – chiese Connie.

– Te l'avevo detto che venivo, o no?

– Ma se non so neanche chi sei.

Connie parlava con astio, attenta a non mostrarsi interessata né compiaciuta, mentre il ragazzo parlava rapido in tono vivace. Con calma Connie spinse lo sguardo verso l'altro ragazzo: aveva i capelli castano chiaro con una ciocca che ricadeva sulla fronte. Le basette gli davano un aspetto fiero e imbarazzato, ma fino a quel momento non si era neppure degnato di guardarla. I due portavano occhiali da sole. Quelli del guidatore erano a specchio e riflettevano immagini in miniatura.

– Ti va di fare un giro? – disse lui.

Connie fece un sorrisetto compiaciuto e si lasciò ricadere i capelli su una spalla.

– Non è che per caso non ti piace la mia macchina, eh? L'ho appena verniciata, – disse. – Ehi.

– Cosa?

– Sei carina.

Connie giocherellava con le mani, fingendo di scacciare le mosche dalla porta.

– Cos'è, non ci credi? – disse lui.

– Senti, io non so neanche chi sei, – disse Connie disgustata.

– Ehi, il mio amico Ellie ha una radio. La mia s'è scassata –. Sollevò il braccio dell'altro ragazzo e mostrò la radiolina a transistor che teneva in mano, e Connie riuscí a sentire la musica. Era lo stesso programma che stava ascoltando in casa.

– Bobby King? – chiese.

– Lo ascolto sempre. È un grande.

– Abbastanza, – disse Connie riluttante.

– Senti, quello è forte per davvero. Lui sí che sa come ci si diverte –. Connie arrossí leggermente, perché gli occhiali le impedivano di capire cosa lui stesse guardando. Non riusciva a stabilire se le piaceva o se era solo un cretino e cosí ciondolava sulla porta senza uscire né tornare dentro. Disse: – Cos'è tutta quella roba che hai dipinto sulla macchina?

– Non sai leggere? – Lui aprí la portiera con estrema lentezza, come se temesse di farla cadere. Poi, con altrettanta cautela, scivolò fuori piantando i piedi ben saldi a terra; il piccolo mondo metallico sui suoi occhiali rallentava come gelatina che solidifica, con la camicetta verde brillante di Connie in mezzo. – Questo qui è il mio nome, tanto per cominciare, – disse. Sulla fiancata, a lettere nero catrame, c'era scritto ARNOLD FRIEND e accanto il disegno di una faccia rotonda e sogghignante che a Connie ricordava una zucca, ma con gli occhiali da sole.

– Voglio presentarmi: sono Arnold Friend e questo è il mio nome vero, e diventerò tuo amico, tesoro. Dentro alla macchina c'è Ellie Oscar, che è un po' timido –. Ellie sollevò la radio a transistor sulla spalla e la tenne lí in equilibrio. – E questi numeri qui invece, tesoro, sono un codice segreto, – spiegò Arnold Friend. Lesse a voce alta i numeri 33, 19, 17 e inarcò le sopracciglia rivolto verso di lei per capire cosa ne pensasse, ma lei non pareva essersi fatta un'opinione particolare. Sul parafango posteriore sinistro c'era un'ammaccatura e tutto intorno, sullo sfondo oro luccicante, c'era scritto: OPERA DI UNA PAZZA AL VOLANTE. Connie non poté fare a meno di ridere. Arnold Friend ne fu compiaciuto e sollevò lo sguardo verso di lei. – Dall'altra parte c'è un sacco di altra roba... Vuoi venire a vedere?

– No.

– Perché no?

– E perché dovrei?

– Non vuoi vedere cosa c'è sulla macchina? Non vuoi farti un giro?

– Non so.

– Perché no?

– Ho delle cose da fare.

– Tipo?

– Delle cose.

Lui rise, battendosi una mano sulla coscia, come se Connie avesse detto qualcosa di divertente. Aveva uno strano modo di stare in piedi, inclinato in avanti contro la macchina come a tenersi in equilibrio. Non era alto: solo un paio di centimetri piú di lei, se fosse scesa al suo livello. A Connie piaceva com'era vestito, che era poi il modo in cui si vestivano tutti: jeans scoloriti e attillati, infilati dentro stivali neri consunti, una cintura che stringeva la vita sottile e una maglietta bianca un po' sporca che metteva in evidenza i muscoli piccoli e sodi di braccia e spalle. Probabilmente faceva un lavoro pesante, come sollevare e trasportare cose. Anche il collo sembrava muscoloso. E il viso aveva, in un certo senso, un'aria familiare: guance, mento e mascelle scure per la barba di un paio di giorni e il naso lungo e aquilino con cui fiutava l'aria come se Connie fosse una leccornia che lui era pronto a ingurgitare e tutta la faccenda fosse solo uno scherzo.

– Non me la racconti giusta, Connie. Oggi ti sei tenuta libera per fare un giro in macchina con me e lo sai benissimo, – disse lui ridendo di nuovo. Il modo in cui si ricompose e si riprese dopo la risata svelò esattamente quanto tutto fosse una messinscena.

– Come fai a sapere il mio nome? – chiese lei sospettosa.

– Connie.

– Forse sí o forse no.

– Ti conosco, cara la mia Connie, – disse lui agitando un dito. A quel punto lei si ricordò piú chiaramente di lui, laggiú al ristorante, e avvampò al pensiero di come aveva trattenuto il respiro proprio quando gli era passata accanto... di come doveva essergli sembrata. E lui si era ricordato di lei. – Io e Ellie siamo venuti fin qui apposta per te, – disse. – Ellie può sedersi dietro. Che te ne pare?

– Dove?

– Dove cosa?

– Dove andiamo?

Lui la guardò. Si tolse gli occhiali da sole e Connie notò quanto fosse pallida la carnagione intorno agli occhi, che erano come buchi non in ombra ma illuminati. Erano come schegge di vetro rotto che catturano la luce in modo piacevole. Arnold Friend sorrise. Pareva che l'idea di andare a fare un giro da qualche parte, in qualche posto, gli suonasse nuova.

– Solo un giretto, Connie tesoro.

– Non ti ho mai detto che mi chiamo Connie, – disse lei.

– Ma io lo so, il tuo nome, e so tutto di te, un sacco di cose, – disse Arnold Friend. Non si era mai mosso e restava appoggiato alla fiancata della sua bagnarola. – Mi interessi parecchio, sei una ragazza cosí carina... e ho scoperto tutto di te, per esempio so che i tuoi e tua sorella sono andati da qualche parte e so anche dove sono andati e quanto tempo staranno via, e poi so con chi sei stata ieri sera e che la tua migliore amica si chiama Betty. Giusto?

Parlava con voce schietta e cantilenante, proprio come se stesse recitando le parole di una canzone. Il suo sorriso la rassicurava che andava tutto bene. In macchina Ellie alzò il volume della radio senza neppure girarsi verso di loro.

– Ellie può stare sul sedile dietro, – disse Arnold Friend. Indicò l'amico con un cenno incurante del mento, come se Ellie non contasse nulla e lei non dovesse preoccuparsene.

– Come hai fatto a sapere tutte queste cose?

– Senti qui: Betty Schultz e Tony Fitch e Jimmy Pettinger e Nancy Pettinger, – disse cantilenando. – Raymond Stanley e Bob Hutter...

– Li conosci tutti quanti?
– Io conosco tutti.
– Mi stai prendendo in giro. Tu non sei di queste parti.
– Come no.
– E com'è che non ti abbiamo mai visto prima?
– Invece sí che mi avete visto, – disse e abbassò lo sguardo sugli stivali come se si fosse sentito offeso. – Solo che tu non ti ricordi.
– Penso che mi ricorderei di uno come te, – disse Connie.
– Davvero? – A quell'affermazione lui sollevò gli occhi raggiante. Era compiaciuto. Cominciò a tenere il tempo, battendo leggermente le mani al ritmo della musica della radio. Connie distolse lo sguardo dal suo sorriso e lo spostò sulla macchina, verniciata di un colore cosí brillante che quasi faceva male agli occhi. Osservò quel nome: ARNOLD FRIEND; e piú in là, sul parafango anteriore c'era un'espressione che le suonava familiare: OCCHIO AGLI UFO. Era stato un tormentone in voga tra i ragazzi l'anno precedente, ma adesso non piú. Connie guardò la scritta per qualche istante come se le parole avessero un significato a lei ancora ignoto.
– A che stai pensando? Eh? – domandò Arnold Friend. – Non avrai mica paura che ti si spettinano i capelli col vento?
– No.
– O magari pensi che io non guido bene?
– E come faccio a saperlo?
– Sei una ragazzina difficile. Com'è 'sta storia? – disse lui. – Non lo sai che sono tuo amico? Non hai visto che facevo il mio segno in aria mentre passavi?
– Quale segno?
– Il mio, – e sporgendosi verso di lei disegnò una x in aria. Erano distanti circa tre metri l'uno dall'altra. Quando la mano gli ricadde lungo il fianco la x era ancora nell'aria, quasi visibile. Connie lasciò che la zanzariera si richiudesse e rimase perfettamente immobile all'interno, ad ascol-

tare la musica della sua radio che si confondeva con quella della radiolina dei ragazzi. Fissò Arnold Friend. Se ne stava lí, rilassato ma in realtà rigido, fingendo soltanto di essere rilassato, con una mano abbandonata sulla maniglia della portiera come se si stesse sorreggendo e non avesse alcuna intenzione di muoversi. Diverse cose di lui le erano familiari: i jeans attillati che segnavano cosce e glutei, gli stivali di pelle ingrassata, la maglietta stretta e anche quel suo sorriso cordiale e subdolo, quel sorriso trasognato e indolente con cui tutti i ragazzi trasmettevano un concetto che non volevano dire a parole. Riconobbe tutte quelle cose e anche il modo cantilenante in cui parlava, vagamente beffardo, scherzoso, ma serio e un po' malinconico, e riconobbe il modo in cui batteva una mano sull'altra in omaggio alla musica perennemente in sottofondo. I conti, però, non le tornavano.

– Ehi, – disse all'improvviso, – ma tu quanti anni hai?

Il sorriso svaní dalla faccia di lui e Connie vide che non era un ragazzino, era molto piú grande: trent'anni, forse di piú. Non appena se ne rese conto il cuore cominciò a batterle piú forte.

– Che domanda idiota. Non vedi che ho la tua stessa età?

– Col cavolo.

– Magari un paio d'anni in piú. Ne ho diciotto.

– Diciotto? – disse lei dubbiosa.

Lui sorrise per rassicurarla e agli angoli della bocca gli comparve qualche ruga. I denti erano grossi e bianchi. Il sorriso era cosí ampio che gli occhi divennero due fessure e Connie notò che le ciglia erano fittissime, spesse e nere come se fossero state dipinte con catrame. Poi, improvvisamente, lui sembrò cedere all'imbarazzo e girò la testa verso Ellie. – Quello sí che è pazzo, – disse. – Non è uno spasso? È davvero squinternato, una vera sagoma –. Ellie continuava ad ascoltare la musica. Gli occhiali da sole non permettevano di capire cosa stesse pensando. Indossava una camicia di un arancione vivace, per metà sbottonata sul petto, che era pallido, azzurrognolo, non muscoloso come quello di Arnold Friend. Il colletto della camicia era sollevato, con le punte tirate su oltre il mento, quasi a proteggerlo. Teneva la radio premuta contro l'orecchio e stava seduto lí, come stordito, sotto il sole.

– In effetti è un po' strano, – disse Connie.

– Ehi, questa dice che sei un po' strano! Un po' strano! – urlò Arnold Friend. Diede una botta alla macchina per richiamare l'attenzione di Ellie. L'altro si girò per la prima volta e Connie notò, con sgomento, che nemmeno lui era un ragazzino: aveva una faccia chiara e glabra, le guance leggermente arrossate come se i capillari scorressero troppo vicini alla superficie, il viso di un bambino quarantenne. A quella vista Connie provò una sensazione di vertigine e lo fissò, come in attesa di qualcosa che potesse modificare lo choc del momento e rimettere tutto a posto. Le labbra di Ellie continuavano a formare parole, ripetendo in un mormorio le strofette che gli rimbombavano nell'orecchio.

– Forse è meglio se ve ne andate, – disse Connie debolmente.

– Come? Cos'è 'sta storia? – esclamò Arnold Friend. – Siamo venuti qui per portarti a fare un giro. È domenica –. Adesso aveva la stessa voce dell'uomo alla radio. Era proprio la stessa voce, pensò Connie. – Non lo sai che è domenica tutto il giorno? E non mi importa con chi sei stata ieri sera, dolcezza: oggi stai con Arnold Friend, non te lo scordare! Direi che è meglio se esci fuori, – disse, ma questa volta la voce era diversa, un po' piú debole, come se stesse infine cedendo alla calura.

– No, ho delle cose da fare.

– Eddai.

– È meglio se ve ne andate.

– Non ce ne andiamo finché non vieni con noi.

– Col cavolo che…

– Connie, non prendermi in giro, ci siamo capiti? Non prendermi in giro, – disse lui scuotendo la testa. Rise incredulo. Si tirò gli occhiali da sole sulla testa, con grande cautela, come se avesse davvero una parrucca, e infilò le stanghette dietro le orecchie. Connie lo fissò e fu nuovamente pervasa da una sensazione di vertigine e di paura, tanto che per un attimo non riuscí neppure a metterlo a fuoco e non vide altro che una macchia indistinta contro l'automobile dorata. Benché lui fosse arrivato fin lí percorrendo il vialetto, a Connie pareva che fosse sbucato dal nulla, che non appartenesse ad alcun luogo e che tutto in lui, anche quella musica che le era cosí familiare, fosse reale solo per metà.

– Se mio padre torna e ti vede...

– Non torna. È a un barbecue.

– E tu come lo sai?

– Da zia Tillie. E in questo preciso momento stanno... mm... stanno bevendo. Seduti qua e là, – disse lui vago, gli occhi socchiusi, come se stesse guardando oltre la città, fino al giardino della zia Tillie. Poi la visione sembrò farsi piú chiara e lui annuí energicamente. – Sí. Seduti in giro. C'è anche tua sorella, con un vestito blu, eh? E i tacchi alti, povera scemotta... certo che con te non c'entra proprio niente, tesoro! E tua madre sta aiutando una cicciona con le pannocchie, puliscono le pannocchie... le scartocciano...

– Che cicciona? – esclamò Connie.

– E io come faccio a sapere che cicciona! Mica conosco tutte le ciccione del cazzo di questo mondo! – disse Arnold Friend ridendo.

– Oh, è la signora Hornsby... E chi l'ha invitata? – disse Connie. Si sentiva un po' stordita. Il respiro cominciava a farsi sempre piú veloce.

– È troppo grassa. A me le grasse non mi piacciono. A me mi piacciono quelle come te, dolcezza, – disse lui con un sorriso indolente. Si fissarono per qualche istante attraverso la zanzariera. Poi lui continuò in tono sommesso: – Allora... sai cosa facciamo... adesso esci da quella porta e ti siedi qui davanti insieme a me; Ellie si mette dietro, e al diavolo Ellie, giusto? Mica è Ellie quello che deve uscire con te. Tu esci con me. Io sono il tuo amante, dolcezza.

– Cosa? Tu sei matto...

– Sí, io sono il tuo amante. Tu non sai cosa vuol dire, ma lo capirai, – disse. – So anche questo. So tutto di te. Stammi a sentire: è una cosa davvero stupenda e non potevi capitare con uno piú bravo o piú educato di me. Io mantengo sempre la parola. Ti dirò come andrà: io sono sempre carino all'inizio, la prima volta. Ti terrò stretta cosí forte che non ci penserai neppure a scappare o anche solo a far finta perché saprai che tanto non puoi farlo. E poi io entrerò dentro di te, dove tutto è segreto e tu ti lascerai andare e mi amerai...

– Falla finita! Tu sei pazzo! – disse Connie. Si allontanò dalla porta e si premette le mani sulle orecchie come se avesse sentito qualcosa di orribile, qualcosa che non doveva sentire. – Non si parla in questo modo. Tu sei pazzo, – borbottò. Il cuore le scoppiava nel petto, batteva talmente forte che era fradicia di sudore. Guardò fuori e vide Arnold Friend fermarsi e poi muovere un passo barcollante verso la veranda. Fu quasi sul punto di cadere, ma poi, come un bravo ubriaco, riuscí a riprendere l'equilibrio. Traballò sugli stivali alti e alla fine si aggrappò a una delle colonne della veranda.

– Tesoro? – disse. – Stai ancora ascoltando?

– Vattene via!

– Fai la brava, tesoro. Ascoltami...

– Io chiamo la polizia...

Lui barcollò di nuovo e a denti stretti sputò un'imprecazione, una digressione non destinata alle orecchie di lei. Ma anche il suo «Cristo!» suonò forzato. Poi recuperò il sorriso. Connie osservò quel sorriso sgraziato, come se lui sorridesse da dietro una maschera. La sua faccia era una maschera, pensò agitata, scura fino al collo e poi piú niente, come se si fosse impiastrato la faccia di trucco, dimenticandosi del collo.

– Tesoro?... Senti com'è la storia. Io sono uno che dice sempre la verità e ti prometto una cosa: non ti seguirò dentro casa.

– Non provarci neanche! Altrimenti io chiamo la polizia, se... se non...

– Tesoro, – disse lui sovrastando la sua voce. – Tesoro, io dentro non ci vengo, però tu esci qui fuori. E lo sai perché?

Connie ansimava. La cucina le sembrò un posto mai visto prima, una stanza in cui si era rifugiata ma che non serviva, non le sarebbe stata d'aiuto. Alla finestra, da tre anni a quella parte, non c'era mai stata una tenda; nel lavandino c'erano dei piatti che probabilmente aspettavano lei, e se avesse passato la mano sul tavolo forse avrebbe sentito qualcosa di appiccicoso.

– Mi stai ascoltando, tesoro? Eh?

– ... io chiamo la polizia...

– Se tocchi il telefono io non mantengo la promessa e vengo dentro. Ma mi sa che non vuoi che succeda.

Connie si gettò in avanti e cercò di chiudere a chiave la porta. Le tremavano le dita. – Perché vuoi chiudere a chiave? – disse Arnold Friend gentilmente, parlandole proprio davanti alla faccia. – È solo una zanzariera. Non è niente –. Uno degli stivali era inclinato con una strana angolatura, come se dentro non ci fosse il piede. Puntava all'infuori, verso sinistra, piegato sulla caviglia. – Voglio dire, chiunque può buttare giú una zanzariera o un vetro o del legno o del ferro o qualunque altra cosa, se è necessario. Chiunque può farlo, figurati Arnold Friend. Se la casa andasse a fuoco, tesoro, usciresti di corsa per buttarti tra le mie braccia, dritta tra le mie braccia, sana e salva... perché hai capito che sono il tuo amante e devi piantarla di fare la scema. A me le ragazze timide e carine non mi dispiacciono, ma non mi piace quando fanno le sceme –. Arnold Friend pronunciò parte di quelle parole con una cadenza ritmica e Connie credette quasi di riconoscerle: l'eco di una canzone dell'anno prima, che parlava di una ragazza che si rifugiava tra le braccia del suo ragazzo, sana e salva... Rimase là a fissarlo, scalza sul pavimento di linoleum. – Cosa vuoi? – sussurrò.

– Voglio te, – disse lui.

– Cosa?

– Ti ho vista l'altra sera e ho pensato, eccola qui, sissignore. Non devo piú cercare.

– Ma mio padre sta tornando. Torna a prendermi. Io dovevo prima lavarmi i capelli... – Connie parlava veloce con voce roca, quasi impercettibile.

– No, il tuo papà non sta tornando e sí, dovevi lavarti i capelli, e te li sei lavati per me. Sono belli e lucidi... tutti per me. Grazie, dolcezza, – disse facendo un inchino scherzoso, ma di nuovo rischiò di perdere l'equilibrio. Dovette piegarsi e sistemarsi gli stivali. Evidentemente il piede non arrivava fino in fondo: doveva aver infilato qualcosa negli stivali in modo da sembrare piú alto. Connie guardò verso di lui e poi alle sue spalle, in direzione di Ellie che se ne stava in macchina e sembrava guardare lontano, alla propria sinistra, nel vuoto. Tirando fuori le parole dall'aria, una dopo l'altra, come se le stesse scoprendo proprio in quel momento Ellie disse: – Vuoi che stacco il telefono?

– Chiudi la bocca e tienila chiusa, – disse Arnold Friend rosso in viso per essere stato piegato in avanti, o forse imbarazzato che Connie avesse visto i suoi stivali. – Non sono affari tuoi.

– Cosa... cosa stai facendo? Cosa vuoi? – disse Connie. – Se chiamo la polizia ti prendono e ti arrestano...

– Ho promesso che non entro se tu non tocchi il telefono, e manterrò la promessa, – disse. Riprese la posizione eretta e cercò di raddrizzare le spalle. Sembrava l'eroe di un film che fa una dichiarazione importante. Ma parlava a voce troppo alta e sembrava rivolgersi a qualcuno dietro Connie. – Non avevo mica pensato di entrare in questa casa che non è mia, ma solo che tu venivi qui fuori da me, e dovresti proprio farlo. Non lo sai chi sono io?

– Tu sei pazzo, – sussurrò lei. Si allontanò dalla porta ma non voleva ritirarsi in un'altra parte della casa, per non farlo sentire autorizzato a entrare. – Ma cosa... tu sei pazzo, tu...

– Come? Cosa stai dicendo, tesoro?

Gli occhi di Connie guizzarono per tutta la cucina. Non si ricordava piú che stanza fosse.

– Le cose stanno cosí: tu adesso esci di casa e ce ne andiamo via in macchina a farci un bel giro. Ma se non esci, aspettiamo qui finché i tuoi tornano e cosí ci rimetteranno tutti quanti.

– Vuoi che stacco il telefono? – disse Ellie allontanando la radio dall'orecchio con una smorfia, come se senza radio l'aria gli fosse insopportabile.

– T'ho detto di chiudere la bocca, Ellie, – disse Arnold Friend. – Se sei sordo fatti un apparecchio acustico, chiaro? Datti una regolata. Questa ragazzina non è un problema e farà la brava con me, quindi tu fatti i fatti tuoi, che lei non è mica la tua ragazza... chiaro? E non starmi addosso, non alitarmi sul collo, non rompere, non impicciarti, non seguirmi sempre, – disse veloce, insensato, come se stesse ricapitolando tutte le espressioni che conosceva ma senza essere sicuro di quale fosse la piú appropriata, per poi passarne in rassegna di nuove, con gli occhi chiusi. – Non passare il segno, non infilarti nella mia tana, non sniffarti la mia roba e fatti i fattacci tuoi! – Si schermò gli occhi con la mano e scrutò Connie, che si era ritirata contro il tavolo della cucina. – Non fargli caso, tesoro, è solo un rompiscatole. Un deficiente. Chiaro? Io sono il tuo tipo. Come ti stavo dicendo, adesso fai la brava, esci e mi dài la mano e nessun altro si farà del male, vale a dire il tuo caro babbo pelatino e la tua mamma e la tua sorellona con i tacchi alti. Spiegami: perché dovresti tirare dentro anche loro?

– Lasciami in pace, – sussurrò Connie.

– Ehi, conosci quella vecchia che sta in fondo alla strada, quella con i polli e roba del genere... la conosci?

– È morta.

– Morta? Come? La conosci? – disse Arnold Friend.

– È morta...

– Cos'è? Non ti piace?

– È morta... lei... non c'è piú...

– Ma non ti piace, cioè, hai qualcosa contro di lei? Qualche rancore? – Poi abbassò la voce, come se si fosse reso conto di essere stato maleducato. Si toccò gli occhiali da sole sistemati sopra la testa quasi ad assicurarsi che fossero ancora al loro posto. – Fa' la brava, adesso.

– Cosa vuoi fare?

– Solo un paio di cosette, o forse tre, – disse Arnold Friend. – Ma ti giuro che non ci vorrà molto e alla fine vedrai che ti affezioni a me come a quelli a cui vuoi bene. Davvero. Non c'è piú niente da fare; vieni fuori. Non vorrai mica mettere nei guai i tuoi, vero?

Connie si girò e sbatté contro una seggiola o qualcosa del genere e si fece male a una gamba, ma corse verso la stanza sul retro e afferrò il telefono. Qualcosa le rimbombò nell'orecchio, un boato contenuto, ma era cosí nauseata dalla paura che non riuscí a fare nulla se non restare ad ascoltare... Il telefono era appiccicaticcio e troppo pesante; le dita si mossero a tentoni verso i numeri, ma erano troppo deboli per toccarli. Si mise a urlare nel telefono, contro il boato. Gridò. Chiamava sua madre e sentiva il respiro andare avanti e indietro nei polmoni, come fosse qualcosa con cui Arnold Friend la stava pugnalando, senza pietà, piú e piú volte. Tutto intorno si levò un lamento infelice, rumoroso, che la imprigionò, cosí come era imprigionata dentro casa.

Dopo qualche istante Connie riuscí di nuovo a sentire. Era seduta sul pavimento, con la schiena bagnata contro la parete.

Dalla porta Arnold Friend diceva: – Da brava. Metti giú il telefono –. Con un calcio lei scagliò il telefono lontano.

– No, tesoro. Raccoglilo. Rimettilo a posto come si deve.

Lei lo raccolse e lo rimise a posto. Il segnale di linea si interruppe.

– Brava bambina. E adesso vieni fuori.

Della paura che l'aveva assordata ora non rimaneva che un senso di vuoto. Tutte quelle urla l'avevano scaraventata fuori da se stessa. Si sedette, con una gamba sotto le natiche, e nel profondo della sua mente c'era qualcosa, come un minuscolo punto luminoso che non si fermava e le impediva di rilassarsi. Non rivedrò piú mia madre, pensò. Non dormirò mai piú nel mio letto, pensò. La camicia verde brillante era fradicia.

Con una voce gentile e sonora, simile a quella di un attore, Arnold Friend disse: – Il posto da cui sei venuta non c'è piú, e quello dove pensavi di andare è stato eliminato. Il luogo in cui sei ora, la casa di tuo padre, è solo uno scatolone che posso buttare giú quando mi pare. Lo sai e l'hai sempre saputo. Mi hai sentito?

Devo riflettere, pensò Connie. Devo capire cosa fare.

– Adesso ce ne andiamo in un bel campo, fuori città, dove c'è il sole e tutto profuma, – disse Arnold Friend. – E poi ti stringo cosí forte tra le braccia che non cercherai nemmeno di scappare e ti faccio vedere cos'è l'amore, cosa fa. Al diavolo questa casa. Sembra solida, d'accordo, – disse. Fece scorrere un'unghia lungo la zanzariera e a quel rumore Connie non rabbrividí, come avrebbe fatto il giorno prima. – E adesso mettiti la mano sul cuore, tesoro. Lo senti? Anche quello sembra solido, ma noi lo sappiamo come stanno le cose. Fa' la brava, cerca di essere dolce, perché cos'altro può fare una ragazza come te se non essere dolce e carina e lasciarsi andare?... E uscire prima che i suoi tornino?

Connie sentí il cuore che batteva. Sembrava che la mano potesse racchiuderlo. Per la prima volta in vita sua pensò che non fosse una cosa sua, che non le appartenesse, ma fosse solo un oggetto vivo e pulsante all'interno di un corpo, neppure quello davvero suo.

– Tu non vuoi che si facciano male, – continuò Arnold Friend. – Quindi alzati, tesoro. Alzati per conto tuo.

Lei si alzò.

– Ora voltati da questa parte. Brava. Vieni da me... Metti via quell'affare, Ellie, quante volte te lo devo dire? Idiota. Brutto rompiballe deficiente, – disse Arnold Friend. Nelle sue parole non c'era rabbia, erano solo parte di un incantesimo. Un incantesimo benevolo.

– Adesso esci dalla cucina e vieni qui, tesoro, e fammi un bel sorriso, dài, provaci. Tu sei una ragazza dolce e coraggiosa e loro adesso stanno mangiando pannocchie e salsicce alla brace, e non ti conoscono, non ti hanno mai conosciuta, tesoro tu sei meglio di loro perché nessuno di loro avrebbe fatto questo per te.

Connie sentí il linoleum sotto i piedi; era fresco. Si scostò i capelli dagli occhi. Titubante, Arnold Friend mollò la colonna e aprí le braccia, i gomiti verso l'interno e i polsi molli, per farle vedere che si trattava di un abbraccio imbarazzato e quasi scherzoso e che non voleva metterla a disagio.

Lei allungò la mano contro la zanzariera e vide se stessa spingere la porta lentamente e aprirla come se stesse tornando sana e salva in un luogo imprecisato al di là della soglia, e guardava quel corpo e la testa di capelli lunghi che usciva nel sole dove Arnold Friend aspettava.

– La mia dolce ragazza dagli occhi azzurri, – disse lui con un sospiro quasi cantato che non aveva nulla a che vedere con gli occhi marroni di lei, ma fu accolto ugualmente dalle distese soleggiate della terra alle sue spalle e intorno a lui... una terra vastissima che Connie non aveva mai visto prima e non riconosceva, ma sapeva solo che avrebbe raggiunto.

Come eri vestita?

Mentre rileggevo il racconto di Joyce Carol Oates ho pensato a come ero io a quindici anni, l'età della protagonista. Ho pensato all'insofferenza verso la famiglia, alle regole, alla noia delle giornate in casa. Per Connie e per tutte, i quindici anni sono una terra di mezzo in cui l'adolescenza è incrinata dall'irrequietudine, dal non sapere esattamente ciò che si vuole. Si oscilla tra desiderio e paura, tra il bisogno di rifugiarsi nelle proprie fantasticherie e l'attesa che qualcuno, finalmente, ti veda.

C'è un libro uscito in Italia nel 2003 che comprai proprio per il titolo che gli è stato dato da noi: *Scusate se ho quindici anni*. L'autrice, americana, giovanissima, usa lo pseudonimo di Zoe Trope. L'ho ripreso in mano: «Il mio guardaroba non sa di niente. Una caterva di magliette, jeans e mutande bianche. Come vorrei avere una cintura con le borchie o un vasto assortimento di gioielli in plastica o qualcosa che mi definisca davvero. Invece ho capi anonimi che non dicono niente». Al contrario Connie ha uno stile, in comune con la sua amica. Si muovono in coppia nel centro commerciale dove le accompagna il padre di una delle due, sono carine e attirano l'attenzione, portano gli shorts, strascicano le ballerine e hanno tanti braccialettini pieni di ciondoli che tintinnano mentre camminano. Ieri sera tornando a casa ho visto due ragazze, ho notato che erano alte uguali, vestite proprio cosí, si erano date appuntamento. Quando si sono incontrate si sono abbracciate, e mentre si stringevano saltellavano dalla gioia. Poi si sono avviate da qualche parte, parlando fitto fitto. Erano le otto e trenta, ho sentito la nostalgia.

Tutti i vestiti di Connie hanno due vite differenti: a casa appaiono in un modo, fuori in un altro. Sanno essere doppi per descriverla in maniera contrastante e per rivestire i suoi atteggiamenti altrettanto doppi, i suoi diversi modi di camminare o di sorridere o di ridere, anche di parlare, a seconda di dove si trova.

Connie ha bei capelli biondi a cui tiene molto. Vuole piacere, è felice quando un ragazzo la nota e la invita a fare un giro in macchina. Il racconto di Oates, ispirato alle vicende di un serial killer e dedicato a Bob Dylan, ha avuto molto successo e nel 1985 ne è stato tratto un film con Laura Dern, *Smooth Talk*. L'ho scelto per questo libro perché ho sempre pensato che avrei voluto chiudere la sequenza con un testo in cui, presente o richiamata, ci fosse quella domanda che troppo spesso aleggia dopo uno stupro: «Com'era vestita?» Domanda che contiene un pregiudizio e, quindi, già un giudizio. È un'accusa – tu lo hai provocato – ed è uno degli strumenti di quella che viene chiamata vittimizzazione secondaria. Ho in mente la poesia di Mary Simmerling posta a chiusura di questo libro, *What I was wearing*, in cui l'atona descrizione degli indumenti ha un impatto emotivo fortissimo. Indumenti ordinari, basici, banali: una maglietta bianca con lo scollo rotondo, scarpe da tennis bianche, una gonna di jeans appena sopra il ginocchio. Indumenti che sono quei «vestiti come esperienza vissuta» di cui parla Efrat Tseëlon, che ha focalizzato i suoi studi sui dettagli banali di esperienze ordinarie.

Questo di Oates è un racconto che genera ansia. Tutto ci porta a sapere già come andrà a finire, ma non troviamo la descrizione di quello che succederà. I personaggi si stagliano chiarissimi attraverso il resoconto di quello che hanno deciso di indossare e di come lo indossano, di come si vedono e di come sono visti. Si può immaginare la ritualità di Connie nel suo prepararsi, il lavarsi i capelli la domenica mattina per asciugarli al sole nel giardinetto di casa in quella giornata in solitudine. È evidente il contrasto con l'adulto, che per ingannare sulla propria età indossa cose che a Connie sembrano «familiari»: i jeans attillati, gli stivali di pelle, la maglietta stretta.

La descrizione di come sono vestiti i protagonisti rende gli abiti un pretesto interpretativo, proprio come accade quando viene chiesto a una donna com'era vestita. In un film di Yuri Ancarani, *Il popolo delle donne*, la psicanalista Marina Valcarenghi racconta come la parte piú violenta e umiliante di una denuncia di stupro sia proprio il momento in cui alla vittima viene posta, in tono accusatorio, quella domanda. Roland Barthes scrive in *Frammenti di un discorso amoroso*: «È come se alla fine di ogni toilette vi fosse sempre, compreso nell'eccitazione che esso suscita, il corpo ucciso, imbalsamato, laccato, imbellito alla maniera di una vittima. Vestendomi, io faccio bello ciò che sta per essere guastato dal desiderio».

Was this:
From the top
a white t-shirt, cotton
short-sleeved
and round at the neck.

This was tucked into
a jean skirt
(also cotton)
ending just above the knees
and belted at the top.

Underneath all this
was a white cotton bra
and white underpants
(though probably not a set).

On my feet
white tennis shoes
the kind one plays tennis in.
And then finally
silver earrings, and lip gloss.

This is what I was wearing that day
that night
that fourth of July
in 1987.

You may be wondering
why this matters
or even how I remember
every item
in such detail.

You see
I have been asked this question
many times
it has been called to my mind
many times
this question
this answer
these details.

But my answer
much awaited,
much anticipated
seems flat somehow
given the rest of the details
of that night
during which
at some point
I was raped.

And I wonder
what answer
what details
would give comfort
could give comfort
to you
my questioners

seeking comfort where
there is
alas
no comfort
to be found.

If only it were so simple
if only we could
end rape
by simply changing clothes.

I remember also
what he was wearing
that night
even though
it's true
that no one
has ever asked.

MARY SIMMERLING,
What I was Wearing

Presenze nel testo.

Le citazioni contenute nello scritto introduttivo di Maria Luisa Frisa sono tratte da:

Jean Baudrillard, *Per una critica dell'economia politica del segno*, trad. it. di Mario Spinella, Mazzotta editore, Milano 1974.

Alice Cerasa, *Piccolo dizionario dell'ineguaglianza femminile*, a cura di Tatiana Crivelli, nottetempo, Milano 2020.

Bret Easton Ellis, *American Psycho*, trad. it. di Giuseppe Culicchia, Einaudi, Torino 2001.

Isabella Santacroce, *Fluo. Storie di giovani a Riccione*, Castelvecchi, Roma 1995.

Anne Hollander, *Seeing through Clothes* trad. it. di Cristina Abbio, in *Mercanti di stile: le culture della moda dagli anni '20 a oggi*, a cura di Paola Colaiacomo e Vittoria C. Caratozzolo, Editori Riuniti, Roma 2002.

Susan Sontag, *Contro l'interpretazione e altri saggi*, trad. it. a cura di Paolo Dilonardo, nottetempo, Milano 2022.

Tra i testi consultati e citati da Maria Luisa Frisa nelle postfazioni ai racconti ci sono:

Giorgio Agamben, *Categorie italiane. Studi di poetica e letteratura*, Quodlibet, Macerata 2021.

Alberto Arbasino, *Ritratti italiani*, Adelphi, Milano 2014.

Roland Barthes, *Frammenti di un discorso amoroso*, Einaudi, Torino 2014.

Jean Baudrillard, *Design and Dasein*, trad. it. di Francesca Sforza, in «Ágalma» n. 1, *Il fascino discreto delle merci*, 2000.

Irene Brin, *Dizionario del successo e dell'insuccesso dei luoghi comuni*, Sellerio, Palermo 1986.

Claudio Calò, *La sfilata di moda come opera d'arte*, Einaudi, Torino 2022.

Germano Celant, *Tagliare è pensare*, in Germano Celant, Luigi Settembrini, Ingrid Sischy (a cura di), *Il Tempo e la Moda*, Biennale di Firenze-Skira, Firenze-Milano 1996.

Gaetan G. De Clérambault, *Il tocco crudele. La passione erotica delle donne per la seta*, a cura di Tiziana Villani, Mimesis, Sesto San Giovanni 2013.

Guido Crepax, *L'histoire d'O*, ES, Milano 2019.

Beatrice Faust, *Donne, sesso e pornografia*, Centro scientifico torinese, Torino 1988.

Maria Luisa Frisa, *Una storia importante*, in «Mémoire Universelle» n. 1, *Oh, L'Amour!*, 2012.

Germaine Greer, *L'eunuco femmina*, traduzione di Alberto Govi e Silvia Stefani, Mondadori, Milano 2000.

Richard Martin, *Il borghese rinnegato: dalla moda gay al look erotico*, in Grazietta Butazzi, Alessandra Mottola Molfino (a cura di), *Virilità e trasgressione*, Istituto geografico De Agostini, Novara 1992.

Llewellyn Negrin, *Maurice Merleau-Ponty. L'esperienza corporea della moda*, in Agnès Rocamora, Anneke Smelik (a cura di), *Pensare attraverso la moda. Una guida agli autori classici*, trad. it. di Romana Andò, Meltemi, Sesto San Giovanni 2022.

Georgina O'Hara, *Il dizionario della moda*, a cura di Rossella Panuzzo e Jacopo Valli, Zanichelli, Bologna 1990.

OMA Office for Metropolitan Architecture, Rem Koolhaas e Bruce Mau, *S, M, L, XL*, The Monacelli Press, New York 1995.

Elisabetta Orsini, *Atelier. I luoghi del pensiero e della creazione*, Moretti&Vitali, Bergamo 2012.

Emily Ratajkowski, *Sul mio corpo*, trad. it. di Elena Cantoni, Piemme, Milano 2021.

Georg Simmel, *La moda*, a cura di Anna Maria Curcio, Mimesis, Sesto San Giovanni 2015.

Valerie Steele, *Fetish. Moda, sesso e potere*, a cura di Nello Barile, Meltemi, Sesto San Giovanni 2005.

Superstudio, *Superstudio à la mode*, in «Argomenti e immagini di design», numero monografico *Moda e società* coordinato da Gillo Dorfles, novembre-dicembre 1972.

Jonathan Swift, *Favola della botte*, a cura di Gianni Celati, SE, Milano 2021.

Pier Vittorio Tondelli, *Biglietti agli amici*, Bompiani, Milano 2001.

Pier Vittorio Tondelli, *Opere. Cronache, saggi, conversazioni*, vol. 2, a cura di Fulvio Panzeri, Bompiani, Milano 2011.

Zoe Trope, *Scusate se ho quindici anni*, trad. it. di Cristiana Mennella, Einaudi, Torino 2007.

Gianni Versace, *L'uomo senza cravatta*, Leonardo arte, Milano 1994.

Robert Violette, *Leigh Bowery*, Violette, London 1998.

Crediti bibliografici.

La poesia di Patrizia Cavalli in esergo all'introduzione di Maria Luisa Frisa, *Caravaggesca-giacca da baro*, è tratta da *Flighty Matters*, Quodlibet, Macerata 2012.

Il culto dell'impersonalità di Paola Colaiacomo è tratto dalla raccolta di autori vari *noi, immortali*, Filema edizioni, Napoli 2004. © 2004 Paola Colaiacomo.

Una ragazza a cui il sesso piace di piú con i vestiti addosso di bell hooks è tratto dalla raccolta di autrici varie *Seconda pelle. Quando le donne si vestono*, a cura di Kirsty Dunseath, trad. it. di Stefania Cherchi, Feltrinelli, Milano 2001. Reprinted by permission of The Estate of Gloria Watkins, aka bell hooks. All Rights Reserved.

Forbici di Kim Fu è tratto da *Mostri meno noti del ventunesimo secolo*, trad. it. di Chiara Reali, Racconti edizioni, Roma 2023. © 2022 by Kim Fu. Published by arrangement with The Italian Literary Agency and Westwood Creative Artists Ltd. © Racconti edizioni, 2023.

Il fascino della divisa di Jhumpa Lahiri è tratto da *Il vestito dei libri*, Guanda, Milano 2017. © 2015, 2016 by Jhumpa Lahiri. © 2017 Ugo Guanda Editore S.r.l.

Un cambiamento nella moda (titolo originale *A Change in Fashion*) di Steven Millhauser è stato pubblicato su «Harper's Magazine» il 1° dicembre 2006, e qui tradotto per la prima volta in italiano da Isabella Pasqualetto. © 2006 Steven Millhauser.

I vestiti del notaio di Michela Murgia in *I racconti della moda*, Giulio Einaudi editore, Torino, 2024. © 2024 Giulio Einaudi editore s.p.a., Torino. Pubblicato in accordo con S&P Literary - Agenzia letteraria Sosia & Pistoia. Il testo è da considerarsi un racconto ritrovato e pubblicato per la prima volta nella presente opera.

Il guardaroba delle donne di Irene Brin è tratto da *Il mondo. Scritti 1920 - 1965*, a cura di Flavia Piccinni, Atlantide, Roma 2017. © 2017 Edizioni Atlantide srl.

I jeans baggy (titolo originale *Baggy Jeans*) di Tanisha C. Ford è tratto da *Dressed in Dreams. A Black Girl's Love Letter to the Power of Fashion*, St. Martin's Press, New York 2019, e qui tradotto per la prima volta in italiano da Sara Marzullo. © 2019 by Tanisha C. Ford.

Completo sontuoso con calzoni sportivi di Gianna Manzini è tratto da *La moda di Vanessa* © 2015 Mondadori Libri S.p.a., Milano.

Da Hollywood a Woodstock di Stefano Pistolini è stato pubblicato su «Uniforme. Ordine e disordine», edizioni Charta, Milano 2000. © 2000 Stefano Pistolini.

La scala mobile di Bret Easton Ellis è tratto da *Acqua dal sole*, trad. it. di Francesco Saba Sardi, Einaudi, Torino 2006. © 1994 by Bret Easton Ellis. © 2006 Giulio Einaudi editore s.p.a., Torino.

I due racconti di Lucio Ridenti qui antologizzati sono tratti da *Il Petronio: nuovo saper vivere. Guida dell'eleganza maschile*, Omnia editore, Milano 1959, e sono qui riprodotti per gentile concessione degli eredi Ridenti.

Tie Society di Pier Vittorio Tondelli è tratto da *Un weekend postmoderno*, in *Opere. Cronache, saggi, conversazioni*, vol. 2, a cura di Fulvio Panzeri, Bompiani, Milano 2011. © 2011 Giunti Editore S.p.a. / Bompiani.

Mondo Pitti di Flavia Piccinni è tratto da *Bellissime. Baby miss, giovani modelli e aspiranti lolite*, Fandango, Roma 2017. © 2017 Flavia Piccinni. Pubblicato in accordo con Piergiorgio Nicolazzini Literary Agency (PNLA).

Dove vai, dove sei stata di Joyce Carol Oates è tratto da *Storie americane*, trad. it. di Lucia Fochi e Isabella Sani, il Saggiatore, Milano 2023. © Joyce Carol Oates, 1993. By arrangement with John Hawkins & Associates, Inc., New York. Per l'edizione italiana: ©2023 il Saggiatore S.r.l., Milano.

La poesia in chiusura è di Mary Simmerling, *What I was Wearing*. Qui riprodotta per gentile concessione dell'autrice.

Ringraziamenti.

Il mio primo grazie va alla casa editrice Einaudi, e a Paola Gallo: invitandomi a curare questa raccolta, mi ha offerto l'occasione di riflettere sulle narrazioni della moda, sulle molteplici forme che possono assumere e sulle voci che avrei potuto scegliere per comporre un mio affresco che proprio nelle differenze, nella discontinuità, nelle varie temporalità e nella sua inevitabile parzialità avrebbe potuto interessare i lettori.

Alle voci degli autori ho pensato di aggiungere la mia, non come commento ma piuttosto come complemento, affondo su alcuni passaggi, toccati o richiamati dai testi qui antologizzati, nelle vicende e nelle culture della moda. Sono davvero grata al mio editor Matteo Fontanone, che con grande pazienza e intelligenza mi ha confortato e stimolato in questa direzione. Un vero coach. E ad Angela Rastelli, che mi ha fatto sempre sentire il suo appoggio.

Il mio percorso di vita e di studi è stato strano e accidentato. Sono state le circostanze e gli incontri a determinare molti dei suoi cambiamenti, o sarebbe meglio dire delle trasformazioni. Un percorso che continuo a considerare aperto. Per abitudine, quando i posti cominciano a essere troppo affollati, preferisco spostarmi piú in là. Il mio interesse per le immagini – derivato dalla mia famiglia, dagli studi in storia dell'arte e dalla passione per le riviste, quando le immagini cominciarono a occupare quasi totalmente il nostro campo visivo senza nessuna gerarchia né consapevolezza – è mutato, e ho cominciato a preferire le possibilità immaginative offerte dalle parole. In questo Chiara Valerio è stata ed è una straordinaria interlocutrice e una continua ispirazione. Ed è lei che mi ha introdotto a Michela Murgia, con cui mi sono ritrovata a parlare di moda, con mio grande stupore, come non era mai successo, e che mi ha compreso come nessuno mai. Valerio mi ha introdotto anche a Chiara Tagliaferri, con cui condivido l'avventura di *Sailor*, il podcast dedicato alla moda, che ha voluto dire imparare a usare le parole in un modo per me ancora nuovo.

Con le iconaute di Einaudi, Monica Aldi e Jara Mavrides, abbiamo fatto un bellissimo e lungo viaggio, tra le ragioni della moda e quelle dell'editoria, per trovare l'immagine di copertina.

La moda è un territorio straordinario in cui non solo si intrecciano diverse discipline, ma dove trovano riscontro e visibilità molte questioni del nostro tempo. In questo perimetro dai contorni mobili, i suggerimenti di Alessandro Giammei hanno ampliato l'orizzonte delle scelte.

Cosí come Sabina Rizzardi della libreria MarcoPolo di Venezia mi ha ascoltato, mi ha prestato libri. Insomma, c'è stata.

Credo che non ringrazierò mai abbastanza Simonetta Bitasi che mi ha segnalato il racconto di Michela Murgia incluso in questa raccolta.

Poi ci sono le amiche, gli amici che ti ascoltano, ti sopportano e che quando serve ti organizzano anche la vita: Laura Lena, Valeria Regazzoni, Antonio Carmignani, Mariateresa Scaini; e gli amici che siedono spesso attorno al tavolo nella sala da pranzo: Cristiana Costanzo, Ezio Micelli, Laura Fregolent, Luigi Latini, Andrea Pertoldeo, Antonio Masciariello, Sabrina Ciofi, Andrea Vigneri, Marcella Libonati.

C'è Gabriele Monti capace di rispondere a tutte le domande. E Riccardo Dirindin che tutto legge.

Questo lavoro è dedicato a Mario Lupano e Angelo Teardo.

Indice

Einaudi usa carta certificata PEFC
che garantisce la gestione sostenibile delle risorse forestali

Certificato PEFC
Questo prodotto è realizzato con materia prima da foreste gestite in maniera sostenibile e da fonti controllate
PEFC
PEFC/18-32-03
www.pefc.it

Stampato su carta HOLMEN con fibra vergine
proveniente da foreste sostenibili
www.holmen.com/paper

Stampato per conto della Casa editrice Einaudi
presso ELCOGRAF S.p.A. - Stabilimento di Cles (Tn)
nel mese di novembre 2024

C.L. 26530

Ristampa						Anno			
0	1	2	3	4	5	2024	2025	2026	2027

ED 0008200673
SIAE DALLA PARTE DI CHI CREA
37000034CY
RACCONTI MODA
FRISA MARIA L
1° ED-SPC
EINAUDI